허담 新무협 판타지 소설

고검추산

FANTASTIC ORIENTAL HEROES

고검추산 8

허담 新무협 판타지 소설

초판 1쇄 찍은 날 § 2008년 3월 20일
초판 1쇄 펴낸 날 § 2008년 3월 27일

지은이 § 허담
펴낸이 § 서경석

편집장 § 문혜영
편집책임 § 이재권

펴낸곳 § 도서출판 청어람
등록번호 § 제1081-1-89호
등록일자 § 1999. 5. 31
어람번호 § 제2-1447호

주소 § 경기도 부천시 원미구 심곡1동 350-1 남성B/D 3F (우) 420-011
전화 § 032-656-4452 팩스 § 032-656-4453
http://www.chungeoram.com
E-mail § eoram99@chollian.net

ⓒ 허담, 2007

ISBN 978-89-251-1239-8 04810
ISBN 978-89-251-0913-8 (세트)

검주사

8

화맹(花盟)

히담 新무협 판타지 소설

FANTASTIC ORIENTAL HEROES

目次

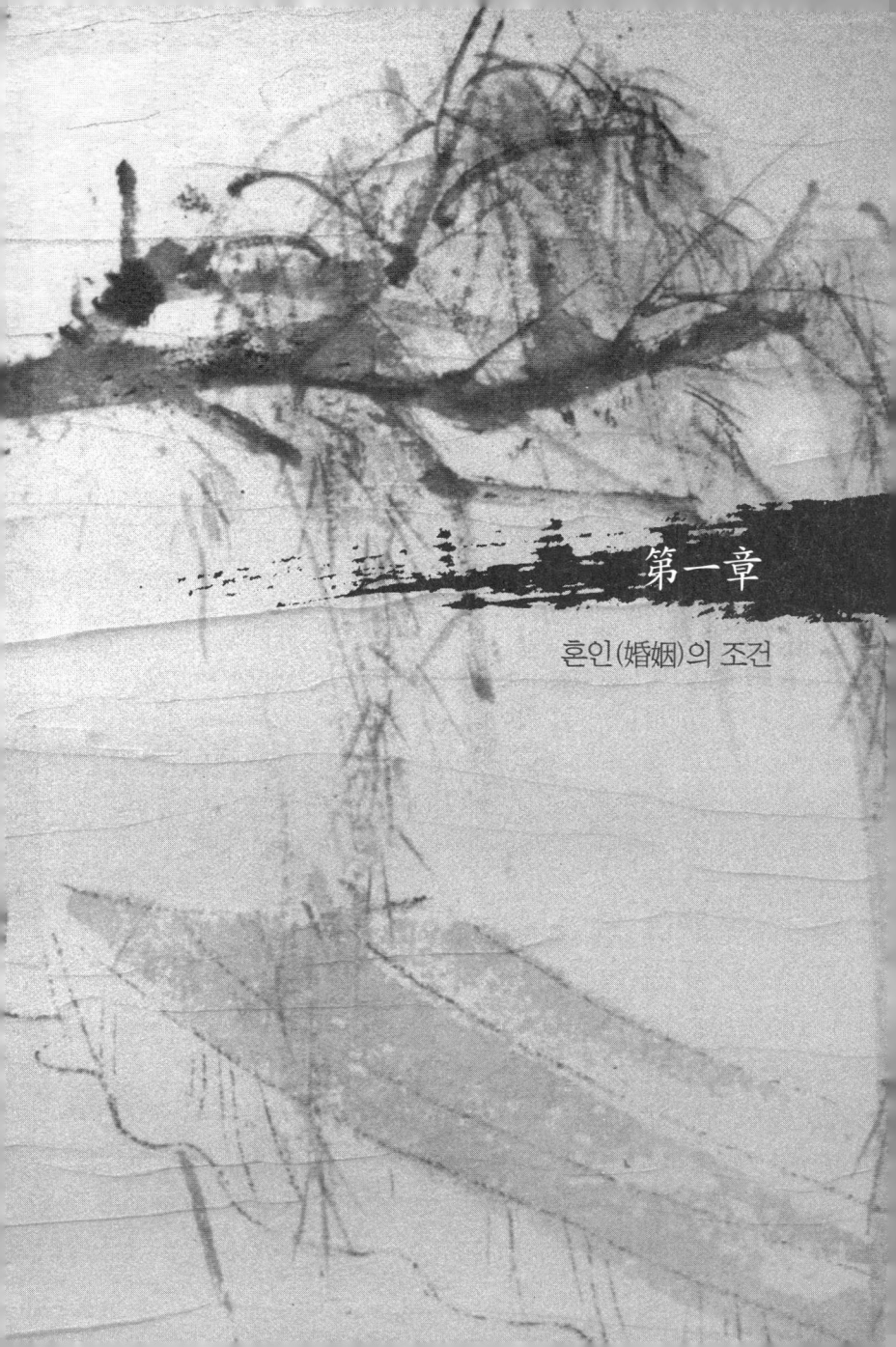

第一章

혼인(婚姻)의 조건

孤劍秋山

　메마른 가지에 생명의 기운이 감돌기 시작했다. 세상을 끝장낼 듯 이어졌던 지난겨울의 폭설과 한파 속에서도 생명의 씨앗은 남아 있어 훈풍이 불자 기다렸다는 듯 초록의 새싹들이 움트기 시작했다.

　하지만 아직은 메마른 가지가 더 어울리는 초봄, 강호팔대고수 천검 능운백의 은거지인 설연장으로 이어지는 험준한 산길 위에 일단의 인물들이 모습을 드러냈다. 삼남일녀, 그들은 아직은 찬바람이 부는 계절임에도 불구하고 단출한 옷차림으로 굽이진 산길을 오르고 있었다.

　얼마나 걸었을까. 끊이지 않고 이어질 것 같던 산중의 길도 어느덧 끝나고 한순간 막혔던 시야가 트이면서 온화한 산세를 자랑하는 몇 개의 산봉우리를 등진 장원이 눈에 들어왔다. 바로 천검 능운백이 머무는 설연장이었다.

"삼 년 만이네요."

추산이 감개무량한 듯 봄기운이 묻어나는 설연장을 보며 말했다. 설연장을 찾은 사 인은 고검과 추산 그리고 대웅산과 능지화였다.

"변한 게 없지?"

능지화가 추산을 보며 물었다.

"정말 그대로네요. 어서 가죠. 빨리 사부님과 사모님을 보고 싶군요."

추산이 앞으로 나서며 걸음을 서둘렀다. 그런데 설연장을 눈앞에 두자 발걸음이 빨라지는 다른 사람들과는 달리 대웅산은 갈수록 걸음이 느려져 어느새 고검 등 삼 인과의 거리가 십여 장 간격으로 벌어졌다.

"아니, 저 양반이 왜 저러지?"

문득 대웅산이 한없이 뒤로 처지고 있다는 것을 깨달은 추산이 걸음을 멈추고 뒤를 돌아보며 말했다. 그러자 고검과 능지화도 의아한 표정으로 대웅산을 바라봤다. 그사이 느릿한 걸음을 옮기고 있던 대웅산이 세 사람 앞으로 다가왔다.

"대 형님, 도대체 왜 그러세요? 어디 아프세요? 아니, 이 땀 좀 봐. 이거 정말 어디가 편찮으신 것 아니에요? 설마 대 형님의 공력에 이 정도 산길에 지칠 리는 없고……?"

추산이 걱정스런 표정으로 물었다. 추산의 말처럼 대웅산의 이마에는 땀이 송골송골 맺혀 있었다.

"대 가가, 정말 어디가 아프신 거예요?"

능지화가 걱정스런 표정으로 대웅산에게 다가서며 손수건을 꺼내 대웅산의 이마에 맺힌 땀을 훔쳤다.

"아… 아니야, 능 매. 불편한 곳은 없어. 이 대웅산이 다른 건 몰라도 몸 하나는 튼튼하게 타고 태어났으니까."

"그럼 도대체 왜 이렇게 땀을 흘리시는 거죠?"

능지화가 여전히 걱정스런 표정으로 물었다. 그러자 대웅산이 작은 한숨을 내쉬며 입을 열었다.

"그게, 나도 모르게 설연장이 가까워질수록 다리에 힘이 빠지고 긴장되는군."

순간 고검과 추산의 입가에 묘한 미소가 떠올랐다.

"후후, 이제 보니 대 형님은 사부님께 지화 사저와의 혼인을 허락받기가 겁나는 모양이군요. 그래서 사부님을 뵐 시간이 가까워져 오니까 이렇게 긴장을 하시고 땀까지 흘리시는 거잖아요. 하하하! 이거 정말 놀라운 일이군요. 천하의 대웅산 대 협께서 이렇게 겁이 많으실 줄이야."

추산이 호탕한 웃음을 터뜨리며 대웅산을 놀려댔다.

"휴! 추 아우, 날 너무 놀리지 말게. 추 아우도 나중에 장인 될 양반을 만나러 가봐. 그렇게 만만한 일이 아니라구. 더구나 장인 될 양반이 천하팔대고수란 말씀이야. 자칫하면 일검에 목이 달아날 수도 있는 처지라구."

대웅산이 고개를 저으며 말했다.

"대 가가, 그런 걱정 마세요. 아버지는 절대 그럴 분이 아니시라구요. 그리고 제가 있는데 뭘 그렇게 걱정하세요."

능지화가 대웅산의 손을 잡으며 위로하듯 말했다. 그러자 대웅산이 살짝 인상을 찡그리며 말했다.

"물론 그렇기는 하지만… 솔직히 천검께서는 내가 어떤 사람인 줄 잘 알고 계시기 때문에 이 혼인을 반대하실 수도 있단 말씀이야."

"대 가가께서 동궁(東宮) 무상문(無相門) 출신이란 게 무슨 문제가 된단 말이에요?"

능지화가 이해할 수 없다는 듯 되물었다. 그런데 대웅산이 능지화의 질문에 답을 하기도 전에 추산이 불쑥 두 사람의 대화에 끼어들었다.

"동궁(東宮) 무상문(無相門)이라뇨?"

그러자 능지화가 오히려 이상하다는 듯 추산에게 물었다.

"넌 대 가가께서 동궁 무상문 출신이란 걸 몰랐단 말이니?"

그러자 추산이 정색을 하며 입을 열었다.

"그러니까 지금 대 형님이 천하사패 동궁 육상천의 하나인 무상문 출신이란 겁니까?"

"그래 맞아. 그런데 참 이상한 일이구나? 너처럼 오지랖 넓은 애가 그 사실을 여태 몰랐다니 말이야."

능지화의 말을 들은 추산의 표정이 몇 번 변하더니 이내 비웃음 섞인 말투로 흘러가듯 말을 뱉어냈다.

"하하, 과연 남녀 간의 정분은 남다른 면이 있구나. 그동안

의형제를 맺은 나에게까지 말하지 않던 자신의 과거를 술술 불었다니. 그런데 동궁 무상문이라… 고고한 사패의 대협께서 어째서 강호의 밑바닥 인생들인 황금충의 무리에 섞여들었을까?'

그러자 대웅산이 당황한 표정으로 추산을 달랬다.

"추 아우, 너무 서운해하지 마시게. 내 기회가 없어 말을 못했을 뿐이지 숨기려 한 것은 아닐세."

"누구 뭐랍니까? 본시 무불장의 청부사들은 타인의 과거에 관심을 갖지 않는 법이지요. 너무 신경 쓰지 마십시오. 대 대협님! 그럼 불민한 황금충은 먼저 가보겠습니다. 허, 동궁 무상문이라……!"

추산이 여전히 심사가 뒤틀린 소리를 흘려내고는 이내 훌쩍 몸을 날려 앞서 나가기 시작했다.

"이걸 어쩌나. 추 아우가 저리 토라졌으니……."

대웅산이 앞서 가는 추산을 보며 낭패한 기색으로 말했다.

"너무 신경 쓰지 마세요, 대 가가! 제까짓 게 삐치면 얼마나 가겠어요."

능천화가 별일 아니라는 듯 말했다. 그러자 대웅산이 고개를 저었다.

"능 매, 그리 말할 게 아니야. 그동안 나와 추 아우 사이의 우정도 있고, 또 추 아우가 마음먹고 우리 사이를 훼방 놓으려 하면 천검 어른께 우리의 혼사를 허락받기가 그리 쉽지 않을 거야. 추 아우의 심기는 노련한 강호고수들도 가늠하지 못할 정도니까."

"글쎄, 걱정 마세요. 물론 산이 녀석이 제법 잔머리를 잘 굴리기는 하지만 허튼짓을 하면 내가 가만두지 않을 거란 걸 알테니 쓸데없는 수작을 부리지는 못할 거예요."

"과연 그럴까?"

"그럼요. 그러니 너무 걱정 마세요."

그러자 두 사람의 대화를 듣고 있던 고검도 옆에서 능지화를 거들었다.

"너무 걱정 말게. 추 사제가 그렇게 속이 좁은 사람은 아니니. 자, 우리도 어서 가세나."

"뭐, 장주까지 그렇게 말씀하시니 조금 안심이 되긴 합니다만. 어이! 추 아우, 내가 잘못했네! 같이 가세나!"

고검의 말에 적이 안심이 됐는지 대웅산이 큰 소리로 추산을 부르며 앞으로 달려나가기 시작했다.

차가운 공기를 피해 실내에 들여놓은 매화나무 가지에 몇 개의 꽃망울이 피어오르고 있었다. 은은한 다향이 묻어나는 실내, 천하에 다시없을 추괴한 몰골의 노인과 또한 천하에 다시없을 뛰어난 미모의 중년 여인이 고검 등 네 사람과 마주 앉아 있었다.

이 어울리지 않는 한 쌍의 부부가 바로 천검 능운백과 그의 부인 교교다. 능운백은 조금 못마땅한 시선으로 자신 앞에 무릎을 꿇고 앉은 대웅산을 건너다보고 있었다.

"그러니까, 자네와 지화가 정분이 났다 그런 이야기지?"

능운백이 추궁하듯 물었다.

"예, 예, 어르신… 어떻게 하다 보니 일이 그렇게 되었습니다."

대웅산이 커다란 덩치에 어울리지 않게 기어들어 가는 목소리로 대답했다.

"어떻게 하다 보니 그렇게 되었다고? 내가 들은 것과는 다르군. 내가 듣기로 자넨 작정하고 지화를 꼬여낸 것 같다던데 말이야. 산서 홍가보의 청부행을 마다하면서 무불장에 남아 지화를 꼬여낸 것 아니었나? 허허, 세상 많이 변했어. 황금충이 청부행을 마다하고 연애질을 하다니 말이야. 쯧쯧!"

순간 대웅산이 자신도 모르게 추산을 바라봤다. 그러나 추산은 대웅산의 시선을 회피하며 딴청을 부렸다. 어느새 추산은 능운백에게 대웅산과 능지화가 인연을 맺게 된 경위를 일러바친 모양이었다. 물론 약간의 과장을 섞고, 대웅산이 자신에게 신세내력을 밝히지 않은 빚을 더해서 말이다.

"죄송합니다, 어르신. 제가 그만 능 매의 미모에 반해 청부사의 본분을 잠시 소홀히 했습니다. 용서하십시오."

특별한 변명거리가 없을 때는 그저 용서를 구하는 것이 최선이다. 대웅산 정도의 나이면 그런 세상의 이치쯤은 꿰고 있기 마련이었다. 대웅산이 이마가 방바닥에 닿을 정도로 머리를 조아렸다.

"지화 저 녀석이 뭐 그리 대단한 미모라고… 본분을 망각하려면 적어도 제 에미 정도는 되어야지."

"당신도 참, 아이들 있는 데서……."

능운백의 부인, 과거 천하제일미로 불렸던 교교가 서둘러 능운백의 말을 막았지만 그리 기분이 나쁜 표정은 아니었다.

"흥, 아버지는 언제나 어머니가 제일이시죠?"

능지화가 입을 삐죽이며 말했다. 그러자 교교가 차가운 음성으로 능지화를 꾸짖었다.

"조용히 하거라. 아버님께서 네 혼담을 이야기하고 계시는데 어디 버릇없이 앞으로 나서느냐?"

추상같은 교교의 호령에 능지화가 움찔하며 뒤로 물러났다. 그녀도 자신의 어머니가 아름다운 겉모습과는 달리 무척 불같은 성정을 지니고 있다는 것을 익히 알고 있었다.

그런데 그렇게 대웅산과 능지화가 추산의 농간에 의해 능운백 부부의 추궁에 쩔쩔매고 있을 때 갑자기 방문이 열리면서 한 명의 여인이 뛰어들어 왔다.

"추산이 왔다고요?"

여인은 방문을 열고 안으로 들어서자마자 추산을 찾았다. 순간 방 안이 환해지며 향기로운 방향이 문안으로 밀려들어 왔다. 사람들의 시선이 일제히 방문을 열고 들어선 여인에게로 향했다. 순간 추산과 대웅산의 눈이 휘둥그레졌다. 왜냐하면 방 안으로 들어선 여인은 능운백의 부인 교교의 미모에 못지않게 아름다웠기 때문이었다.

"설마… 설마 네가 인화냐?"

사람의 모습이 아무리 변했다 해도 과거의 모습을 완전히 지워 버릴 수는 없는 법, 추산은 이내 이 아름다운 여인의 얼굴에서 자신이 과거에 알고 지낸 한 소녀의 모습을 읽어냈다. 그러자 여인이 얼른 추산 앞으로 다가서며 환한 얼굴로 대답했다.

　"뭐야? 겨우 삼 년 못 봤다고 날 못 알아보는 거야? 그래, 나 인화다. 능인화! 그런데 어쩐 일이니? 영영 설연장에는 돌아오지 않을 줄 알았더니?"

　"하, 하하… 이거 참, 세월은 강산도 변하게 한다더니… 하하……!"

　추산의 입에서 실없는 웃음이 계속해서 흘러나왔다. 눈앞의 여인이 지나치게 아름다웠기 때문이었다.

　능인화는 변해 있었다. 추산이 설연장을 떠날 무렵에도 물론 제법 아름다운 미모를 자랑했지만 지난 삼 년 사이 능인화의 미모는 자신의 두 언니를 훌쩍 뛰어넘어 어머니의 미모에 근접할 정도로 변해 있었다. 과거 동그스름하고 귀엽던 얼굴은 어느새 갸름하게 변해 있었고, 얼굴과 두 눈에서는 은은한 귀태가 흘러나오고 있었다.

　"추산 넌 어째 보지 않은 사이에 바보가 된 것 같다? 왜 실없이 웃고 난리니?"

　자신의 미모가 사람들의 이목을 흐릴 정도로 아름답다는 것을 모르는 능인화가 이상하다는 듯 추산을 보며 말했다. 그리고 그제야 추산이 정신을 차렸다.

"아, 뭐 반가워서 그러지. 헤헤……."

"이제 그만 조용히들 하거라. 지금 지화의 혼인 문제를 논의하고 있으니 할 이야기가 있으면 나중에 하도록 하거라."

능운백이 추산과 능인화를 보며 말하자 능인화의 눈이 동그랗게 떠졌다.

"지화 언니의 혼인 문제라뇨?"

그러자 추산이 얼른 입을 열었다.

"여기, 곰 같은 아저씨와 지화 사매가 그만 정분이 나버렸단다."

"이분은?"

능인화가 어디서 본 듯한 대웅산의 얼굴을 보며 기억을 되살리려는 찰나 능인화의 미모에 정신이 나가 있던 대웅산이 얼른 정신을 차리고 먼저 입을 열었다.

"안녕하시오, 능소저. 대웅산이라 합니다. 능 매에게 이야기 많이 들었소이다. 아마 오륙 년 전쯤에 한 번 본 적이 있지요?"

대웅산의 목소리가 평소와 달리 부담스러울 정도로 부드럽다.

"아, 이제 기억났어요. 바로 무불장에 청부사로 계시는 대대협님이시죠?"

"맞아요. 바로 그 대웅산입니다."

대웅산이 능인화가 자신을 기억하자 반가운 듯 고개를 끄덕였다.

"그런데, 지화 언니와 혼인을 하신다고요?"

"하하, 일이 그렇게 되었습니다."

그런데 그 순간 냉막한 능운백의 음성이 들려왔다.

"난 아직 두 사람의 혼인을 허락하지 않았다."

순간 모든 사람의 시선이 다시금 능운백에게로 향했다. 능인화의 출현으로 잠시 끊어졌던 대웅산과 능지화의 혼인 문제로 사람들의 관심이 돌아간 것이다.

"아버지, 아버지께서도 대 대협의 사람됨을 잘 아시잖아요. 그러니 그만 허락해 주세요."

능지화가 능운백에게 간청했으나 능운백의 표정은 여전히 무뚝뚝했다.

"어르신, 지화 소저를 저에게 주시면 절대 실망시켜 드리지 않고 평생 왕비처럼 떠받들고 살겠습니다."

대웅산이 머리를 조아리며 능운백에게 사정을 했다. 그러자 능운백의 표정이 좀 더 찌푸려졌다.

"지화를 왕비처럼 데리고 살든 거지처럼 데리고 살든 그건 내 관심사가 아니야. 난 지금 자네가 지화와 혼인을 했을 때 벌어질 일들 때문에 망설이고 있는 거란 말일세."

능운백의 표정이 조금 심각하게 변해 있었다. 그러자 대웅산도 어느새 딱딱하게 표정이 굳어졌다. 그도 지금 능운백이 무슨 말을 하고 있는지 그 의미를 정확하게 알고 있었다.

"역시 제 과거가 문제가 되는 겁니까?"

대웅산이 무거운 눈으로 능운백을 보며 물었다. 그러자 능운백이 그런 대웅산을 한동안 바라보다 불쑥 질문을 던졌다.

"자네, 무상문(無相門)으로 돌아갈 생각은 전혀 없는가?"

그러자 대웅산이 잠시 생각에 잠겼다가 입을 열었다.

"한때는 언젠가 돌아갈 수도 있다고 생각하고 있었습니다. 하지만 지난 십여 년간 청부사로 살아오면서 제 자신에 대해 깨닫게 되었지요. 이놈은 결코 무상문으로 돌아갈 수 없는 팔자를 타고 태어난 놈이라는 것을 말입니다."

"무상문주가 자네에게 귀문(歸門)을 허락해도 말인가?"

그러자 대웅산이 씁쓸한 미소를 지었다.

"비록 제게 출문의 명을 내린 것은 문주시지만 상황을 그렇게 만든 것은 제 자신이지요. 그러니 문주께서 돌아올 것을 허락한다 해도 제 자신은 무상문으로 돌아갈 생각이 없습니다."

"그래도 자네를 키워준 문파인데……?"

"벌거숭이를 거둬 사람으로 키워준 은혜는 잊을 수 없겠지요. 하지만 그 은혜를 갚기 위해 문으로 돌아갈 생각은 없습니다. 문주 또한 제 복귀를 명하시기는 어려울 겁니다. 제가 돌아가는 순간 동궁 육상천의 결속에 금이 갈 수 있으니 말입니다."

"흐흠, 그럼 영원히 황금충으로 살아가겠다?"

"살아보니 사패의 일원으로 사는 것보다 나쁘지는 않았습니다."

어느새 대웅산이 본래의 패기를 회복하고 있었다. 장내의 사람들도 더 이상 장난스런 표정을 짓거나 말을 하지 않았다.

능지화는 그런 대웅산을 흠모하는 눈빛으로 바라보고 있었다.

"검이 네 생각은 어떠냐?"

문득 능운백이 고검의 의견을 물었다. 그러자 고검이 조용히 대답했다.

"지 매의 혼사를 결정하는 데 제가 감히 의견을 말할 수 있겠습니까? 사부님과 사모님의 결정에 따를 뿐이지요."

그러자 능운백이 고개를 저었다.

"아니야, 이제 내 무도(武道)는 검이 네게로 이어졌다. 무불장을 맡은 지도 십 년이 훨씬 지났고 천화와 혼인을 하여 아이까지 낳았으니 이제 본 장의 기둥은 너라고 할 수 있다. 그러니 어찌 네 의견을 소홀히 할 수 있겠느냐? 어떠냐? 웅산 저 친구를 본 장의 혈족으로 들이는 것이 가당하겠느냐?"

그러자 고검이 잠시 침묵을 지켰다가 입을 열었다.

"저로서야 웅산 아우와 사매가 서로 좋다면 딱히 반대할 생각은 없습니다."

순간 대웅산과 능지화의 얼굴이 밝아졌다.

"동궁과 껄끄러운 사이가 될 수도 있는데 말이냐?"

능운백의 말에 고검이 가볍게 미소를 지었다.

"어차피 웅산 아우를 무불장에 받아들일 때부터 그런 일은 감당할 생각 아니었습니까?"

"그저 무불장의 청부사로 받아들이는 것과 혈족이 되는 건 다르지."

"저로서는 별 상관이 없다고 봅니다. 애초에 황금충이 다른 사람의 눈치를 살피는 것은 어울리지 않는 일이고 말입니다."

그러자 능운백이 추괴한 얼굴에 피식 웃음을 흘렸다.

"넌 십수 년 황금충 생활을 하더니 이제 정말 완전히 돈벌레가 된 모양이로구나."

"그야 사부께 배운 바지요."

"하하하, 제법 농도 하고! 좋아, 웅산 자네와 지화의 혼약을 허락하지. 교교, 어떻소. 혹 내 생각과 다르면 지금 말하시구려."

능운백이 교교를 돌아보며 묻자 그녀가 고개를 저었다.

"아니에요. 당신과 검이가 허락한 일이면 저도 반대할 이유가 없지요. 그리고 대 대협이라면 충분히 지화를 책임질 만한 능력이 있지요. 듬직한 것이……."

"좋아. 이렇게 되면 이제 잔치를 여는 것만 남았구만. 허허허!"

능운백이 너털웃음을 터뜨리자 대웅산이 재빨리 몸을 일으키더니 능운백과 교교에게 큰절을 올렸다.

"어르신, 감사합니다. 실망시키는 일이 없도록 잘살겠습니다."

"아버지, 고마워요."

능지화 역시 재빨리 대웅산 곁으로 다가와 능운백과 교교에게 고개를 숙여 보였다.

"흥, 네년은 평생 절을 안 하더니 이제 시집을 보내주겠다니까 고개를 숙이는구나."

"어머니도 참, 제가 언제 그랬다고……."

"흥, 아무튼 좋다. 이제 너도 시집을 가게 되었으니 향후 네 생활비는 네 낭군에게서 받아 쓰도록 하거라. 알겠니?"

교교의 말에 능지화가 새침한 표정으로 대답했다.

"칫, 알았어요. 대 가가도 제법 돈을 많이 번다고요."

"오냐, 제발 내게 손 내미는 일이 없기를 바란다."

딸과 어미가 그렇게 투닥거리는 것을 보고 있던 능운백이 이마에 내 천(川) 자 주름을 만들더니 고검과 대웅산 그리고 추산을 보며 말했다.

"자, 그럼 모녀들 간에 이야기를 나누도록 우린 자리를 좀 비켜주지. 내 따로 할 이야기도 있고……."

"남자들끼리 무슨 말씀을 하시려고요?"

교교가 의심 어린 눈초리로 능운백을 보며 묻자 능운백이 얼른 대답했다.

"이제 웅산 저 친구가 본 장의 혈족이 되었으니 어찌 해줄 말이 없겠소. 교교 당신도 알다시피 본 장의 남자들은 제법 큰 짐을 지고 있지 않소이까?"

"설마 당신 지금 그 이야기를 하려고요?"

"뒤로 미룰 것이 뭐가 있겠소?"

"그래도 혼약을 올리고 말하는 것이……."

"후후, 그랬다가 나중에 무슨 원망을 들으려고. 미리 말해두는 것이 나을 거요. 그럼 가지."

능운백이 고검과 추산 그리고 대웅산을 대동하고 천천히 실내를 벗어났다. 그러자 교교가 걱정스런 표정으로 중얼거렸다.

"원, 저 양반도 뭐가 그리 급하다고. 이야기를 듣고 대 대협이 혼인을 하지 않겠다면 어쩌려고……."

"자, 거기들 앉거라."

능운백은 고검과 추산 그리고 대웅산을 설연장 후원에 위치한 한 채의 작은 초옥으로 데려갔다. 이 초옥은 설연장이 생겨날 때부터 있던 것이었는데, 평소 능운백을 제외한 그 누구도 함부로 발걸음을 할 수 없는 그야말로 능운백만을 위한 공간이었다.

"이곳은 내가 설연장에 기거하기 시작한 이후 줄곧 무리(武理)를 점검하는 장소다."

천하팔대고수의 지위까지 오른 능운백이 또 다른 경지에 도달하기 위해 자신만의 공간을 만들어 무도를 탐구한다는 사실이 세 사람에게 작은 충격으로 받아들여졌다.

"사부께서는 아직도 무공을 수련하세요?"

추산의 질문에 능운백의 추레한 얼굴에 미소가 생겨났다.

"무도에 발을 들여놓았으니 평생 무공 수련을 게을리 할 수 없는 일 아니냐?"

"하지만 뭐 사부께서는 이미 오래전부터 천하에서 가장 강한 사람들 중 한 명이시잖아요?"

"녀석아, 어찌 무공을 강해지기 위해서만 익히겠느냐? 무공이 오직 강해지기 위한 수단만이라면 무도(武道)란 말이 생겨났을 리가 없지 않겠느냐?"

"그럼 강해지는 것 말고 무슨 목적이 있나요?"

"사람들이 무인이 되는 계기는 각양각색이지만 결국 일정한 수준에 오른 무인은 무공에서 도(道)를 구할 수밖에 없다. 왜냐하면 무인도 결국 인간이기 때문이지. 문무(文武) 통틀어 그 궁극의 길을 탐구하는 자에게 문과 무란 결국 목적이 아니라 수단이 되는 것이다. 바로 자기 자신을 깨닫고 천하만물과 소통하는 수단 말이다."

"도통 무슨 말씀인지……."

추산이 이해할 수 없다는 듯 고개를 갸웃거리자 능운백이 손을 내저으며 귀찮다는 듯 말했다.

"됐다, 그만두자. 내가 어린놈을 데리고 무슨 도를 논하겠느냐? 그저 네놈도 나이가 들다 보면 자연히 알게 될 게다. 그건 그렇고 내가 너희들을 이곳으로 부른 이유는 무도니 뭐니 하는 것을 논하려는 것은 아니다."

"그럼 무슨 말씀을 하려고 부르신 건데요?"

추산이 능운백이 무도에 대한 설파를 하다가 중간에 집어치우자 자못 불만스런 목소리로 물었다. 하지만 능운백은 그런 추산의 불만을 무시하며 고검을 바라봤다.

"검아, 아직 산이 녀석에겐 말해주지 않았겠지?"

"사부님의 허락이 없는데 제가 어찌 함부로 입을 열겠습니까?"

"흐음! 그래, 그랬겠지."

고검의 대답에 능운백이 고개를 끄덕였다. 아마도 고검은 능운백이 무슨 이야기를 하려는지 알고 있는 모양이었다.

"이봐!"

갑자기 능운백이 물끄러미 앉아 있는 대웅산을 불렀다.

"예, 빙장어른!"

"이런 제길, 아직 혼인식도 안 올렸는데 빙장은 무슨 놈의 빙장! 하여간 생긴 것처럼 넉살이 좋군."

"죄송합니다."

"죄송할 것까지야 없어. 뭐, 하긴 이렇게 제법 호탕한 면이 있으니 오히려 이야기하긴 편하겠군. 이봐, 자네 내 사위가 된다는 것이 무슨 의민 줄 아나?"

그러자 대웅산이 어리둥절한 표정으로 능운백을 바라봤다.

"그, 그야 설연장의 식구가 된다는……."

"흐흠! 이 친구야, 그게 그렇게 간단한 문제가 아니야. 자, 지금부터 잘 들어보라구. 내 사위가 된다는 게 얼마나 골치 아 픈 일인지 말이야."

능운백이 겁을 주듯 말하자 대웅산이 능운백의 입에서 무슨 이야기가 나올지 몰라 자못 긴장한 표정으로 다음 말을 기다 렸다.

"자, 먼저 가장 쉬운 것부터 말하지. 일단 이 능운백의 사위 가 된다는 것은 평생 강호의 황금충으로 살아가야 한다는 것을 의미하지."

그러자 대웅산이 별것 아니라는 표정으로 대답했다.

"그야 이미 각오한 일이지요."

"후후, 그래? 각오했단 말이지? 그런데 이거 아나? 자네가 지화와 혼인을 하여 평생 황금충으로 살아가는 동안 매년 적어도 금자 오백 냥은 벌어와야 한다는 사실 말이야?"

순간 대웅산의 눈이 화들짝 커졌다.

"금자 오백 냥이요?"

"그래, 금자 오백 냥!"

금자 오백 냥은 결코 적은 돈이 아니다. 무불장의 청부대금이 비싼 것은 강호가 다 아는 사실. 하지만 그중에서 금자 오백을 넘는 청부는 손에 꼽혔고, 그나마도 금자 오백 냥이 넘는 청부라면 적어도 무불장의 청부사 서너 명이 함께 나서야 하는 일이 대부분이었다. 그러니 도대체 금자 오백 냥을 매년 벌어들이려면 얼마나 바쁘게 청부를 받아야 한단 말인가?

물론 대웅산도 설연장의 여인들, 그러니까 천검 능운백의 부인 교교와 그 세 딸들의 낭비벽에 대해서는 익히 들어 알고 있었다. 하지만 지금 그가 책임져야 할 사람은 그 네 명의 여인 중 한 명인 능지화였다. 그런데 금자 오백 냥이라니. 대웅산이 이해하기 어렵다는 표정을 지으며 되물었다.

"물론 저도 빙모 되실 분과 세 따님이 제법 큰 씀씀이를 지니고 있다는 말은 전해 들었습니다만, 능 매 한 명이 일 년에 금자 오백 냥을 쓰리라고는 생각지 않습니다만……."

"누가 지화 그 아이가 쓸 돈을 말하는 건가? 그 아이가 쓸 돈은 내가 알 바 아니고, 내가 말한 금자 오백 냥은 자네가 지화에게 가져다주는 금자 말고 바로 이 설연장으로 매년 보내야 하는 금자란 말이야. 알아듣겠나?"

순간 대웅산과 추산이 멍한 표정으로 능운백을 바라봤다. 도대체가 딸 한 명을 시집보내고서 매년 금자 오백 냥을 요구하는 장인이라니, 이런 도둑놈의 심보가 어디에 있단 말인가? 만약 그가 천검 능운백이 아니었다면, 아니, 자신이 연모하는 여인의 아비가 아니었다면 욕이라도 한바탕 퍼부었을 대웅산이었다.

"사부님, 아무리 그래도 금자 오백 냥은 너무……."

추산이 중간에 끼어들었다. 그는 비록 대웅산의 출신을 알고는 제법 까탈스럽게 굴었지만 능운백이 요구하는 금자 오백 냥은 남의 일이 아닐 수도 있었기에 조심스럽게 이의를 제기했다. 그러자 능운백이 콧방귀를 뀌며 입을 열었다.

"추산 네 녀석도 이제 조만간 할당량을 내려줄 테니 조용히 하고 있거라. 웅산 이 친구야 지금이라도 지화와 혼인을 하지 않겠다면 금자 오백 냥의 짐에서 벗어나겠지만, 넌 이미 내 제자가 되었으니 빠져나갈 구멍도 없다. 그러니 너무 서두르지 말거라."

능운백이 제법 능글맞은 표정으로 추산에게 말하고는 다시 대웅산을 다그쳤다.

"어떤가? 할 수 있겠나? 만약 그럴 자신이 없다면 지금이라도 혼약을 파기해도 좋아."

그러자 대웅산이 울며 겨자 먹는 표정으로 대답했다.

"어찌 금자 문제로 능 매와의 혼약을 파기하겠습니까? 하지 요. 제가 조금 열심히 뛰면 그쯤은 할 수 있지 않겠습니까?"

"하하하, 역시 호탕한 친구야. 내 미리 자네의 사람됨을 알 아봤지. 그래서 순순히 지화를 내주겠다고 한 것이고 말이야."

능운백은 무척 기분이 좋은지 너털웃음을 터뜨렸다. 그러자 불만이 가득한 얼굴을 하고 있던 추산이 투덜거리며 물었다.

"그런데 사부님, 도대체 그 금자들을 모두 어디에 쓰시려고 그렇게 모으시는 겁니까? 제가 알고 있기로 비록 사모님과 사 저들의 씀씀이가 큰 것은 사실이지만 무불장에서 벌어들이는 금자가 연간 천 냥에 달하는데 말입니다."

그러자 능운백이 고개를 끄덕이며 입을 열었다.

"내 그러지 않아도 오늘 그 이야기를 해주려고 너희들을 이 리로 데려온 것이다."

그러자 추산의 눈이 반짝였다. 강호에는 능운백의 부인과 그 딸들의 지나친 낭비벽 때문에 필요한 것으로 알려진 금자 들의 행방을 이제야 자세히 알 수 있게 되었기 때문이었다.

"에 또… 어디서부터 이야기를 시작해야 하나?"

능운백이 막상 이야기를 시작하려니 뭔가 걸리는 문제가 있 는지 말꼬리를 흐렸다.

"어서 말씀해 주세요. 도대체 그 막대한 금자가 왜 필요한지 요?"

추산이 따지듯 묻자 능운백이 노한 눈으로 추산을 한 번 노려보고는 이내 입을 열었다.

"알았다, 이놈아! 이야기할 테니 주둥이 좀 닥치고 있거라. 에, 그러니까 이 문제는 우리 설연장의 남자들에게는 숙명과도 같은 업보라고 할 수 있다."

입을 연 능운백의 표정에 은은한 고뇌의 빛이 흐른다. 설연장 남자들이 짊어져야 할 업보, 그게 과연 무엇이란 말인가?

"검이야 이미 알고 있는 사실이니 너희 두 사람에게 묻겠다. 너희들 혹시 강호를 돌아다니며 화맹(花盟)이란 조직에 대해 들어본 적이 있느냐?"

능운백의 질문에 대웅산과 추산이 고개를 갸웃거렸다.

"화맹이요?"

추산이 되물었다.

"그래, 화맹(花盟)! 들어본 적이 있느냐?"

"처음 듣는 말인데요?"

"자넨 어떤가?"

능운백이 이번에는 대웅산에게 물었다. 그러자 대웅산 역시 고개를 저었다.

"저 역시 처음 듣는 말입니다만……."

그러자 능운백의 얼굴에 흡족한 미소가 떠올랐다.

"역시 제대로 보안이 지켜지고 있는 모양이군."

능운백이 고검을 보며 말하자 고검이 고개를 끄덕이며 대답했다.

"대모(大母)께서 하시는 일이 아닙니까?"

"하긴 그 양반이 보통 꼼꼼한 양반이 아니지. 그러니 이 능운백이 평생을 그 양반과의 계약에 얽매인 것이 아닌가?"

능운백과 고검의 이야기를 듣고 있던 추산과 대웅산의 호기심은 더욱 커져 갔다.

"사부님, 화맹은 뭐고, 대모는 또 누구예요? 그리고 사부님의 평생을 얽어맨 계약은 또 뭐고요? 제발 속 시원하게 이야기 좀 해주세요."

추산이 능운백을 다그치자 능운백이 천천히 입을 열었다.

"오냐, 이제 말해줄 테니 그만 보채거라, 이놈아! 에⋯ 그러니까, 이 이야기는 내가 네 사모를 처음 만난 시절로부터 시작되어야 할 것 같구나."

천검 능운백이 그의 부인 교교를 처음 만났을 당시 능운백은 아직 황금충으로서의 삶을 살고 있지 않았다. 물론 그는 당시에도 강호를 홀로 주유하는 외로운 무인이었지만 무공을 팔아 돈을 버는 사람은 아니었던 것이다. 그런데 그의 삶은 한 여인을 만남으로 해서 큰 변화를 맞이하게 되었다.

삼십여 년 전 천하를 주유하며 무도를 추구하던 능운백은 우연히 들른 낙양에서 당시의 천하제일미 교교를 만났다. 당시 교교의 아름다움은 강호천하에 널리 퍼져 있어 그녀를 보기 위해 강호의 열혈남아들이 줄지어 낙양을 찾을 정도였다.

하지만 정작 천하제일미인 교교에 대해 알려진 바는 극히 적었다. 언제부터인지 모르지만 낙양 외곽의 고장원(古莊園)에 기거하기 시작한 교교는 장원 밖으로의 외출을 극히 삼갔기에 그녀의 미모 말고는 그녀에 대해 알려진 바가 거의 없었던 것이다.

강호의 내로라하는 문파와 세력들이 그녀의 정체를 캐내려애썼지만 누구도 그녀의 출신 문파나 배경을 알아낸 자들이 없었다. 천하제일미 교교는 그야말로 어느 날 갑자기 하늘에서 내려온 듯 낙양에 존재하기 시작했던 것이다.

하지만 그녀의 배경이 무엇이든, 그녀의 정체가 무엇이든, 그 모든 의문은 그녀의 미모의 앞에서 모두 뒷전으로 밀려났다. 당시 강호를 주름잡던 청년고수들의 오 할이 그녀의 마음을 잡기 위해 낙양으로 찾아들었고, 명문대파의 자제들이 보내는 청혼서가 그녀가 머물고 있던 장원에 하루에도 몇십 통씩 날아들었다.

"난 사실 교교에 대해 별반 관심이 없었어. 왜냐하면 내 몰골이 이 지경이라 언감생심 욕심을 낼 수 없었거든. 더군다나난 당시 교교와 나이 차이도 많이 났으니 내가 교교에게 가지는 관심은 그저 아름다운 꽃을 구경이나 하자는 정도였지."

능운백이 젊은 시절 교교와의 추억을 떠올리는 듯 아련한 시선을 한 채 말을 이었다.

"그런데 사람의 인연이란 이상하더란 말이야. 당시 교교가 머물던 장원 근처에는 수십 명의 강호협사들이 진을 치고 있었는데 마침 무림에서도 악명 높던 마인(魔人) 구음마 오천사가 교교의 미모에 욕심을 내서 교교의 장원을 월담했단 말이지. 구음마는 당시만 해도 강호의 이름난 고수들을 여럿 꺾은 자라 무공으로는 그를 따를 자가 많지 않았지만, 말했듯이 교교의 장원은 수십 명의 열혈고수들이 둘러싸고 있었거든. 당연히 강호의 협사들에게 구음마의 월담이 발각되고 말았지. 그래서 강호의 협사들은 제각기 구음마를 제압하기 위해 팔을 걷어붙이고 나섰다. 누구라도 먼저 구음마를 제압하면 그만큼 교교와 가까워질 수 있었으므로 각자가 지닌 최고의 절기들을 구음마에게 쏟아 부었지. 하지만 구음마의 무공은 예상한 것 이상이었어."

교교를 흠모하는 청년고수들이 구음마를 공격했을 때 구음마는 단번에 다섯 명의 후기지수를 피떡으로 만들어 버렸다고 한다. 그러자 더 이상 구음마를 제압하겠다고 나서는 인사가 없게 되었다. 아무리 천하제일미인의 마음을 얻을 기회라도 자신의 목숨보다 중요할 수는 없었으니까. 그리하여 좌중을 압도한 구음마가 당당하게 교교의 장원으로 들어서려는 찰나 그 앞을 막아선 것이 바로 추레한 떠돌이 고수 능운백이었던 것이다.

"그럼 구음마와 일전을 벌이셨겠네요?"

추산이 얼른 물었다.

"당연히 난 구음마와 일전을 벌였다. 물론 내가 교교에게 잘 보이고 싶어서 구음마의 앞을 막아선 것은 아니었다. 당시 나는 어느 정도 무공에 자신을 가지고 있던 터였지만 절정의 고수와 겨뤄볼 기회는 없었다. 그런데 마침 구음마와 같은 고수와 싸울 기회가 생겼으니 어찌 마다할 수 있었겠느냐?'

구음마와 천검 능운백은 치열한 혈투를 벌였다. 그때까지 능운백이란 이름을 아는 자가 강호에 그리 많지 않았다. 그런데 구음마와의 혈투 이후 능운백의 이름이 드디어 강호에 알려지기 시작했으니 구음마를 만난 것이 천검에게는 큰 복이랄 수 있었다. 어디 그뿐인가. 구음마와의 대결로 천검은 생각지도 못한 큰 행운을 얻었으니, 바로 천하제일미 교교와의 인연이 시작되었던 것이다.

"구음마는 정말 강했지. 내 평생 강호의 숱한 무인들과 겨루어보았지만 지금까지도 구음마와 같은 강적을 만난 적은 거의 없었다. 우리는 오백 초를 겨루었고, 낮은 밤이 되어 있었지. 그리고 결국 난 최후의 일격을 구음마의 가슴에 꽂아 넣을 수 있었다."

"결국 사부께서 이기셨군요."

이미 아주 오래전의 일이건만 마치 눈앞에서 싸움이 벌어지고 있는 것처럼 긴장하고 있던 추산이 입술에 침을 묻히며 얼른 물었다.

"이놈아, 당연한 일 아니냐? 내가 이기지 않았으면 어찌 지금 네 눈앞에서 이렇게 이야기를 하고 있겠느냐? 하지만 그리 만만한 승부는 아니었다. 나 또한 심각한 내상을 입었던 것이지. 그 덕에 구음마를 베는 순간 나 역시 의식을 잃었단다. 그런데 의식을 잃었던 내가 깨어난 곳이 어딘 줄 아느냐?'

능운백이 의미심장한 미소를 지으며 물었다. 하지만 장내에 그걸 예측하지 못할 사람이 어디 있을까.

　　"어디긴 어디겠어요. 당연히 사모님의 장원이었겠지요."

　　그러자 능운백이 득의한 표정을 지으며 대답했다.

　　"맞다, 바로 교교의 장원이었지. 그것도 바로 교교의 침상에 말이다. 하하하! 천하의 모든 영웅호걸들이 꿈꾸던 바로 그 자리에 내가 누워 있었단 말이야."

　　능운백은 지금 생각해도 기분이 좋은지 너털웃음을 터뜨렸다.

　　"뭐, 그렇게 해서 사모님을 만난 것은 그렇다 치고요. 이제 어떻게 설연장 남자들의 업보가 시작되었는지 말씀해 주셔야죠."

　　추산이 능운백의 이야기를 재촉했다. 그러자 능운백의 표정에서 웃음이 사라졌다.

　　"음, 그렇지 않아도 그 이야기를 시작하려던 참이다. 에… 그렇게 해서 나와 교교는 한동안 얼굴을 보고 지냈다. 그러다 보니 자연스레 내 마음속에도 천하제일미를 연모하는 마음이 생기더란 말이다. 하지만 감히 내가 교교에게 청혼을 할 수는 없었다. 알다시피 내 추레한 몰골과 볼 것 없는 배경은 전혀 천하제일미에게 어울리지 않는 것이었으니까. 그런데 어느 날 놀라운 일이 벌어졌다."

　　"놀라운 일이라뇨?"

　　"교교가 먼저 내게 청혼을 한 것이다!"

순간 추산과 대웅산이 믿을 수 없다는 표정으로 능운백을
바라봤다.

"아니, 설마 사모님께서 먼저 사부님께 청혼을 했다는 말이
에요?"

"글쎄 그렇다니까 그러는구나."

"아아, 전 믿을 수 없어요. 어떻게 그런 일이……."

"흐흠, 이놈이 아주 제 사부가 못났다고 대놓고 말을 하는구
나. 하지만 녀석아, 내 말은 한 치의 거짓도 없는 사실이다. 분
명 교교는 내게 먼저 청혼을 했다."

"도대체 어떻게 일이 그 지경이 된 거죠? 설마 사모님의 머
리에 잠시 이상이 생기신 건가요?"

순간 능운백의 손이 번개처럼 추산의 머리를 후려쳤다.

딱!

"옥!"

추산의 입에서 불지불식간에 신음성이 흘러나왔다. 추산의
무공이 근래 장족의 발전을 보이기는 했으나 천하팔대고수의
손속을 피할 수는 없었다.

"이놈아, 교교의 정신은 아주 말짱했어."

"알았어요, 알았다구요. 그래서요?"

추산이 능운백에게 얻어맞은 머리를 문지르며 퉁명스럽게
물었다. 그러자 능운백이 추산을 한 번 노려보고는 다시 입을
열었다.

"이미 교교에게 마음을 빼앗긴 내가 어찌 그 청혼을 거절할

수 있었겠느냐? 당연히 난 단박에 그 청혼을 받아들였다. 그런데 우리 두 사람이 혼인을 하기 위해서는 다른 한 사람의 승낙이 필요하단 사실을 그때까지 난 모르고 있었다."

"사모님의 부모님이 계셨군요?"

추산이 지레짐작으로 묻자 능운백이 고개를 저었다.

"아니다. 네 사모는 애초에 나처럼 천애 고아였다. 그녀가 내게 마음을 준 것은 서로가 같은 처지였기 때문이기도 했으니까."

"그럼 누구의 허락이 필요했죠?"

"바로 교교의 사부인 한 분의 허락이 필요했단다."

"어? 사모님께 스승이 계셨다고요?"

"그렇단다."

"그럼 사모님이 무공을 익히고 계시단 말이세요?"

"그렇단다. 지금까지 강호에 알려진 것과는 달리 교교는 무척 대단한 무공을 지니고 있단다. 나와 혼인한 이후 그 무공을 단 한 번도 드러내지 않았기에 그녀가 무공을 지니고 있지 않다는 소문이 퍼졌을 뿐이지. 기실 그녀는 그 누구도 무시할 수 없는 무공을 가지고 있단다."

"이건 정말 놀라운 일이군요. 전 지금까지 사모님이 무공을 지니고 계실 거라고는 전혀 생각을 못했어요. 그런데 사모님의 사부라는 분은 어떤 분이시죠?"

추산의 질문에 능운백의 표정이 진지하게 변했다.

"바로 그게 문제였다. 네 사모의 사부는 나조차도 한 수 양보해야 하는 절정고수였거든."

"도대체 그분이 누구기에 천하팔대고수이신 사부께서……."

"사람들은 그분을 화중대모라 부른단다!"

순간 대웅산과 추산의 눈이 경악으로 부릅떠졌다.

"설마, 설마 천하팔대고수 중 유일한 여고수인 신비의 그 화중대모(花中大母)를 말씀하시는 건가요?"

"그렇다, 그분이 바로 네 사모의 사부님이시니라."

第二章

화맹(花盟)

孤劍秋山

언제부턴가 강호에 이런 말이 떠돌았다.

'천하의 남자들이여, 여인을 가벼이 여기지 마라. 여인의 가슴에 한을 심어준 자(者), 자신의 심장에서 피를 흘리리라!'

출처를 알 수 없는 이 섬뜩한 경고가 강호에 처음 떠돌기 시작했을 때 스스로 영웅호걸이라 자처하는 대부분의 무인들은 한바탕 호기로운 웃음으로 이 경고를 흘려보냈다. 무림에 이름 난 여고수가 없는 것은 아니지만 그래도 강호를 주름잡는 고수의 구 할은 남자다. 그런 남자들을 향해 던져 낸 누군가의 일성이 구 할의 남자들에게 위협이 될 수는 없는 일이었다.

그런데… 어느 날부터인가 이 경고는 허황된 풍문이 아닌 강호의 현실이 되기 시작했다. 강호를 주름잡던 소문난 음마(淫

魔)들이 하나둘 피를 보며 죽어가기 시작했던 것이다. 더군다나 죽은 자들 중 천하팔대고수에 근접하는 무공을 지녔다고 알려진 황산귀 괴철과 대막음살(大漠淫殺) 여상이 포함된 것이 알려진 이후, 천하는 이 한 줄의 경고를 결코 무시할 수 없게 되었다.

그리하여 사람들의 관심이 이 경고를 강호에 흘려보내고 또 그 경고대로 실천한 인물이 누구인가에 쏠리기 시작했다. 하지만 이 경고의 주인공은 쉽게 그 정체를 드러내지 않았다. 알려진 것이라고는 그가 아닌 그녀라는 사실, 즉 경고의 주인공이 절세무공을 지닌 여고수라는 사실이 전부였다.

본래 남자들이란 어린애와 같아서 좀체 자기의 고집을 꺾으려 들지 않는 경향이 있다. 그래서 황산귀와 대막음살이 죽었다면 충분히 조심을 해야 할 텐데 개 중 몇몇은 호기롭게 자신들이 이 장막에 가려진 여고수를 제압하겠다고 떠들어댔다. 하지만 현실은 그렇게 녹록치 않았다. 그런 자들치고 신비의 여고수에게 죽음을 당하지 않은 자가 없었던 것이다.

그렇게 신비의 여고수에게 죽은 자의 숫자가 차츰 늘어나기 시작했다. 하나에서 시작한 죽음은 어느덧 일백을 넘어섰다. 누군가 강호에서 일백 명의 목숨을 취했다면 천하의 대마인으로 불렸을 터이지만 강호의 무림인들은 이 신비의 여고수를 마녀라 부르지 않았다. 왜냐하면 그녀의 손에 죽어간 자들이 오히려 하나같이 여인들의 눈에서 피눈물을 뽑아낸 마인들이었기 때문이었다.

그리하여 그녀의 손에 죽은 자가 일백을 지나 이백여 명에 이르렀을 때 강호는 그녀를 천하에서 가장 강한 고수 중 한 명으로 꼽기 시작했다. 물론 그즈음은 천하팔대고수가 정립된 시기가 아니었지만 그녀의 무명은 강호를 덮었고, 천하가 팔대고수를 인정하게 될 무렵에 그녀는 당연하게도 그 팔대고수 중 한 명의 지위를 차지할 수 있었다.

이름도 없었다. 그저 불리느니 버림받은 여인들의 대모(大母), 화중대모(花中大母)라 불릴 뿐이었다. 그렇게 천하팔대고수 중 유일한 여고수가 탄생했다.

그런데 바로 그 화중대모가 또 다른 천하팔대고수 능운백의 부인인 교교의 사부였을 줄 누가 상상이나 했을 것인가?

"아니, 그러니까 지금 그 여인들의 대모라는 그 신비의 여고수가 사모님의 사부란 말인 거죠?"

추산이 아직도 믿지 못하겠다는 듯 되물었다.

"이놈이? 몇 번을 말해야 알아듣겠어? 바로 그 양반이 교교의 사부였다고 했잖아."

"와, 이건 정말 근래에 들은 이야기 중 제일 충격적인 이야긴데요. 대 형님이 지화 사저를 꼬신 것보다 몇십 배는 놀라운 얘기예요. 가만있자, 그럼 이제 보니 우리 설연장의 힘이 장난이 아니군요. 천하팔대고수 중 두 명을 뒷배경으로 하는 세력이 천하에 어딨겠어요. 하하, 천하사패가 두렵지 않은 전력이군요."

추산이 어깨에 힘을 주며 말했다. 그러자 능운백이 혀를 차며 입을 열었다.

"이 녀석아, 그 인연이 결코 좋은 것만은 아니다."

"좋은 것만은 아니라뇨? 천하팔대고수와의 인연을 마다할 사람이 어디 있다고?"

"에휴… 이제부터 그 이야기를 하려고 하니 잘 들어보거라. 그러니까 내가 교교의 손에 이끌려 화중대모 그 어른… 에 그 양반은 사실 나보다 나이가 그리 많은 것은 아니다. 알겠지만 나와 교교의 나이 차가 워낙 많이 나니까. 어쨌든 그 양반을 만나러 간 날, 그 양반은 내가 교교와 혼인을 하는 조건으로 두 가지를 내걸었다."

"어떤 조건이죠?"

"첫 번째는 교교 이외의 다른 여인에게 눈길도 주지 말 것!"

"그야 어려운 일이 아니군요. 누가 사모님 같은 미인을 곁에 두고 다른 여자에게 눈길을 주겠어요. 하물며 사부님 같은 분… 악!"

딱!

추산의 비명 소리가 그의 머리에서 나는 타격음보다 먼저 터져 나왔다. 그런 추산을 노려보며 능운백이 말했다.

"이놈아, 나 못난 것은 제자 녀석이 확인시켜 주지 않아도 잘 알고 있으니 입 닥치거라."

"아, 알았어요. 잘못했어요."

추산이 능운백에게 일격을 당한 이마를 문지르며 재빨리 뒤로 조금 물러났다. 그러자 그런 추산을 한 번 더 노려본 능운백이 다시 입을 열었다.

"흠, 네 녀석 말이 노상 틀린 것은 아니다. 물론 난 교교 이외의 다른 여자에게 눈길을 돌릴 처지가 아니었으니 대모께 즉시 약속했지. 그렇게 첫 번째 조건은 수월하게 지나갔는데 문제는 두 번째 조건이었다."

천하의 대고수 능운백의 표정이 심각하게 굳어졌다.

"도대체 무슨 조건이었기에……?"

이번에는 대웅산이 조심스럽게 물었다.

"휴, 그게 바로 우리 설연장 남자들의 업보가 된 바로 그 일이니라."

능운백의 표정에 추산과 대웅산이 사뭇 긴장한 표정으로 능운백의 입이 열리기를 기다렸다. 고검은 이미 능운백이 하려는 이야기를 알고 있는 듯 담담한 표정으로 능운백의 이야기를 듣고 있었다.

"그러니까 대모께서는 나에게 교교와 혼인하는 조건으로 매년 금자 일천 냥씩을 내라고 하셨던 게다."

"헉! 금자 일천 냥이오?"

"와, 완전히 칼 안 든 강도네! 제자를 시집보내는 조건이 연간 일천 냥의 금자라니… 이제 보니 그 대모라는 양반 무척 물욕이 강한 분이신가 보군요?"

추산이 못마땅한 듯한 표정으로 말했다. 천하팔대고수씩이나 되는 사람이 제자의 혼인을 미끼로 매년 금자 천 냥이라는 막대한 금전을 받아내려는 것이 영 마음에 들지 않았기 때문이었다.

"나도 처음에는 놀라지 않을 수 없었다. 또 한편으로는 화가 나기도 했지. 교교의 미모와 내 몰골이 추레한 점을 이용해 날 놀려먹으려는 게 아닌가 해서 말이야. 하지만 난 결국 그 조건을 승낙하고 말았다."

순간 추산이 쓴 침을 삼키듯 얼굴을 찌푸리며 입을 열었다.

"결국 사부께선 사모님의 미모를 포기하지 못하신 거군요? 그 덕에 평생 황금충으로 사셨고, 또 제자인 사형과 제게도 황금충의 업을 물려주신 거고요."

추산의 말에는 얼마간 비난의 감정이 포함되어 있었다.

"물론 네 말대로 그 조건으로 인해 나와 너희들이 황금충으로 살아가는 것은 맞다. 하지만 내가 대모님의 조건을 수락하게 된 것이 꼭 교교의 미모가 탐나서만은 아니었다."

능운백이 변명하듯 말했다.

"그럼 다른 이유가 있다는 말인가요?"

"물론, 내가 대모님의 조건을 승낙한 이유는 그 일천 냥의 금자가 어떻게 쓰일 거란 걸 알았기 때문이다."

"그러니까 금자의 사용처를 알고 나서 그 조건을 승낙했다는 건가요? 그럼 대모께서는 달리 금자를 써야 할 곳이 있었단 말이군요?"

추산이 얼굴에서 비난의 기색을 지워내며 물었다.

"그렇다. 대모께서는 당시 무척 많은 금자가 필요한 상태였지."

"도대체 뭘 하는데 그런 많은 금자가 필요했던 거죠?"

그러자 능운백이 조금 경건한 표정과 음성으로 입을 열었다.

"당시 대모께서는 이미 강호에 신비의 여고수로 이름을 날리고 있을 때였다. 대모께서 직접 주살한 천하의 마인이 이백을 넘어서고 있었으니까. 그런데 대모께서는 당시 자신의 행보에 큰 회의를 가지고 계셨다."

"회의라뇨? 천하 여인들의 수호자가 되는 일은 회의를 가질 만한 일이 아니잖아요?"

"물론 그 일 자체에 회의를 가지신 것은 아니다. 단지 그 방식에 회의가 들기 시작하셨던 것이지."

"일을 하는 방식이라면……?"

"대모께서 천하의 음마들을 주살하기를 수년, 그분의 손에 주살된 천하의 마인들이 이백을 넘었지만 강호의 음마들은 사라질 기미를 보이지 않았다. 아니, 오히려 더욱더 많은 음마들이 새롭게 생겨나고 있었다. 어찌 보면 당연한 일이었지. 손은 하난데 쓸 곳은 여럿이니 어찌 대모님 혼자의 힘으로 천하의 음마들을 모두 없앨 수 있었겠느냐. 해서 대모께서는 당시 새로운 방법을 모색하고 계셨다. 바로 가슴에 한이 있는 여인들만으로 이루어진 하나의 비밀스런 조직을 만드는 일이었다. 조직적으로 천하의 음마들을 소탕해 나갈 조직 말이다."

"음… 어쩔 수 없는 선택이었겠군요."

"해서 탄생한 것이 바로 화맹(花盟)이다."

"화맹은 바로 대모께서 만든 여인들만의 비밀 조직이었군요."

그제야 추산과 대웅산은 처음 능운백이 말했던 화맹이란 조직이 뭘 의미하는지 알게 되었다.

"대모께서 내게 매년 일천 냥이라는 막대한 금자를 요구하신 것은 바로 그 화맹을 조직하시는 데 막대한 금자가 필요했기 때문이었다. 기실 대모께서 무리한 요구를 하신 것은 아니다. 당시 교교에게 목을 매고 있던 강호의 청년고수들 중 그 배경으로 보아 매년 금자 일천 냥이 아니라 삼사천 냥도 너끈히 낼 만한 인물들도 있었으니까."

"하지만 결국 제자를 팔아 돈을 요구한 것은 사실이잖아요?"

"음, 그렇긴 하지만 교교 역시 대모께서 하시는 일에 자기 한 몸 희생할 각오는 하고 있던 터이니, 기실 난 교교를 그 화맹의 일에서 벗어나게 하는 대가를 치르는 셈이 되었던 것이지. 대모께서 하시려는 일이 의(義)에 부합하고, 또 교교는 그 일의 중심에 있어야 할 사람인데 내가 데려오게 되었으니 내가 어찌 그 조건을 수락하지 않을 수 있었겠느냐? 해서 결국 난 교교와 혼인을 하는 대신 천하제일의 황금충이 되었던 것이다. 그리고 그 업은 바로 너희들에게 전해진 것이고……."

"그럼 지금도 여전히 매년 천 냥씩의 금자를 대모께 보내고 있는 건가요?"

그러자 능운백이 고개를 저으며 대답했다.

"한 몇 년 전부터 화맹이 단단히 기반을 잡으면서 내가 보내는 돈이 크게 요긴하지 않게 되었단다. 해서 요즘은 되는대로 보내 드리고 있지. 하지만 어쨌든 화맹의 재정 일부를 담당하는 것이 우리 설연장 남자들의 몫이라는 것은 분명한 사실이다. 그래서 웅산 자네가 지화와 혼인을 하려면 매년 오백 냥의 금자를 벌어와야 하는 것이야. 이제 내가 자네에게 금자 오백 냥의 조건을 내건 이유를 알겠나?"

그러자 대웅산이 꾸벅 고개를 숙여 보였다.

"그런 이유가 있는데 어찌 일하기를 마다하겠습니까? 걱정 마십시오. 이 대웅산 반드시 연간 금자 오백 냥은 책임지겠습니다."

"껄껄껄, 역시 자네는 호탕한 면이 있어. 하하하!"

순순히 대웅산이 자신의 조건을 받아들이자 능운백이 너털웃음을 터뜨렸다.

"그런데 계산이 조금 이상한데요?"

추산이 고개를 갸웃거렸다.

"계산이 이상하다니? 뭐가?"

능운백이 이 녀석이 또 무슨 말을 하려나 하는 표정으로 추산을 보며 물었다.

"어차피 그동안 사형이 매년 금자 일천 냥 이상을 설연장으로 보냈을 것 아니에요. 그런데 다시 대 형님이 금자 오백 냥을 보내고 또 만약 나중에라도 제게도 금자를 보내라고 하시면 대모께 보내는 금자보다 훨씬 많은 금자가 모이게 되는 거잖아요?"

그러자 능운백이 당연하다는 듯 입을 열었다.

"그야 당연한 일 아니냐. 이제 이 사부는 늙어서 돈벌이를 할 수 없으니 제자와 사위가 늙은 나를 봉양하는 게 뭐가 이상하단 말이냐?"

"하지만 그래도 너무 많이 남는 것 아닌가요?"

"녀석아, 네 사모의 씀씀이를 몰라서 하는 말이냐?"

"지금껏 알려진 사모님의 씀씀이는 결국 과장되었다는 말이 되잖아요. 화맹에 보내는 돈들도 모두 사모님과 사저들이 쓰는 것으로 알려졌으니까요. 그런데 왜 화맹에 보낼 금자 말고도 그리 많은 금자가 필요하냐는 거죠."

"흐흐흐, 네놈 말대로 그동안 애꿎게 오해를 받은 네 사모에게 앞으로는 소문대로 그만큼의 금자를 쓰게 해주려고 한다. 왜, 불만이냐?"

능운백이 가볍게 오른손을 서간 위에 올려놓으며 추산에게 물었다. 순간 추산이 급히 고개를 저으며 대답했다.

"아니요. 헤헤, 그간 강호의 오해를 한 몸에 받아오신 사모님이니까 이제라도 제자들이 힘껏 금자를 벌어 사모님을 호강시켜 드리는 것은 당연한 일이겠지요."

"후후후, 역시 내가 제자 하나는 잘 뒀어!"

*　　　　*　　　　*

대웅산과 능지화의 혼인은 빠르게 진행됐다. 애초에 대웅산이 동궁육상천 무상문의 제자 신분을 유지하고 있었다면 격식을 차리느라 수개월의 시간이 걸릴 일이었지만 대웅산과 무상문의 인연이 끊어진 상태였기에 따로 격식을 차릴 이유가 없었다.

대웅산과 능지화는 그들이 설연장으로 돌아와 천검 능운백에게 혼인을 허락받은 그 달 보름에 혼인식을 올리기로 했다. 급하게 전서구가 개봉의 무불장으로 날았고, 개봉 무불장에 남아 있던 청부사들 중 총관 한단을 제외한 전원이 능천화와 함께 설연장을 향해 길을 떠났다는 전서구가 도착한 것도 여러 날 전이었다.

보름이 다가올수록 설연장은 서서히 두 사람의 혼인 준비로 분주해져 가고 있었다. 그런데 그런 설연장을 향해 저녁 어스름의 어둑한 공기를 뚫고 한 명의 인영이 급히 몸을 날리고 있었다. 인영은 갸름한 신형에 검은색 무복을 입고 있었는데 설연장으로 향하는 험준한 산길을 사슴처럼 가볍게 날아오르고 있었다.

설연장의 문지기 곽운은 산에 어둠이 찾아들자 언제나처럼 장원의 정문 옆 커다란 돌화로에 관솔을 모아 넣고 불을 붙였다. 산중 깊은 장원에 손님이 찾아오는 경우는 극히 드물었지만 설연장은 언제나 해가 지면 두 시진 동안 장원의 정문 앞에 불을 밝혀놓았다. 언제라도 멀리서 손님이 찾아오면 산속에서 길을 잃지 않고 설연장을 찾아올 수 있도록 한 능운백의 배려였다.

"아가씨들이 클 때는 누가 저런 말괄량이들을 데려가랴 싶었는데 어느새 이렇게 성장해 하나씩 배필을 만나다니 세월 참 빠르구나."

곽운의 나이 쉰다섯, 설연장이 이 깊은 산중에 자리를 잡을 때부터 설연장의 허드렛일을 했으니 그에게 능운백의 세 딸들은 남 같지 않은 존재들이었다.

한편으로는 아쉽고 한편으로는 대견스러운 능씨 삼 자매의 성장에 흐뭇한 미소를 짓고 있던 곽운이 한순간 장원의 허드렛일을 하는 사람이라고는 생각할 수 없을 만큼 날카로운 눈빛을 빛내며 산 아래에서 설연장으로 오르는 험로에 시선을 주었다.

"누군가? 설마 무불장의 고수 분들이 벌써 도착했을 리는 없고, 다가오는 속도로 보아 보통 실력을 지닌 자가 아닌 것 같은데……?"

곽운이 고개를 갸웃거렸다. 설연장에서 허드렛일이나 하는 곽운이 수십 장 밖에서 다가오는 사람의 기척을 알아챘다는 것은 뜻밖의 일이라고 할 수 있었지만 기실 곽운은 젊어서부터 천검 능운백을 따랐던 사람으로 그로부터 적지 않은 무공을 전수받았다.

강호에 나가면 능히 일류고수 소리를 들을 수 있는 그였지만 설연장이 세워지자 능운백의 만류에도 불구하고 스스로 설연장으로 들어와 능운백의 곁에 머물며 허드렛일을 하고 있는 그였던 것이다.

곽운은 허름한 자세로 우두커니 서서 설연장을 향해 빠른 속도로 다가오는 검은 인영을 기다리고 있었다. 설연장을 찾아온 손님을 가장 먼저 맞이하는 것 역시 그의 소임이었다.

그렇게 관솔 불화로 옆에서 한밤중 불청객을 기다리고 있던 곽운의 앞에 호리호리한 체격에 검은 무복을 입은 청년이 날아내렸다.

"어디서 오시는 누구시오?"

곽운이 문지기라기에는 조금 건방져 보이는 태도로 검은 무복의 청년을 맞았다.

"천검 어른을 뵙고자 합니다만……."

검은색 무복의 젊은 무사가 정중하게 입을 열었다.

'흠, 예의는 있는 자군. 그런데 무슨 남자가 이렇게 호리호리하게 생겼단 말인가? 여장을 하면 영락없이 미인 소리를 듣겠는걸?'

상대의 모습을 재빨리 훑어본 곽운이 내심 이런 생각을 하며 천천히 입을 열었다.

"어디서 온 누구라 전하면 되겠소?"

그러자 젊은 무사가 품속에서 하나의 붉은색 봉투 하나를 꺼내 곽운에게 건넸다.

"이걸 전해 드리면 제가 누군지 아실 겁니다."

"알겠소이다. 잠시 기다리시구려."

곽운이 재빨리 상대가 건넨 봉투를 받아 들더니 급히 장원 안으로 사라졌다. 지난 수십 년 동안 곽운은 이런 붉은 봉투를 천검에게 전한 손님을 여럿 맞아본 적이 있었다. 그리고 그때마다 천검은 봉투를 가져온 손님을 매우 정중하게 맞이했었다.

곽운의 예상은 정확하게 맞아떨어졌다. 설연장의 주인인 천검과 교교가 머무는 안채에 들어 젊은 무사가 가져온 붉은색 봉투를 전하자 천검의 표정이 급변하며 곽운에게 물었다.

"손님은 어디 계시는가?"

"예, 지금 장원의 정문 앞에 계십니다."

"음, 알겠네. 얼른 나가서 손님을 후원 내 초옥으로 모시게. 귀한 손님이니 각별히 조심하고!"

"알겠습니다, 어르신!"

곽운이 천검의 명을 받고는 얼른 자리를 떠 정문에서 기다리고 있을 젊은 무사에게로 돌아갔다. 그러자 그 모습을 보고 있던 교교가 걱정스런 얼굴로 입을 열었다.

"무슨 일일까요? 이리 급히 사람을 보낸 적은 없는 것 같은데, 기별도 없이……."

그러자 능운백 역시 심상치 않은 표정으로 대답했다.

"글쎄올시다. 금자를 보내는 날짜도 아니고……."

"이제 삼 일 후면 지화의 혼인날인데……."

"가서 만나보면 알지 않겠소? 가봅시다."

능운백이 불안한 표정의 교교를 이끌고 손님을 모셔두라고 명했던 설연장 후원의 초옥으로 발걸음을 옮기기 시작했다.

며칠 전 고검과 추산 그리고 대웅산에게 설연장과 화맹, 그리고 화중대모에 얽힌 이야기를 들려주었던 능운백의 초가는 홀로 어둠 속에 덩그러니 놓여 있었다. 능운백 이외의 사람에게는 접근이 허락되지 않는 곳이라 더더욱 적막감이 감도는 초옥. 그런데 어느 순간 초옥에 불이 밝혀지고 사람의 인기척이 생겨났다.

"천검 어르신과 대부인을 뵙습니다."

어둠을 뚫고 설연장에 오른 검은색 무복의 젊은 무사가 능운백과 교교가 방 안으로 들어서자 자리에서 일어나며 두 사람을 향해 정중하게 인사를 했다. 그런데 젊은 무사의 입에서 흘러나온 목소리가 설연장의 문지기 곽운에게 말을 할 때와는 사뭇 달랐다. 그것은 분명 여인의 목소리였던 것이다.

"내 기억이 맞다면 자네 이름이 천향이지?"

천검 능운백이 여인의 목소리로 인사를 한 상대를 보며 물었다.

"기억하고 계시는군요."

"흠, 내가 나이는 먹었어도 기억력은 제법 좋은 편이지. 그런데 무슨 일인가? 여간해서는 이런 식으로 날 찾아오는 일은 없었는데?"

그러자 천향이란 불린 젊은 무사, 아니, 여인이 황급히 품속에서 능운백에게 전했던 붉은색 봉투와는 다른 검은색 봉투를 꺼내 능운백에게 전했다.

"대모께서 급히 어르신께 전하라는 서신입니다."

순간 능운백과 교교 두 사람의 얼굴색이 변했다.

"대모께서 직접 서찰을 보내셨다는 말인가?"

"그렇습니다."

"무슨 일이 있으신 건가?"

이번에는 교교가 걱정스런 얼굴로 물었다. 그러자 천향이란 남장여인이 대답했다.

"월하장이 수룡맹으로부터 위협을 받고 있습니다. 그래서… 자세한 것은 대모님의 서찰을 읽어보심이……."

천향의 대답에 능운백이 급히 검은색 봉투의 입구를 뜯고 그 안에 든 서찰을 꺼내 들었다.

작지만 힘있는 글씨가 서찰에 깨알처럼 적혀 있다. 분명 능운백과 교교가 알고 있는 한 여고수의 필체가 분명했다. 두 사람은 서찰을 불빛 아래로 가져가 함께 읽기 시작했다. 잠시 후 서찰을 모두 읽은 두 사람의 표정이 심각하게 변했다.

"월하장이 무너지면 하북의 화맹(花盟)은 그 구심점을 잃게 돼요. 하북이 흔들리면 화맹 전체의 연락망이 무너질 수 있지요."

평소의 교교에게선 볼 수 없는 모습이다. 진지하면서 날카롭다. 더 이상 능운백이 벌어오는 돈으로 사치를 일삼는 귀부인의 모습을 그녀에게서 찾아볼 수 없었다.

"그렇다고 대모께서 화맹의 고수들을 이끌고 정면에 나서실 수도 없는 상황입니다. 그리되면 화맹의 존재가 천하에 드러날 테고 결국 천하사패의 관심을 받게 될 테니까요."

남장여인이 대답했다.

"언제까지 화맹의 존재를 강호에 숨길 수는 없는 일이야. 어쩌면 지금이 좋은 기회일 수도 있지. 수룡맹의 탄생과 천하팔대고수 신주마 악불위의 등장으로 강호가 요동치고 있으니 화맹의 존재를 드러낸다 하여 사패가 함부로 화맹을 압박할 수는 없을 테니까."

능운백이 나직한 어조로 말했다.

"물론 천검 어르신의 판단도 한 방법이긴 하지만 대모께서는 아직 때가 이르다고 보신 모양입니다."

그러자 능운백이 고개를 끄덕였다.

"언제나 현명한 판단을 하시는 분이니 나름대로 생각이 있으시겠지. 어쨌든 대모께서는 월하장만큼은 포기할 수 없다 보신다는 거지?"

"그렇습니다, 어르신!"

"좋아, 내가 나서지!"

순간 교교와 남장여인 천향 모두 놀란 듯 능운백을 바라봤다.

"당신이 직접 가시려고요?"

"그래야 하지 않겠소? 월하장은 이미 세간에 일반적인 기루가 아니라고 알려진 곳이오. 더군다나 월하장 내에 고용된 고수들 역시 강호 일류고수라는 사실은 천하가 다 아는 사실, 그 월하장을 손에 넣겠다고 나섰다면 수룡맹에서도 뛰어난 자들을 동원했을 게요. 그에 대응하자면 역시 내가 나서야겠지."

"검이와 무불장의 식솔들만으로는 어려울까요?"

"물론 검이와 추산이라면 이 일을 해결할 수도 있겠지."

"그럼 굳이 당신이 나설 필요는……?"

"뭘 걱정하는 거요? 교교, 설마 내가 월하장을 지키다 죽기라도 할까 봐 그러시는 게요?"

"당신도 참, 제가 언제 당신 목숨 걱정하는 것 봤어요? 전 다만 당신이 나섬으로써 천하의 이목이 당신에게 집중될까 그걸 걱정하는 거예요. 이런 혼란한 시기에 천하의 이목을 받는 것은 그리 좋은 일이 아니니까요."

그러자 능운백이 고개를 저었다.

"꼭 그런 것만은 아니라오. 강호는 잊혀진 자에 대해선 두려움을 갖지 않는 법이오. 그러니 강호무림이 본격적인 혈풍에 빠져들기 전 천검 능운백이 아직 건재하다는 것을 강호에 알려주는 것도 나쁜 일은 아니라오."

그러자 교교가 고개를 끄덕였다.

"듣고 보니 당신 말이 맞는 것 같네요. 천하팔대고수의 존재감을 이 기회에 강호에 심어주는 것이 혈풍의 시대 무불장과 우리 설연장의 안전을 지키는 데 도움이 되겠군요. 하지만 조심하세요. 당신의 연세도 이제는 만만치 않다고요."

"후후. 걱정 마시구려, 교교. 물론 내가 월하장에 가기는 하겠지만 내 손에 검을 들일은 거의 없을 게요. 팔팔한 제자 놈이 둘이나 있는데 내가 나서서 검을 휘두를 필요는 없지 않겠소?"

"하면, 검이와 추산이도 데려가실 생각이세요?"

"음, 이번 일은 아무래도 월하장이 무불장에 청부를 넣는 모양새를 취해야 할 테니 무불장의 청부사들도 움직여야 하지 않겠소? 더군다나 수룡맹이 얼마나 많은 고수들을 이 일에 투입할지 모르니 무불장의 모든 청부사들을 동원해야 할 것이오."

"알겠어요. 하지만 어쨌든 조심하세요. 큰 분란 없이 조용히 해결되면 좋겠군요."

"큰 분란이 생기면 그야말로 수룡맹은 잘못 발을 들여놓은 꼴이 되겠지."

능운백이 심각했던 표정을 풀고 느긋하게 허리를 뒤로 젖히며 말했다.

"말도 안 돼요!"

능지화가 울상을 지으며 소리쳤다. 그녀는 머리를 틀어 올려 비녀를 꽂고 있었는데 그건 곧 그녀가 혼인을 치른 여인이란 걸 의미했다.

대웅산과 능지화의 혼인식이 치러진 후 하루가 지난 뒤 능운백은 설연장의 모든 식솔들을 한곳에 불러 모았다. 물론 대웅산의 혼인을 축하하기 위해 멀리 무불장에서 달려온 왕민 등 무불장의 청부사들도 모두 함께. 그리고 그 자리에서 능운백은 새로운 청부를 수행하기 위해 무불장의 모든 청부사들과 자신이 내일 설연장을 떠날 것이라고 선언했다. 설연장을 떠

날 사람 중에는 어제 혼인을 마치고 단 하룻밤을 지낸 대웅산도 포함되어 있었다.

능지화가 능운백의 말에 반발한 것은 당연한 일이라고 할 수 있었다. 어느 신부가 혼인을 올린 지 이틀 만에 새서방을 외지로 보내고 싶어하겠는가?

"예외는 없다. 무불장의 청부사는 모두 이번 청부에 동행한다."

능운백이 전혀 양보할 기색 없이 차갑게 응대했다.

"하지만 우린 겨우 어제 혼인을 했다고요!"

"하룻밤 지났으면 할 건 다 했을 거고, 부족한 게 있으면 청부에서 돌아온 이후에 하거라. 그때는 한 두어 달 네 신랑을 건드리지 않을 테니. 하지만 이번에는 어쩔 수 없다. 이번 청부는 그만큼 중요한 것이기 때문이다."

"아버지……!"

"그만! 더 이상 입을 열려면 이곳에서 나가거라. 네 투정 들어줄 시간 없다."

능운백의 말에 능지화가 벌겋게 상기된 얼굴로 능운백을 쏘아보고는 이내 몸을 돌려 장내를 벗어났다.

"능 매!"

대웅산이 서둘러 능지화의 옷깃을 잡았지만 능지화는 그런 대웅산의 손길조차 뿌리치고 방을 벗어났다.

"그냥 놔둬. 나중에 돈이나 한 백 냥 줘. 그럼 금세 풀릴 테니."

"당신도 참, 그걸 말이라고……!"

능운백의 말에 교교가 눈을 흘기며 능운백을 타박했다.

"허험, 뭐 틀린 말도 아니잖소? 그건 그렇고, 지금 급한 건 지화 년 마음 달래주는 게 아니야. 이번 청부에 대한 대책을 세우는 것이 급하지."

능운백이 재빨리 화제를 돌렸다. 그러자 장내에 모여 있던 사람들의 시선이 능운백에게로 쏠렸다.

"사부께서도 가신다고요?"

추산의 질문에 능운백이 고개를 끄덕였다.

"그래, 이번에는 나도 간다."

"도대체 무슨 청부기에 사부께서 직접……?"

근자에 들어 천검 능운백이 청부행에 나선 적은 없었다. 추산이 설연장을 떠나 무불장으로 간 이후 능운백은 간혹 유람 삼아 강호에 나선 적은 있으나 청부로 인해 강호행을 나선 적은 없었던 것이다. 그런데 그런 능운백이 이번 청부를 직접 챙기고 있었다. 이번 청부가 보통 일이 아니라는 의미였다.

무불장 고수들의 얼굴에 얼핏 긴장감이 감돌았다. 도대체 무불장의 힘을 넘어 천하팔대고수 중 일인인 천검 능운백의 힘을 필요로 하는 청부란 어떤 것일까?

"황하와 접한 여산 기슭에 월하장이라는 기루가 하나 있다."

능운백이 입을 열자 만불통이 얼른 입을 열었다.

"여산 월하장이라면 나도 좀 알지요. 강호의 기루 중 열 손가락 안에 꼽히는 곳이 아닙니까? 세인들이 강북제일루라 부르지요. 기루 자체의 무사들도 일류들이고…….”

“허허, 역시 만 노제 자네는 풍류남이군. 강호의 기루 사정을 그토록 잘 알고 있다니…….”

“원 참, 노형님도. 그저 들어 알고 있는 거지, 제가 무슨…….”

만불통이 능운백의 말에 겸연쩍은 표정을 지으며 고개를 저었다. 두 사람은 십 년 전의 인연으로 호형호제하는 사이였다.

“아냐, 만 노제의 풍류는 예전부터 유명했잖아? 그래서 청부로 벌어들인 그 숱한 금자를 단 한 푼도 모으지 못한 것 아닌가?”

“아, 다 옛날 일이지요. 왜 자꾸 젊을 때 일을 들추십니까? 자자, 그런 말씀일랑은 그만 하시고 그 월하장에서 청부가 온 겁니까?”

그러자 잠시 만불통을 상대로 농을 하던 능운백이 표정을 바꾸며 고개를 끄덕였다.

“그렇다네. 이번 청부는 바로 그 월하장에서 들어온 것이라네.”

그러자 만불통이 고개를 갸웃거렸다.

“보통 일이 아닌가 보군요. 월하장 자체의 무력도 강호의 중소문파보다 낫고 또 워낙 거물들이 이용하는 곳이라 천하사패에도 적지 않은 연줄이 있는 것으로 알고 있는데, 그런 월하장이 스스로의 힘으로 문제를 해결하지 못하고 청부를 다 하다니 말입니다.”

그러자 능운백이 정색을 한 얼굴로 대답했다.

"그럴 밖에! 상대가 바로 수룡맹일세."

순간 장내의 분위기가 차갑게 식었다. 수룡맹, 당금 강호무림의 폭풍의 핵인 곳이며 이미 무불장의 청부사들과 여러 청부에서 인연이 얽혀 있는 곳의 이름이 아니던가.

"제길, 요즘은 모든 일에 수룡맹이 끼어드는군요. 도대체 수룡맹에서 왜 월하장을 노리는 거죠? 월하장은 무림문파도 아니잖아요?"

추산이 인상을 쓰며 물었다.

"물론 월하장은 무림문파가 아니다. 하지만 여산 인근에서는 무림문파에 못지않은 영향력을 가지고 있지. 금력에서나 무력에서나 모두 말이다. 하지만 그보다 더 중요한 이유는 바로 월하장의 위치라고 할 수 있다."

"월하장의 위치요?"

"그래. 월하장은 황하를 타고 오르는 배들이 서안에 들어서기 직전에 지나는 길목에 위치해 있다. 수룡맹의 목표가 천하의 수로를 장악하는 것이라면 강북의 종착점은 바로 서안. 하지만 그 서안은 이미 천하사패의 고수들이 팽팽한 균형을 유지하고 있는 곳, 수룡맹이 끼어들 자리가 없다. 따라서 수룡맹은 차선의 길을 찾을 수밖에 없는데 그 차선으로 선택된 곳이 바로 월하장인 것이다."

능운백의 말이 끝나자 이번에는 미심이 입을 열었다.

"수룡맹으로서는 직접 서안의 사패에 도전하기보다는 여산 월하장을 손에 넣은 후 차츰 서안을 도모할 생각일 거예요. 그런 면에서 보자면 월하장은 수룡맹에게 무척 중요한 곳이라고 할 수 있죠."

말을 하는 미심의 표정이 밝지 않다. 다른 때보다 초조하고 또 수심이 가득한 얼굴이었다.

'흠, 결국 월하장은 화맹의 한 지부겠군. 미 부인께서 저리 심각한 것은 당연한 일이야. 그녀 또한 화맹의 일원이니까. 어쨌든 화맹의 일이니 사부께서도 직접 나서시려 하시는 거군.'

추산이 재빨리 돌아가는 상황을 짐작했다. 화맹(花盟)의 존재를 알게 된 후 추산은 다른 사실 하나를 더 알 수 있었다. 그건 바로 무불장의 유일한 여청부사인 미심의 배경이었다.

무불장의 청부사들에게 언제나 최고급의 정보를 전달하는 미심, 과거 능운백의 부인 교교의 추천으로 무불장에 들어왔다고 알려진 미심의 배경은 바로 화맹이었다. 미심이 언제나 신속하게 강호의 정보를 가져올 수 있었던 것은 바로 그녀의 뒤에 화맹이라는 조직이 버티고 있기 때문이었다.

"검을 드실 생각이십니까?"

만불통이 그답지 않은 신중함으로 능운백에게 물었다. 하지만 이 질문은 무척 큰 의미를 지니고 있었다. 천검 능운백이 수룡맹을 향해 칼을 든다면, 그것이 비록 청부에 의한 것일지라도 결국 수룡맹과 무불장이 피할 수 없는 강을 건넌다는 의미가 되는 것이다. 그리고 양측의 수장은 모두 천하팔대고수다.

"말이 먼저겠지."

"대화로 해결이 나겠습니까?"

만불통이 미심쩍은 표정으로 물었다.

"훗, 그야 두고 봐야 알겠지. 귀왕 마천의 수하들이 이 능운백을 어찌 평가하고 있는지에 달린 문제니까. 하지만 그들이 날 적으로 돌리겠다면 나도 피하지는 않을 생각이야. 이참에 우리도 힘을 보여주는 게 무불장이 지금 강호에 이는 폭풍을 헤쳐 나가는 데 도움이 될 테니 말이야."

그러자 만불통도 고개를 끄덕였다.

"그도 그렇군요. 강호는 결국 힘이 모든 걸 말해주는 곳이니 말입니다. 허허, 잘 하면 이참에 노형님의 그 산검(散劍)을 구경할 수 있겠군요."

"산검(散劍)? 그거 버린 지 오래야!"

능운백이 퉁명스럽게 말했다. 순간 장내의 모든 고수들, 특히 만불통의 눈에 은은한 경외감이 떠올랐다. 무인이 검법을 버렸다는 것은 어떤 의미인가? 그건 곧 심즉검(心卽劍)의 경지에 올랐다는 것을 의미한다. 마음이 곧 검인 경지, 어떤 형태의 검로에도 얽매이지 않는, 그야말로 검에 자유를 부여할 수 있는 경지가 바로 심즉검의 경지다.

"제길, 십 년 수련이 다 소용없구나."

만불통이 한탄하듯 말했다. 십여 년 전 사천으로 능운백을 찾아가 비무를 청하려다 자신의 철곤을 꺼내보지도 못하고 비무를 포기했던 만불통이다. 그래서 지난 십여 년간 늙은 나이에도 불구하고 남경 인근 산속에서 치열한 무공 수련을 한 그가 아닌가. 그 수련의 최종 목적은 당연히 능운백과 한 번이라도 비무를 하기 위한 것이었다.

비록 능운백의 무공에 감복해 그와 호형호제하는 사이가 되었기에 능운백을 뛰어넘거나 이기려는 욕심이 있는 것은 아니었다. 하지만 적어도 능운백과 한 번의 비무를 포기할 수는 없었다. 그건 능운백과의 친분 이전에 무인 만불통의 자존심이 걸린 문제였던 것이다.

그런데 십 년 수련의 결과 이제 능운백에게 일수의 가르침을 청할 수 있으리라 생각했던 만불통의 예상은 산검을 버렸다는 능운백의 한마디에 처참하게 깨져 버렸다.

그 또한 강호에서 절정고수 소리를 듣는 자였으므로 능운백이 말한 경지가 심즉검의 경지라는 것을 단박에 알아차릴 수 있었고, 심즉검의 경지에 오른 사람에게 자신의 무공이란 턱없이 모자라다는 사실 또한 명확히 알고 있는 만불통이었다.

그러니 그의 입에서 십 년 수련이 다 소용없었다는 한탄이 흘러나온 것은 당연한 일이었다.

"언제 시간이 나면 한 수 겨뤄보기로 하세."

만불통의 심사를 알고 있는지 능운백이 미소를 지으며 만불통에게 말했다. 그러자 만불통의 얼굴에 희색이 번졌다.

"그게 정말입니까, 형님?"

"내가 어찌 노제에게 허언을 하겠는가? 하지만 일단 이번 청부는 마치는 것이 먼절세."

"그야 걱정할 게 없지요. 심즉검에 이른 고수가 나선 청붑니다. 실패할 리가 없지 않습니까?"

"그렇게 생각할 수만은 없는 일일세. 혹여 아는가? 내가 나섰다는 소식에 귀왕 마천이 암옥에서 나올지……."

"귀왕 마천이요? 설마하니 그자가 암옥을 떠나겠습니까?"

"그건 모르는 일이야. 사실 월하장을 접수하느냐의 문제는 수룡맹의 입장에서는 맹의 사활이 걸린 문제일 수도 있거든."

그러자 만불통이 고개를 끄덕였다. 서안이 최종 목적인 수룡맹에게 여산 월하장은 맹 전체의 향후 행보에 큰 영향을 미치는 곳이다. 한 조직에서 고수란 어려울 때 그 문제를 해결하기 위해 필요한 존재다. 그런 의미에서 귀왕 마천이 천검 능운백에 맞서 강호로 출도할 가능성이 없다고는 장담할 수 없었다. 하지만 만불통은 이내 고개를 저었다.

"뭐, 그 암옥의 늙은이가 나온다고 해도 가히 걱정할 문제는 아닌 것 같군요. 노형님의 무공이 심즉검에 이르렀다면 아무리 귀왕 마천이 천하팔대고수의 일인이라 하더라도 노형님의 검을 막을 수는 없을 겁니다."

"귀왕이 마지막으로 검을 꺼낸 것이 이미 수십 년 전의 일일세. 그동안 그의 무공이 어떻게 변했는지는 아무도 알 수 없단 말일세. 그가 이미 나의 경지를 넘어섰을 수도 있어. 방심할 수 없는 사람일세."

"그렇게 따지면 세상에 확실한 것은 없지요. 하지만 어쨌든 전 귀왕 마천이 노형님의 무공을 능가하리라고는 생각지 않습니다. 솔직히 그는 그 수십 년의 시간 동안 수룡맹이라는 거대한 조직을 만드느라 심력을 허비했을 테니 무공에 진력할 수는 없었을 겁니다."

"후후, 그럴지도 모르지. 하지만 어쨌든 귀왕은 무서운 사람이야. 각별히 조심해야 한단 말일세. 또한 무공도 무공이지만 수룡맹의 전력은 사패에서 독립을 선언할 정도네. 반면에 우린 겨우 십여 명에 지나지 않지. 조심해야 할 거야. 검아, 내일 출발할 수 있도록 만반의 준비를 해두거라."

"알겠습니다, 사부님!"

"자, 그럼 모두들 돌아가서 내일 떠날 준비를 해주게들. 그리고 웅산, 자넨 지화를 잘 달래놓아."

"알겠습니다, 빙장어른!"

대웅산이 정중하게 능운백에게 허리를 숙여 보였다.

"말했지만 설연장의 여인들에겐 금자가 곧 약이야! 자네 그간 모아둔 금자 좀 있지?"

능운백이 대웅산을 보며 능청스런 웃음을 지어 보였다. 그러자 심각했던 장내 분위기가 눈 녹듯 부드러워지는 것이었다.

과연 금자가 약이었을까? 다음날 출행을 앞둔 무불장의 청부사들이 설연장의 정문 앞에 모였을 때 능지화의 표정은 한결 밝아져 있었다. 그녀는 연신 대웅산의 옷매무새를 바로잡아 주며 한시도 대웅산의 곁에서 떨어질 줄 몰랐다.

"그럼 다녀오리다. 강호의 바람이 심상치 않으니 내가 없는 동안 각별히 조심하시오."

능운백이 교교를 보며 당부하자 교교가 가벼운 미소로 입을 열었다.

"걱정 마세요. 이 깊은 산중으로 누가 찾아오기나 하겠어요?"

"그야 모르는 일이지. 산중에 숨어산다고 해도 강호에 발을 들인 이상 강호에서 자유로울 수 없다는 것은 교교 당신이 더 잘 알고 있지 않소?"

"걱정 마세요. 바람이 불어온대도 충분히 대처할 수 있으니까요."

그러자 능운백이 고개를 끄덕였다.

"물론, 교교 당신이라면 어떤 바람도 능히 막아낼 수 있을 게요. 그럼 그만 가보리다. 자, 다들 출발하지!"

능운백이 고검과 추산을 위시한 무불장의 고수들을 돌아보며 말하자 무불장의 고수들이 저마다 산 아래로 이어진 길을 따라 발걸음을 옮기기 시작했다. 그런데 그때 교교와 함께 서 있던 설연장의 여인 중 한 명이 앞으로 달려나오며 추산을 불렀다.

"추산, 잠깐만!"

능인화였다.

"왜?"

추산이 조금 퉁명스런 말투로 대답했다.

"이거 가져가."

능인화가 뭔가를 추산에게 내밀었다. 추산이 능인화가 건넨 물건을 받아보니 질 좋은 비단으로 만든 요대였다.

"이게 뭐냐?"

"보면 몰라, 요대잖아."

"요대는 갑자기 왜?"

추산의 말에 능인화의 표정이 사나워졌다.

"주면 곱게 받아갈 것이지 뭘 그렇게 물어봐? 가져가기 싫으면 말던가!"

그러자 추산이 얼른 요대를 허리에 두르며 말했다.

"싫기는. 어허, 제법 잘 어울리는걸. 그럼 난 간다!"

추산이 이미 멀어진 무불장의 고수들을 따라붙기 위해 서둘러 걸음을 옮기며 손을 들어 보였다.

"조심해!"

"걱정 마. 이 추산을 해칠 놈은 강호에 없어!"

추산의 신형이 어느새 무불장 고수들 틈으로 사라지고 있었다.

"망할 녀석, 뒤도 돌아보지 않네."

불평을 흘려내는 능인화의 아름다운 얼굴에 엷은 아쉬움이 떠올랐다.

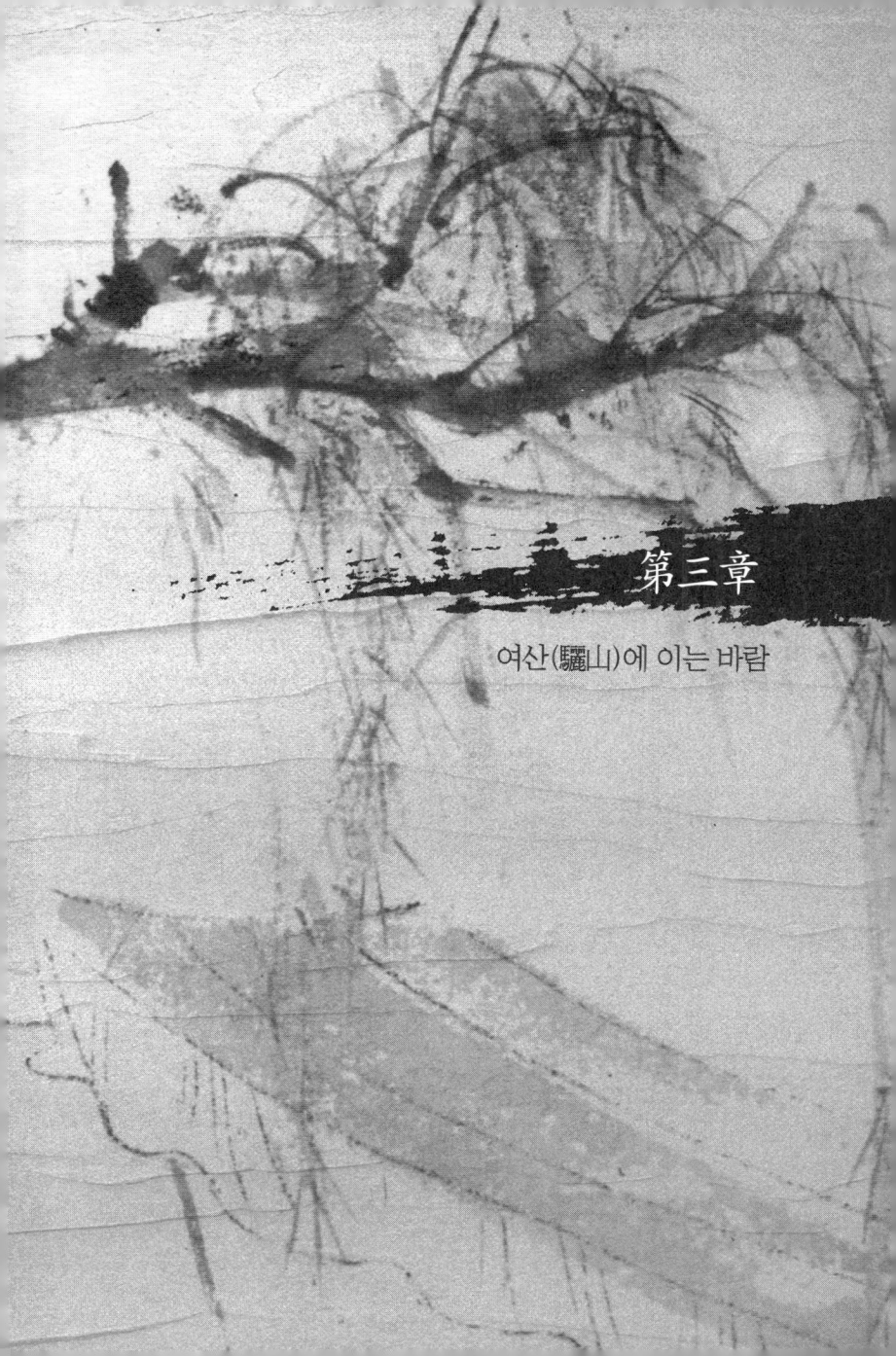

第三章

여산(驪山)에 이는 바람

孤劍秋山

　부드러운 곡선을 지닌 산등성이가 멀리 눈앞에 펼쳐졌다. 고개를 돌리면 황토빛 강물이 뱀처럼 대지를 기어 지나간다. 천지의 풍광은 봄의 기운을 받아 파랗게 변해 있었고, 춘풍을 타고 풍류객들이 여산 자락에 위치한 월하장으로 발걸음을 옮겼다.

　"위협받고 있다는 말 정말일까요?"

　추산이 고개를 갸웃거리며 고검에게 물었다.

　"그렇지 않다면 어찌 도움을 청하였겠느냐?"

　"하지만 이 모습들을 보세요. 월하장이 수룡맹에게 위협을 받고 있다면 당연히 풍류객들의 발길이 끊겨야 정상일 터인데 오가는 사람이 적지 않잖아요?"

"아직은 소문이 나지 않은 게지."

"그럴까요?"

"수룡맹이라고 함부로 월하장을 침범할 수는 없을 게다. 처음에야 좋은 말로 설득하겠지. 무력은 최후의 수단이 될 거야. 무력을 앞세우기 전에는 월하장의 영업을 방해하지 않을 게다. 그들의 목적은 파괴된 월하장이 아니라 온전한 월하장일 테니 말이다."

"그런가요? 그럼 시간은 좀 있다는 말이군요."

"그렇겠지."

고검과 추산이 이야기를 나누는 사이 무불장 고수들 앞에 고즈넉하게 자리 잡은 세 채의 장원이 나타났다. 바로 강북제일루라 불리는 월하장이다.

"장원이 하나가 아니라 세 개였던가요?"

추산이 눈앞에 나타난 세 개의 장원을 보며 묻자 고검 대신 곁에 있던 미심이 대답했다.

"월하장은 강호에 기루로 명성이 높지만 사실은 세 가지 영업을 하지요. 하나는 알려진 대로 천하의 풍류객들을 상대로 하는 기루고, 다른 하나는 여산 인근을 지나는 여행객들에게 숙식을 제공하는 객잔, 그리고 마지막 하나는 황하를 오가는 상인들 간의 거래를 주선하는 거간(居間). 저기 보이는 세 개의 장원은 각기 이 세 가지 영업을 하기 위해 만들어진 장원이에요."

"생각보다 훨씬 규모가 크군요. 전 그저 유명한 기루 정도로

만 생각했었는데⋯⋯."

"수룡맹이 월하장에 눈독을 들이는 이유가 바로 거기 있어요. 특히나 그중 상인들을 상대로 하는 거간의 일은 막대한 금전이 남을 뿐 아니라 서안을 근거로 활동하는 대상들과 단단한 신뢰로 연결되어 있기에 수룡맹으로서도 탐내지 않을 수없는 것이죠. 이미 사패가 장악한 서안에 교두보를 마련하려는 수룡맹으로서는 말이에요."

미심의 말에 추산이 고개를 끄덕였다. 처음 생각했던 것보다 월하장은 서안을 공략하려는 수룡맹에게 무척 중요한 곳이었던 것이다.

'중요한 만큼 강한 자들을 보냈겠지.'

추산이 평화로워 보이는 월하장에 은밀하게 드리운 암운을 몸으로 느끼는 사이 일행은 어느새 세 채의 장원으로 길이 나누어지는 월하장의 중심 부근에 도달하고 있었다.

월하장 세 채의 장원 중심 부근에는 한 채의 작고 아름다운 누각이 서 있다. 그리 크지는 않았지만 공들여 만든 기색이 역력해 보는 사람으로 하여금 감탄사를 자아내게 할 만큼 아름다운 누각이었다. 누각 아래쪽은 월하장을 이루는 세 장원으로 들어가는 관문이 있었고, 그 관문 위쪽에는 다섯 명의 무사가 경비를 서는 보루가 있었으며, 누각의 양옆에는 월하장을 찾은 손님들을 접대하기 위해 누각에 나와 있는 안내자들이 머무는 작은 공간이 마련되어 있었다.

무불장의 고수들이 누각 앞에 당도하자 그 작은 공간으로부터 걸어나온 중년의 미 부인이 무불장 고수들에게 공손히 허리를 숙여 보이며 물었다.

"어디서 오시는 손님들이신지요?"

그러자 고검이 앞으로 나서며 대답했다.

"무불장의 청부사들이 월하장의 초청을 받고 왔습니다."

그러자 여인의 눈에 한가닥 이채가 스치고 지나갔다.

"무불장의 고수 분들이셨군요. 그렇지 않아도 오늘쯤은 도착하리라 장주께서 말씀하셨지요. 절 따라오시지요."

중년의 미 부인은 공손하면서도 기품있는 움직임으로 무불장의 고수들을 문 안쪽으로 인도한 후 세 채의 장원 중 황하가 바라보이는 동쪽의 장원으로 사람들을 안내했다.

"이곳에서 잠시 기다려 주십시오. 장주님을 모시고 오겠습니다."

중년의 미 부인은 그 말을 남기고 신형을 돌려 떠나갔다. 그녀가 무불장의 청부사들을 안내한 곳은 동쪽 장원 후원에 위치한 조용한 한 채의 건물이었다. 중앙에 사람들이 모여 이야기를 나눌 만한 대청이 있고 그 좌우로 서너 개의 방이 딸려 있어 무불장 식솔들이 머물기에 적당한 건물이었다.

"좋네요. 기루 쪽과 멀리 떨어져 있어서 그런지 번잡하지도 않고……."

추산이 대청과 면한 방들의 문을 하나씩 열어보며 말했다.

"그런 소리 말게. 월하장의 기루도 전혀 번잡하지 않다네."

만불통이 손을 저으며 말했다.

"기루가 번잡하지 않다뇨?"

"월하장의 기루에 들어 술잔을 기울이려면 보통의 신분으로는 어림도 없다네. 고귀한 자들이 드나드는 곳이라 일반 민가의 주루와는 사뭇 다른 것이 바로 월하장의 주루지. 주루라기보단 어느 선비의 글방과 같은 분위기랄까?"

"호, 그런가요? 하지만 월하장을 찾는 사람들이 아무리 고귀한 신분을 지니고 있다고는 해도 결국 술과 여인을 찾아 월하장에 온 것은 사실이잖아요? 그러니 결국 뭐가 다를 게 있겠어요. 사람이란 본시 술을 마시면 개가 되고 아름다운 여인을 보면 바보가 되는 것은 다 똑같지요."

"낄낄, 추 소협의 혀가 제법 날카롭군. 맞는 말이야. 술과 여자에 약한 것은 모든 남자들의 숙명이지."

만불통이 키득거리며 추산의 말에 동의할 때 사라졌던 월하장의 중년 미 부인이 다시 나타났다.

"실례가 되지 않는다면 장주께서는 천검 어르신과 고 장주님을 따로 뵙자고 하시는군요."

미 부인의 말에 고검이 천검을 바라봤다. 천검이 가볍게 고개를 끄덕였다. 그러자 고검이 중년 여인에게 말했다.

"그렇게 하지요."

"감사합니다. 그럼 절 따라오십시오."

중년 여인이 고검과 능운백에게 고개를 숙여 보이고는 이내 두 사람을 이끌고 대청을 벗어났다.

중년 여인은 고검과 능운백을 장원의 중심부에 위치한 커다란 전각의 삼층으로 이끌었다. 전각의 삼층은 사방으로 창이 뚫려 있는 큰 마루와 단 하나의 방으로 이루어져 있었는데 중년 미 부인은 두 사람을 삼층의 유일한 방 쪽으로 인도했다.

"장주님, 두 분을 모시고 왔습니다."

방문 앞에 도달한 여인이 공손한 목소리로 도착을 알리자 방 안에서 은은한 향기가 감도는 목소리가 들려왔다.

"어서 뫼시세요."

안에서 들려온 목소리에 중년 여인은 조심스런 손길로 방문을 좌우로 열었다. 그리고는 고검과 능운백에게 나직한 목소리로 방에 들기를 권했다.

"들어가시지요. 천녀는 이곳에서 인사드리겠습니다."

"수고하셨습니다. 그럼 나중에 다시 뵙지요."

고검이 중년 여인에게 고개를 숙여 보이고는 능운백을 호위하듯 방 안으로 들어섰다.

"천녀(賤女)가 은인을 뵙습니다."

고검과 능운백이 방 안에 들어서자마자 방 안쪽에서 낭랑한 목소리가 들려오더니 하늘에서 내려온 듯 아름다운 여인이 공손하게 무릎을 꿇고 천검 능운백에게 인사를 올렸다. 그러자 능운백이 가볍게 고개를 끄덕여 인사를 받으며 말했다.

"오랜만이군. 한 삼 년 되었지? 그간 잘 지내셨는가?"

"덕분에 무탈하게 잘 지냈습니다. 이쪽으로……!"

여인이 조심스런 몸짓으로 능운백을 상석으로 안내했다. 그러자 능운백이 사양치 않고 성큼성큼 걸어가 털썩 상석에 엉덩이를 붙이고 앉았다. 그 모습이 마치 제집을 찾아든 주인처럼 자연스러운 능운백이었다.

능운백이 상석을 차지하고 앉자 여인이 그 맞은편에 다소곳이 손을 모으고 서며 입을 열었다.

"무불장의 다른 분들께서는 화맹과 어르신의 관계를 모르실 것 같아 결례를 무릅쓰고 두 분을 이리로 모셨습니다."

그러자 능운백이 고개를 끄덕였다.

"잘하셨네. 뭐 아는 사람도 있고 모르는 사람도 있으나, 조심하는 게 좋겠지. 참, 자네는 이 아이를 처음 보지? 이 아이가 바로 무불장주야. 앞으로 적지, 아니, 함께 일할 기회가 있을 테니 잘들 사귀어봐. 단, 정분이 나면 안 돼! 내 첫째 사위일뿐더러, 이 아이의 마누라 되는 아이의 성깔은 자네도 알 테니 말이야."

"은인께서도 참… 인사드립니다. 화맹에서 월하장을 맡고 있는 운향이라 합니다. 고 장주님의 대명은 익히 들어왔는데 오늘에서야 이렇게 존안을 뵈올 영광이 찾아왔군요."

"한낱 황금충을 이리 환대해 주시니 몸 둘 바를 모르겠습니다. 고검입니다. 운 장주님에 대해선 사부께 익히 들어 알고 있습니다."

"호호, 어르신께서 제 이야길 하셨다고요? 무슨 흉이나 보지 않으셨는지?"

"아닙니다. 사부께선 언제나 운 장주님의 재능을 칭찬하셨지요. 화맹 화중십선 중 일인이시니 일신의 공력이야 거론할 바가 아니고, 세상을 보는 눈 또한 천하의 어느 현사에 못지않다고 하시더군요."

"이런, 은인께서 제 얼굴에 금칠을 하셨군요."

월하장주 운향이 밝은 미소를 지으며 입을 가리고 웃는다. 그러자 자연스러운 미향과 약간의 요기가 장내를 휘감았다.

'대단하구나. 의도하지 않았음에도 이런 미향을 흘릴 수 있다면 작심하고 나설 경우 흔들리지 않는 남자가 없으리라.'

고검이 새삼스런 눈으로 월하장주 운향을 보며 감탄했다.

"허험, 이보게. 내가 분명 경고했지? 무불장주 꼬실 생각 말라고, 그 염기는 그만 걷어버리게."

그러자 운향이 화들짝 놀란 얼굴로 급히 능운백에게 고개를 숙였다.

"죄송합니다, 어르신. 저도 모르게 그만……."

"뭐, 죄송할 것까지야 없어. 검이 저 아이가 미혼공에 흔들릴 아이는 아니니까. 그리고 자네가 의도한 것도 아니고. 자네의 미혼공(美魂功)이 극성에 이르러 자연스럽게 생기는 현상이니까. 그러나 조심해야 해. 강호는 넓어. 자네가 미혼공을 익히고 있다는 사실을 알아챌 만한 고수는 많다네. 월하장주가 미혼공을 익혀 남정네를 홀리고 있다는 소문이 돌면 월하장의 존재에 의구심을 품는 자가 반드시 생겨날 걸세."

"명심하겠습니다, 어르신. 평소에는 무척 조심하고 있습니다."

"그래, 그래야 할 게요. 꼭 필요할 때만 그 미혼공을 쓰시게. 그나저나 이제 딴 이야기는 그만 하고 청부 일에 대해 이야기해 봐야지?"

"청부라니요. 당치도 않습니다."

운향이 난감한 표정으로 고개를 저었다. 그러자 천검 능운백이 정색을 하며 말했다.

"아니, 분명히 청부여야 해. 은연중에라도 나와 월하장 그리고 화맹의 관계가 드러나선 안 된단 말씀이야. 그러니 비록 이곳에 보는 눈이 없더라도 이번 일은 월하장이 무불장에 넣은 청부로서 이야기를 해야 하는 것일세. 알겠는가?"

그러자 운향 역시 급히 표정을 굳히며 대답했다.

"알겠습니다. 제가 미처 생각이 짧았습니다."

"그리고, 그 은인이란 말도 집어치워. 강호의 황금충을 대하는데 어찌 은인이란 말을 쓰겠는가?"

"알겠습니다, 어르신!"

"자, 그럼 이제 지금 상황을 말해보게. 그리고 내가 월하장에 오기는 했지만 이번 일은 여기 무불장주가 알아서 할 거야. 무슨 말인지 알겠지?"

"잘 알겠습니다. 어르신!"

"좋아. 그럼 이제 자네의 이야기를 듣기로 하지. 그전에 먼저 자리에들 앉아. 언제까지 서 있을 것인가?"

천검의 말에 고검과 운향 두 사람이 천검의 맞은편 의자에 자리를 잡고 앉았다. 그리고 잠시 후 운향이 나직한 목소리로 입을 열었다.

하북제일루로 불리는 여산 월하장에 수룡맹의 고수라 자칭한 노인이 두 명의 고수를 대동하고 찾아온 것은 보름 전의 일이었다. 그는 자신의 이름을 사현이라 했다.

"사현?"

능운백이 고개를 갸웃했다.

"아시는 인물인지요?"

고검이 능운백을 보며 물었다. 그러자 능운백이 고검의 말에 대답을 하지 않고 운향에게 물었다.

"혹, 한쪽 귀가 이상하지 않던가?"

능운백의 물음에 운향이 얼른 고개를 끄덕였다.

"어르신의 말씀대로입니다. 그는 한쪽 귀의 절반이 없더군요. 비록 오래된 상처이기는 하나 도검에 잘린 듯……."

그러자 능운백이 탄식을 흘려냈다.

"아, 정말 대단하군. 연옥검까지 합류시키다니……."

순간 고검과 운향의 눈에 놀람이 깃들었다.

"연옥검이라면?"

고검이 능운백에게 되물었다.

"맞아. 그 절대살수의 이름이 바로 사현이야. 강호에 사현이란 이름을 알고 있는 사람은 거의 없지만 연옥검을 모르는 사람 또한 없을 게야. 그자를 끌어들이다니. 귀왕 마천의 그릇이 생각보다 큰 것인가?"

능운백의 표정이 어두웠다. 도대체 천하팔대고수의 반열에 올라 있는 인물을 근심하게 만드는 연옥검 사현이란 누구인가.

무림은 천하의 청부사들을 두 종류로 나눈다. 목숨의 청부를 받는 사람과 그렇지 않은 사람. 목숨의 청부를 받는 사람들을 일컬어 다른 말로 살수(殺手)라고 부른다. 연옥검 사현은 바로 그 살수들 중 가장 뛰어난 인물로 알려진 자였다.

황금충으로 대변되는 청부사들 중 제일고수를 꼽으라면 누구나 천검 능운백을 꼽듯이 살수계 최고의 고수를 꼽으라면 누구나가 연옥검을 꼽을 만큼 살수로서 연옥검의 명성은 절대적이었다.

그런데 바로 그 연옥검이 수룡맹의 일원으로 월하장에 나타났으니 어찌 놀라지 않을 수 있겠는가.

"그가, 그가 바로 연옥검이었군요."

운향이 흠칫 몸을 떨며 중얼거렸다. 천하의 정보를 손에 쥐고 있다는 화맹의 운향조차도 설마 수룡맹을 대표해 월하장을 방문한 사현이란 노고수가 살수의 제왕일 거라고는 생각지 못했던 것이다. 만약 수룡맹에서 온전한 월하장을 원한 것이 아니었다면 어쩌면 이미 운향의 목은 연옥검 사현의 검에 떨어졌을지도 모르는 일이었다.

"그런데 이상하군요. 살수라면 아무리 그가 수룡맹에 들었다 해도 이런 식으로 타인에게 모습을 드러내는 것이 쉽지 않았을 텐데?"

고검이 고개를 갸웃했다. 살수란 사람들의 이목에 가려져 있을 때 그 가치를 인정받는 인간들이다. 사현 또한 연옥검이란 별호는 강호에 널리 알려져 있지만 그의 얼굴을 아는 사람은 극히 적었기에 살수로서의 공포심이 한층 더 배가되는 인물이었다. 그런 그가 조용히 월하장을 찾기는 했지만 백주 대낮에 자신의 모습을 드러냈다는 것은 확실히 기이한 일이라고 할 수 있었다.

　"더 이상 살수 짓을 하지 않겠다는 의미겠지."

　능운백이 퉁명스럽게 말했다. 살수가 공공연히 얼굴을 드러냈으니 다시 은밀한 살수의 세계로 돌아가기는 애초에 그른 것이다.

　"그렇다면 그것은 그가 이제부터 살수가 아닌 온전히 수룡맹의 고수로서 살아가겠다는 의미겠군요."

　"뭐, 그렇게 생각해야지 않겠어? 하긴 밤이슬을 밟으며 남의 목이나 따러 다니기엔 그도 늙었다고 할 수 있지. 안정적인 기반이 필요했던 거야. 살수 일을 그만둬도 자신의 목숨과 신분을 보장할 만한 든든한 방패가 수룡맹과 귀왕 마천이라면, 좋은 방패지. 더군다나 이제 막 강호에 발을 들여놓은 조직이니 그 안에서 자신의 가치를 인정받기도 수월할 터이고… 후후, 역시 예전부터 잔머리를 잘 굴리더니……."

　"그런데 사부께선 그자를 어떻게 알고 계시는지요?"

　"크게 보자면 살수도 결국 황금충에 속하지 않겠느냐? 몇몇 마인을 추격할 때 은밀히 움직이는 그를 본 적이 있지."

"혹, 무공을 겨뤄보신 적은?"

"홍, 제가 비록 살수의 제왕이라 불리긴 해도 감히 이 능운백에게 검을 들이밀 수는 없지. 기껏해야 어둠 속에 숨어 상대의 목이나 노리는 실력으로 말이야. 더군다나 난 그를 보았지만 그는 날 볼 수 없었어. 본시 타인에게 자신을 숨기는 자들은 또한 자신을 주시하는 누군가가 있다는 것을 눈치 채기 어렵거든. 어쨌든 실력도 탁월하고 살수치고는 평판도 그리 나쁘지 않았지. 그나마 살수로 살아온 인생치고는 현명한 자라 할 수 있을까? 그나저나 그가 와서 뭐라고 하던가?"

능운백이 묻자 운향이 얼른 대답했다.

"천하로부터 월하장을 보호해 주겠다고 하더군요. 수룡맹의 이름으로요."

"흠, 곱게 밑으로 들어오란 말이군. 그래서 어떻게 답을 했는가?"

"비록 소녀가 월하장을 맡고 있기는 하지만 실질적인 주인이 따로 있다고 했습니다. 해서 그 대답을 들으려면 보름 정도의 시간이 필요하다 했지요."

그러자 능운백의 얼굴이 살짝 어두워졌다.

"경솔했어. 그리되면 그들도 월하장의 뒤를 조사하지 않겠는가? 아무리 화맹의 보안이 철저하다 해도 자칫 그들에게 꼬리를 밟힐 수 있어."

"그 위험을 모르는 것은 아니었으나 당시에는 달리 대처할 방법이……"

운향이 머리를 조아렸다.

"하긴 그렇군. 그런데 보름이라 했다고?"

"네……."

"그럼 오늘내일 다시 찾아오겠군."

"어찌 답을 해야 할지……."

운향이 능운백을 보며 말꼬리를 흐렸다. 그러자 능운백이 어렵지 않았다는 듯 대답했다.

"어차피 저들의 제안을 받아들일 것이 아니니 답은 정해져 있는 것이 아니겠나? 최대한 저쪽의 체면을 살려주면서 정중하게 거절하게나."

"그들이 순순히 물러날까요?"

"하하하! 그들이 순순히 물러날 것이라면 왜 내가 이곳에 와 있겠나? 아마도 어떤 식으로든 압박을 가해오겠지. 그건 또 그 때 가서 상황에 따라 대응하기로 하세."

"정면대결을 하자고 나오지는 않을지요?"

"쉽지 않을 거야. 그들이 필요로 하는 것은 온전한 월하장이야. 특히나 서안의 상인들에게 영향을 미칠 수 있는 월하장 말씀이야. 그러니 함부로 월하장을 침범하는 일 따위는 벌이지 않을 걸세. 특히나 월하장은 사패의 고수들과도 적지 않은 인연을 맺고 있지 않은가? 답을 할 때 그 점을 슬쩍 흘려주라고, 월하장이 공격받으면 사패가 일어난다는 점을 말이야. 그러면 저들도 시끄럽지 않은 방법을 택하게 될 걸세. 그리고 그런 싸움이야말로 우리 무불장의 청부사들이 좋아하는 방식이지. 안

그러냐?"

능운백이 가만히 두 사람의 대화를 듣고 있던 고검에게 물었다. 그러자 고검이 한줄기 미소를 베어 물었다.

"원하던 방식이지요."

"싸움이란 말이야, 일단 자신이 원하는 형태로 진행되도록 만드는 것이 중요해. 그렇게만 만들면 오 할은 접어두고 시작한다고 할 수 있지. 그런데, 그들은 어디 머물고 있지?"

그러자 운향이 자리에서 일어나 천천히 북동쪽으로 난 창을 향해 걸어가더니 두 손으로 창문을 밀었다. 그러자 멀리 황하의 누런 물결이 눈에 들어왔다. 이미 겨울이 그 끝을 보인 터라 바람은 차갑기보다 상쾌했다.

"저기 보이는 두 척의 배가 바로 수룡맹의 배지요. 그들은 저 두 척의 배에 머물러 있어요."

운향의 말에 능운백과 고검이 자리에서 일어나 창 쪽으로 다가갔다. 그리고 운향의 손끝을 따라 시선을 돌리자 과연 단단해 보이는 두 척의 흑선이 황하의 탁류 위에 떠 있었다.

"제법 크군요."

고검이 눈을 가늘게 떠 배의 크기를 가늠하며 말했다.

"한 척에 족히 오십여 명의 인원은 탈 수 있겠군. 제법 대단한 세(勢)야. 일백 명의 고수라……."

"어차피 전면전을 할 것이 아니면 숫자는 중요치 않은 것 아닌지요?"

"후후, 모르지. 모든 일이 틀어졌다고 느끼는 순간 분풀이를 하려 들지도⋯⋯."

"그 경우에 문제가 되겠군요."

"하지만 저들도 약점이 없는 건 아니야. 가장 큰 약점은 저들이 바로 두 척의 배에 몰려 있다는 것이지."

"그 말씀은?"

고검의 눈빛이 반짝였다. 그러자 능운백이 차가운 눈빛을 흘려내며 고개를 끄덕였다.

"여차하면 우리가 먼저 배를 공격할 수도 있겠지. 저들이 뭍으로 올라오기 전에 말이야. 물론 그런 일은 없어야겠지만⋯⋯."

능운백이 다시 강 위에 떠 있는 두 척의 배로 시선을 돌렸다. 강으로부터 불어오는 바람이 한결 차게 느껴졌다.

수룡맹 고수들이 다시 월하장을 방문한 것은 무불장 고수들이 월하장에 든 바로 다음날이었다.

월하장주 운향은 언제나 동쪽 장원에 거주했으므로 수룡맹의 고수들은 무불장의 고수들이 머물고 있는 동쪽 장원으로 인도됐다. 운향은 최대한의 예의를 갖춰 친히 장원의 문 앞까지 나가 수룡맹의 고수들을 맞이했다.

강호에서 월하장주의 얼굴을 직접 보는 것은 하늘의 별을 따는 것보다 어렵다고 소문이 나 있는 것을 생각하면 월하장주가 수룡맹의 고수들을 얼마나 정중하게 대접하고 있는지 여실히 드러나는 장면이었다.

월하장주 운향의 과례로 기분이 좋아졌는지 월하장주의 안내를 받으며 동쪽 장원 중앙에 위치한 삼층 건물로 들어서는 수룡맹 고수들의 얼굴에는 한결 부드러운 기운이 흘렀다. 월하장주의 행보로 보아 자신들의 요구를 받아들일 것이라 생각하고 있는 듯했다.

"잠시만 기다려 주십시오. 차를 내오도록 하지요."

수룡맹의 고수들을 은은한 향이 묻어나는 귀빈 접객실로 안내한 운향이 가볍게 고개를 숙여 보이고는 이내 귀빈실 밖으로 나갔다.

"생각보다 일이 쉽게 풀릴 모양입니다, 밀공(密公)."

월하장을 찾은 수룡맹의 고수는 모두 다섯, 그중 차가워 보이는 인상을 지닌 노인에게 역시 만만찮은 기도를 지닌 또 다른 노인이 나직하게 말을 건넸다. 그러자 밀공이라 불린 차가운 인상의 노인이 가볍게 고개를 끄덕였다.

"월하장주의 행동으로 보아 본 맹의 요구를 거절할 것 같지는 않구려. 수룡군이 움직일 필요는 없을 것 같소이다."

"애초에 온전하게 월하장의 기반을 맹에 복속시키는 것이 목적이었으니 수룡군이 움직이지 않아도 된다면 큰 다행이군요."

"아무튼 아직은 그녀의 답을 듣지 못했으니 기다려 봅시다."

"월하장주의 뒤에서 월하장의 행보를 결정하는 사람은 누굴까요?"

"알 수 없는 일이오. 지난 보름간 월하장의 뒤를 낱낱이 조사했지만 월하장주를 움직이는 인물을 알아내지 못했소. 하지만 월하장과 같은 거대한 기업을 일으킨 자라면 보통 인물은 아닐 게요. 오늘 월하장이 우리의 요구를 수용하게 된다면 자연히 그 인물을 보게 될 것이오. 어쩌면 생각지도 못한 거물을 수룡맹에 끌어들일 수 있을지도 모르겠소. 솔직히 지금은 월하장보다 그 인물에 더 관심이 가는구려."

　"이미 본 맹에는 맹주님을 비롯하여 구밀공(九密公)께서 계시고 암옥사군이 있습니다. 그런데도 고수에 욕심을 내십니까?"

　"모르시는 말씀이오. 본 맹의 전력이 비록 탄탄하기는 하지만 아직 사패의 전력에는 부족한 면이 있소이다. 더군다나 만약 사패가 본 맹을 인정하지 않겠다고 결정을 내리는 순간 우리는 사패 중 한곳이 아닌 사패 모두의 공세를 견뎌내야 하오. 그리되면 한 사람의 고수조차도 아쉽게 될 것이오. 그러니 어찌 월하장과 같은 대기업을 일으킨 인물이 탐나지 않을 수 있겠소이까?"

　"과연 사패가 본 맹을 공격할까요?"

　"그야 알 수 없는 일 아니겠소? 아마 지금쯤 사패의 세작들은 본 맹의 전력을 파악하는 데 혈안이 되어 있을 게요. 행동은 그 이후에 할 것이고……. 하지만 어떤 경우라도 적어도 우리의 힘을 시험해 보기는 할 것이오. 그 뒤에 수룡맹을 인정할지 아니면 제거하려 할지 결정할 것이고. 그때까지 우리 수룡맹은 최대한 전력을 보강해야 하오."

차가운 인상의 노인 눈에서 파란 불꽃이 일었다 사라졌다. 그러자 그와 이야기를 주고받던 노인이 굳어진 안색으로 고개를 끄덕였다.

"그들이 전쟁을 하자고 들면 그건 그들의 실수가 될 겁니다. 비록 본 맹이 저들을 쓰러뜨릴 수는 없겠지만 본 맹 또한 쉽게 저들의 손에 무너지지는 않을 테니까요. 천하의 수로가 우리의 손에 있는 한 말이지요."

그러자 차가운 인상의 노인이 고개를 끄덕였다.

"그래서 이번 일이 중요한 것이오. 월하장을 손에 넣은 후 서안을 도모하면 천하의 물길은 본 맹이 통제하게 될 것이오. 그리되면 땅에서는 몰라도 물 위에서 본 맹을 상대할 세력은 천하에 없을 것이오."

"바야흐로 천하오패의 시대가 시작되는 것인가요?"

"후후, 천하오패라… 참으로 듣기 좋은 말이구려."

차가운 인상을 가진 노인의 얼굴에 오랜만에 희미한 미소가 감돌았다. 그때 귀빈실의 문이 열리며 다시 월하장주 운향의 모습이 장내에 나타났다.

그녀의 뒤를 따라 두 명의 여인이 함께 방 안으로 들어왔는데 그녀들의 손에는 청자로 만든 다기가 올려진 유리쟁반이 들려 있었다. 운향은 수룡맹 고수들이 있는 곳까지 조심스런 발걸음으로 다가오더니 뒤따르는 여인들에게 가벼운 고갯짓으로 차를 내려놓을 것을 명했다.

운향의 명에 다기를 받쳐 들고 있던 두 명의 여인이 조심스런 손길로 옥빛을 흘려내는 찻잔을 수룡맹 고수들 앞에 하나씩 내려놓았다. 그녀들의 행동은 무척 조심스러워 찻잔을 탁자 위에 내려놓으면서도 전혀 소리를 내지 않았는데 그 손길을 본 수룡맹 고수들의 안색이 한차례 흔들렸다.

대저 자기로 만든 찻잔을 나무탁자에 내려놓을 때는 아무리 조심해도 가벼운 충돌음을 만들어내게 마련이다. 그런데 지금 두 명의 여인은 그런 충돌음을 전혀 만들어내지 않고 찻잔을 내려놓고 있었다. 그것은 곧 두 여인이 무공을 익히고 있다는 의미였다. 그것도 자연스럽게 찻잔에 내공을 실어 나무탁자와의 충돌을 제어할 수 있는 미세한 공력의 운용이 가능한 고수들이란 의미인 것이다.

수룡맹 고수들의 놀람과는 상관없이 두 여인의 차 시중은 계속되었다. 탁자 위에 찻잔을 내려놓은 두 여인은 이번에는 각자 하나씩의 찻주전자를 들어 탁자에 놓여진 찻잔에 차를 따르기 시작했다. 그런데 차를 따르는 그 솜씨가 또한 놀라웠다.

두 여인은 찻주전자를 찻잔으로부터 두 자 정도 높이에서 기울여 찻잔에 차를 따랐는데 그 높이에서 차를 따르면서도 단 한 방울의 차도 찻잔 밖으로 흘리지 않은 것이었다. 그렇게 신기에 가까운 차 시중이 끝나자 두 여인이 가볍게 허리를 숙여 수룡맹 고수들에게 인사를 한 후 조심스런 발걸음으로 귀빈실을 벗어났다.

"기루에 차는 어울리지 않지만 자리가 자리인만큼 차를 준비했으니 허물치 마시기 바랍니다."

차 시중을 들던 두 여인이 귀빈실을 나서자 운향이 은은한 미소와 함께 입을 열었다. 그러자 차가운 인상의 노인이 어울리지 않는 부드러운 음성으로 입을 열었다.

"허허, 월하장의 명성이 천하에 퍼져 있는 이유가 있었구려. 내 이런 신묘한 차 시중은 처음 받아보는구려."

"아이들의 천한 재주가 어른께 실례가 되지 않았나 모르겠습니다."

"실례라니, 오늘 아주 좋은 구경을 했소이다."

아마도 수룡맹의 고수는 이미 월하장이 자신들의 요구를 받아들일 것으로 예상하고 있는 듯했다.

그런데 바로 그때 운향이 자리에서 일어나 한쪽 옆으로 물러서더니 갑자기 차가운 인상의 노인을 향해 깊게 허리를 숙여 인사를 하는 것이었다. 이 돌발적인 상황에 수룡맹의 고수들이 잠시 어리둥절해하는 사이 운향의 입이 열렸다.

"이 인사는 강호의 노기인께 사죄를 드리는 인사입니다. 노기인의 존성대명을 듣고도 기인을 몰라뵈었으니 천녀는 몸 둘 바를 모르겠습니다. 월하장의 천녀가 강호 대기인 연옥검님을 뵙습니다."

운향이 다시 한 번 차가운 인상의 노인에게 허리를 굽혀 인사를 올린다. 순간 차가운 인상의 노인, 그러니까 운향에게는 스스로 사현이라 자신의 이름을 밝혔던 천하살수의 제왕 연옥검 사현의 눈에 한차례 기광이 스치고 지나갔다. 또한 그의 얼굴이 어느새 차갑게 굳어져 있었다. 하지만 다음 순간 그의 안색이 본색으로 돌아오며 연옥검 사현의 입에서 나직한 탄식 소리가 흘러나왔다.

"과연 월하장이오. 사현이라는 이름과 연옥검이라는 별호가 하나로 연결되어 있다는 것을 아는 자는 천하에 열 명이 채 되지 않을 터인데 그사이 이 사람의 정체를 알아내셨으니 말이오."

그러자 운향이 다시 자신의 자리에 앉아 은은한 미소를 지어내며 대답했다.

"운 좋게 어르신의 존성대명을 아는 사람이 있었을 뿐입니다."

"후후, 그렇구려. 그건 그렇고, 약속한 보름이 지났으니 월하장의 숨은 주인께서 어떤 답을 주셨는지 궁금하구려."

연옥검 사현이 자신의 신세내력이 입에 오르내리는 것을 꺼려했는지 화제를 돌려 그가 가장 듣고 싶어하는 말을 물었다. 그러자 운향의 얼굴에서 슬며시 미소가 사라졌다. 그리곤 매우 곤란한 표정으로 조심스럽게 입을 열었다.

"본 장의 어른께서 보내신 답이 마침 어제 도착하였습니다."

굳어진 운향의 표정을 본 사현의 표정 역시 차갑게 변하며 되물었다.

"이제 답을 듣고 싶구려."

그러자 운향이 잠시 주저하는 듯하더니 이내 나직하지만 또렷한 목소리로 입을 열었다.

"그럼 본 장의 어른께서 주신 답을 전달해 드리겠습니다. 본 장의 주인께서는 먼저 본 장을 대수룡맹의 일원으로 초청해 주신 수룡맹주님께 감사의 인사를 전하라 하셨습니다. 하지만… 본 장은 강호의 무림세가가 아니라 그저 한낱 기루에 지나지 않기에 무림의 세력에 몸을 담는 것은 어울리지 않는다고 하셨습니다. 어느 때라도 대수룡맹의 대협들이 월하장을 찾으시면 최고의 귀빈으로 성심성의껏 뫼시라는 분부도 함께 하셨습니다."

운향의 말이 끝나는 순간 연옥검 사현의 눈에서 한가닥 차가운 기운이 번쩍였다. 부드러운 표정을 유지하고 있던 운향의 몸이 순간적으로 움찔하며 흔들렸다. 연옥검 사현의 눈에서 발현된 기세가 살기라는 것을 본능적으로 느꼈기 때문이었다.

애초 운향의 태도를 보고 자신들의 제의를 수락할 것이라 예상했던 수룡맹의 나머지 고수들 역시 표정들이 차갑게 굳어져 있었다. 그들의 기세는 마치 운향과 월하장을 향해 도검을 빼 들 것 같은 분위기였다. 하지만 지금 이 자리에서 월하장주의 목을 벨 수는 없었다.

"참으로 아쉬운 결정이구려. 지금 강호는 사패의 시대를 맞이한 이후 최대의 격변기에 돌입하고 있소. 아무리 월하장이 풍류객들을 상대하는 기루라 하지만 이미 강호무림에 적지 않은 명성을 떨치고 있는 곳이오. 그러니 어찌 강호에 이는 바람이 월하장을 비켜갈 거라 장담할 수 있겠소이까? 지금은 월하장 역시 든든한 바람막이가 필요한 시점이라오."

사현이 냉막해진 음성으로 말했다. 은은한 위협의 기운이 느껴지는 목소리, 하지만 그런 사현의 말을 듣는 운향의 표정에는 변함이 없었다.

"본 장의 안위를 생각해 주시는 어르신의 충고 감사할 따름입니다. 강호에 풍운이 일고 있다는 소문은 저도 들어 알고 있습니다. 하지만 말씀드렸듯이 본 장은 그저 한낱 기루에 지나지 않지요. 본 장에 해코지를 하는 자들이 없는 것은 아니지만, 그런 자들 대부분은 그저 강호에서 어설프게 무공을 주워 익힌 흑도의 불량배들이지요. 그런 정도의 불량배들은 본 장의 힘으로도 능히 감당할 수 있습니다."

순간 사현의 표정이 다시금 변했다. 월하장을 위협하는 자들은 그저 그런 흑도 나부랭이들뿐이라는 말은 곧 수룡맹에서 월하장을 겁박한다면 그들 또한 강호의 한낱 흑도 나부랭이에 지나지 않는다는 말이 아니던가. 생김새와 행동은 한 떨기 국화꽃과 같지만 그 입에서 흘러나오는 말은 검처럼 날카로운 월하장주 운향이다.

"허허허, 시비들의 차 따르는 솜씨가 범상치 않더니 월하장주의 말을 들으니 월하장의 숨겨진 저력 또한 만만치 않다는 것을 알겠소이다. 시비를 걸어오는 자들은 스스로 물리칠 힘이 있다는 장주의 자신감에 이 사현은 탄복할 뿐이오. 알겠소이다. 월하장의 뜻이 그렇다면 더 이상 본 맹에 들기를 강요할 수는 없는 일이오. 계속 고집을 부리면 자칫 본 맹이 월하장을 겁박하는 흑도 나부랭이가 될 테니 말이오. 하하하!"

사현의 호쾌한 웃음이 실내에 울려 퍼졌다. 하지만 사현의 웃음소리에 묻어나는 날카로운 살기가 운향을 긴장시키고 있었다.

"답을 들었으니 우린 그만 가봐야겠소이다."

"차라도 드시고 가심이……."

탁자 위에 놓여진 찻잔에는 아직 차가 그대로 담겨져 있었다. 장내의 인물 중 누구도 찻잔에 손을 댄 자가 없었기 때문이다.

"그러고 싶지만 본 맹에도 급한 일이 있어 차를 마실 여유가 없구려. 우린 그만 일어나겠소이다."

사현과 그를 수행한 네 명의 수룡맹 고수들이 의자를 박차고 벌떡 몸을 일으켰다. 그러자 운향이 서둘러 자리에서 일어나며 입을 열었다.

"천녀가 모시겠습니다."

그러자 사현이 손을 내저었다.

"아아, 그러실 필요 없소이다. 들어오는 길을 알고 있는데 나가는 길을 모르겠소이까? 월하장주께서도 몹시 바쁘실 테니 나오실 필요 없소이다."

말을 마친 연옥검 사현과 수룡맹의 고수들이 서둘러 방문을 향해 걸어나갔다. 운향은 사현의 만류에도 불구하고 수룡맹 고수들을 배웅하기 위해 재빨리 그들의 뒤를 따랐다.

수룡맹 고수들은 마치 큰 수모라도 당한 듯 서둘러 월하장의 동쪽 장원을 벗어났다. 운향은 그런 그들을 장원의 정문까지 배웅했다. 그런데 막 장원을 벗어나려던 사현이 운향을 돌아보며 의미심장한 표정으로 입을 열었다.

"참, 듣자 하니 근자에 밤이 되면 여산 부근에 흉험한 자들이 나타나 민가의 사람들을 여럿 해치고 돌아다닌다고 하더이다. 정체를 알 수 없는 자들이니 월하장도 조심하시는 것이 좋을 것 같구려. 물론 흑도의 무리 정도야 월하장의 힘으로 능히 물리칠 수 있겠지만 그래도 조심하는 게 좋을 게요."

순간 운향의 표정이 살짝 변했다. 여산 인근은 월하장의 세력권이다. 비록 말로는 기루에 지나지 않는다고 했지만 화맹 소속인 월하장은 무림의 중견문파에 못지않은 무력과 정보력을 지니고 있었다. 그러므로 월하장이 위치한 여산 인근에서 일어나는 일은 아무리 작은 일이라고 할지라도 하루가 지나기 전에 운향의 귀에 들어오게 되어 있었다. 그런데 운향은 최근에 여산 인근에 정체불명의 자들이 나타나 민가의 사람을 해쳤다는 말을 들은 적이 없었다.

'이건 경고군!'

운향의 전신에 차가운 긴장감이 흘렀다. 지금 사현이 걱정하듯 한 말은 분명 월하장에 대한 경고였다. 스스로의 힘으로 자신들을 지킬 수 있다고 선언한 월하장에 대한 경고, 그건 곧 수룡맹이 다른 방식으로 월하장을 방문하겠다는 의미였다.

"그런 일이 있었나요? 좋은 정보를 주셨습니다. 충고 감사드립니다."

"강호의 동도로서 당연한 일이오. 그나저나 나와 동료들은 잠시 여산을 떠났다 한 열흘 뒤쯤 다시 이곳을 지나갈 예정이오이다. 그때 차라도 한 잔 대접해 주시구려."

그러자 운향이 은은한 미소를 지으며 답했다.

"연옥검께서 찾아주시면 저희야 영광이지요. 그리고 월하장의 문은 수룡맹의 대협들께 언제나 열려 있습니다. 언제든 찾아주십시오."

"하하하, 알겠소이다. 그럼 열흘 뒤에 봅시다."

운향의 대답에 한차례 호탕한 웃음을 터뜨린 사현이 수룡맹 고수들을 이끌고 월하장을 벗어났다.

연옥검 사현과 수룡맹의 고수들이 멀어지는 것을 보고 있던 운향이 잠시 후 가벼운 한숨을 내쉬고는 이내 발걸음을 돌려 빠르게 수룡맹 고수들이 머물렀던 건물로 향했다.

방금 전까지 수룡맹 고수들이 머물렀던 귀빈실로 월하장주 운향이 돌아왔을 때 귀빈실에는 전혀 다른 사람들이 앉아 있었다. 고검과 추산을 비롯한 무불장의 고수들이 수룡맹 고수들이 앉아 있던 자리를 차지하고 있었던 것이다. 천검 능운백의 모습은 보이지 않았다. 그의 말대로 이번 일은 고검을 비롯한 무불장의 고수들에게 맡겨놓을 심산인 모양이었다.

운향은 무불장 고수들이 기다리고 있을 것을 이미 예상하고 있었던 듯 망설이지 않고 무불장 고수들이 앉아 있는 곳에 다가와 다소곳한 움직임으로 한 자리를 차지하고 앉았다.

"그들은 모두 떠났습니까?"

고검이 운향을 보며 묻자 운향이 고개를 끄덕였다.

"모두 장원을 벗어났습니다."

"가면서 다른 말은 없었습니까?"

그러자 운향이 심각한 표정으로 입을 열었다.

"열흘 뒤에 다시 오겠다고 하더군요."

"흠, 열흘 뒤라… 그럼 그 안에 무슨 일을 꾸미겠다는 말이군."

만불통이 말했다.

"무슨 수작을 꾸밀까요?"

대웅산이 고개를 갸웃거리며 말하자, 운향이 다시 입을 열었다.

"이런 말도 남겼습니다. 최근 여산 인근에 정체불명의 자들이 야밤을 틈타 민가의 인명을 여럿 해쳤답니다. 그러니 월하장도 각별히 조심하라고 하더군요."

"정말 그런 일이 있었습니까?"

대웅산이 되묻자 운향이 고개를 저었다.

"여산 주변의 마을은 본 장의 이목에서 벗어날 수 없지요. 제가 알기로 그런 일은 없었습니다."

"흐흠, 결국 밤에 사람을 보내겠다는 말이군요. 다시 말해 월하장의 능력을 시험해 보겠다는 의미죠. 그리고 열흘 뒤에 다시 오겠다는 것은 그 시험이 끝난 후에 다시 이야기를 나눠 보잔 말이구요. 협박이네요."

추산이 단번에 사현이 한 말의 의미를 정리했다.

"그 말은 전면전은 아니라는 말이군. 역시 예상대론가?"

고검이 예의 그 무감정한 목소리로 말했다.

"아마도 소수의 고수를 보내겠지요."

추산이 대답했다.

"사람을 해치지는 않을 거란 말이야?"

대웅산이 묻자 추산이 고개를 저었다.

"어쩌면 본보기로 몇 명의 월하장 식솔을 해치려 할지도 모르겠지요. 물론 아주 은밀하게요. 하지만 월하장의 영업에 방해가 될 정도의 소란을 일으키지는 않을 거예요. 그들도 아직은 강호의 이목이 쏠리는 것을 원하지 않을 테니까요."

"그럼 우리도 그에 맞춰 준비를 해야겠군."

고검의 말에 추산이 얼른 운향에게 물었다.

"월하장 주변의 경계는 어떤지요?"

그러자 운향이 자신감이 깃든 음성으로 대답했다.

"솔직히 말한다면 아무리 수룡맹이라 해도 우리의 눈을 피해 월하장을 침범하기는 쉽지 않을 거예요. 감시망으로만 따지자면 월하장 인근의 숲은 천라지망이나 마찬가지지요."

"하지만 그들의 우두머리는 연옥검 사현이라오. 다시 말해 강호제일의 살수가 그들의 수뇌란 말이지. 강호제일의 살수가 의미하는 바는 모두 알 게요."

강호제일의 살수란 곧 강호제일의 침투술을 지닌 자를 의미한다. 만불통이 지적하는 바는 그것이었다. 지금껏 연옥검 사현의 침투술을 막아낸 자가 없다는 사실을.

"사현이 직접 움직일까요?"

추산이 반문했다.

"물론 이번에는 그렇지 않겠지. 월하장을 멸하려는 게 아니라 압박하기 위한 움직임일 테니. 하지만 그가 직접 오지 않는다고 해도 그가 키운 자들이 움직인다면 그 또한 방비하기가 쉽지만은 않을 걸세."

그러자 추산이 빙그레 미소를 지으며 대답했다.

"사현이 직접 오지 않는다면 그리 걱정할 필요는 없을 것 같아요. 우린 향후 열흘 안에 그들이 올 것이란 걸 알고 있고, 또 잘 생각해 보면 그들이 월하장 세 개의 장원 중 어디로 올 것인지 짐작할 수도 있으니까요. 적의 움직임을 예상할 수 있다면 그에 대비하는 것은 어려운 일이 아니죠."

第四章

월하(月下)의 결전(決戰)

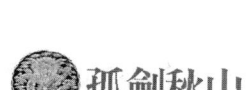

孤劍秋山

휘영청 밝은 달이 여산을 비추고 있다. 달빛 아래 드러난 월하장의 모습은 고고하기 그지없다. 그 이름이 월하장인 것은 아마도 이런 월하의 풍경이 특히나 아름답기 때문이 아닐까.

장원의 뒤쪽으로는 높지는 않지만 넉넉한 품을 자랑하는 여산이 둘러 있고 동북쪽으로는 유유히 강물이 흐른다. 산 아래 몇몇 곳에는 월하장으로 말미암아 생겨난 시전이 옹기종기 모여 있고, 월하장 인근 십여 리에 걸쳐서는 수십 년 월하장의 관리로 조성된 아름다운 숲이 펼쳐져 있다.

그런데 이런 월하장 주변의 모습 중 월하장의 저력을 느끼게 하는 풍경이 하나 있다. 월하장 동북쪽의 황하로부터 이어진 폭 십여 장 넓이의 인공 수로가 바로 그것이었다.

여산 중턱에 위치한 월하장 아래쪽을 보면 수십 척 넓이의 호수가 아름답게 펼쳐져 있는데, 언뜻 보면 산이 생겨날 때 함께 생겨난 듯 자연스런 아름다움이 묻어 나오는 호수지만 기실 이 호수는 인공으로 조성된 것이었다.

그런데 여산에서 흘러내리는 수량이 월하장에서 소용되는 물들을 충당하기 부족한 것은 아니지만 이렇게 커다란 호수를 형성할 정도로 많은 것은 아니었기에 이 호수를 만들기 위해서는 막대한 양의 물을 다른 곳으로부터 끌어들일 필요가 있었다.

그래서 월하장에서는 막대한 금자를 들여 수백 장 위쪽에 위치한 황하로부터 물길을 만들어 월하장 바로 앞까지 물을 끌어들인 후 그곳에 커다란 인공 호수를 만들었던 것이다. 황하로부터 이어진 이 인공 수로와 호수는 이후 월하장을 찾는 이들에게 또 하나의 명소가 되었다.

그런데 기실 이 인공 수로와 호수는 사람들이 아는 것처럼 그저 월하장을 찾는 이들에게 볼거리를 제공하기 위해서만 만들어진 것은 아니었다.

월하장이 황하의 지류와 가까운 곳에 위치해 있다고는 해도 강과의 거리는 수백 장, 강을 오르내리는 사람들이 월하장에서 쉬어 가기에는 그리 가까운 거리가 아니었다. 더군다나 대부분의 과객들은 선박을 이용했기에 월하장에 들르기 위해서는 포구에 배를 정박한 후 육로를 이용해 월하장까지 이동해야 하는 불편이 있었다.

물론 월하장의 명성은 기꺼이 사람들에게 다리품을 팔게 만들었지만 그래도 월하장의 입장에서는 찾아오는 손님들의 불편을 조금이라도 덜어줄 필요가 있었다. 그 문제를 해결한 것이 바로 이 인공 수로와 인공 호수였다.

　수로와 호수가 생겨남으로써 배를 이용해 포구에 도착한 풍류객들은 월하장에서 운영하는 화려한 소선에 몸을 싣고 인공 수로를 따라 내려와 호수에 도착하는 길을 이용할 수 있게 된 것이다.

　그 인공의 수로와 호수에 덩그러니 보름달이 드리워졌다. 수로와 호수 주변으로 심어진 기이한 나무들과 기암괴석들도 달빛 아래서 그 정취를 더해주고 있었다. 간간이 수로를 따라 밤늦게 월하장을 찾는 풍류객들이 하나둘 내려오기도 했다. 말 그대로 선계의 풍광이 이러할까. 최근 월하장에 부는 심상찮은 바람을 전혀 느낄 수 없는 풍경이었다.

　밤은 깊어져 어느덧 달도 서쪽으로 기울었다. 수로와 호수는 여전히 아름다웠으나 더 이상 수로를 오가는 배는 존재하지 않았다. 그렇게 월하장 주변이 깊은 잠에 빠져들었다.

　그런데 어느 순간 작은 물결이 수로의 수면 위에 만들어지기 시작했다. 물결의 파동은 너무 작고 잔잔해서 그저 밤잠 없는 물고기가 때늦게 수로를 떼 지어 이동하고 있나 보다 생각할 정도의 파문이었다.

　그렇게 수로의 상류부에서 시작된 파문은 천천히 하류를 따라 내려오더니 호수에 이르러 그 움직임을 멈췄다. 그런데 호수에서 멈춰진 파문이 잔잔해지려는 찰나 갑자기 그 파문의 중심부에서 불쑥 수박 덩어리만 한 검은 물체 십여 개가 물 위로 떠올랐다. 그리고 잠시 후 그 검은 물체들은 천천히 호숫가로 이동하기 시작했다.

은밀하게 호숫가로 이동한 검은 물체는 호숫가의 마른 숲에 닿자마자 스며들 듯 땅 위로 오르기 시작했다. 순간 검은 물체의 아래쪽 부분, 그러니까 물속에 잠겨 있던 부분이 물 밖으로 솟구쳤다. 그것은 분명 사람의 몸뚱이였다.

그렇게 수로를 타고 호수까지 은밀히 이동한 십여 명의 신형이 순식간에 호수를 둘러싼 숲 속으로 사라져 갔다.

"정말 이 동쪽 장원으로 그들이 올까?"

대웅산이 고개를 갸웃거리며 중얼거렸다. 덩그러니 떠 있는 달 아래 월하장 동쪽 장원의 건물들이 운치있게 자태를 드러내고 있었다. 대웅산은 그중 가장 높은 중앙의 삼층 건물 지붕 위에 앉아 있었다.

장원의 경비는 월하장에서 고용한 무사들이 담당하고 있었지만 무불장의 고수들은 이렇게 한 명씩 동쪽 장원을 한눈에 살필 수 있는 삼층 건물의 지붕에서 번을 서고 있었다.

"추 아우의 말대로 번을 서고는 있지만 이것도 쉬운 일은 아니군. 나타나려면 얼른 나타날 것이지. 이래서야 어디 지루해서……."

대웅산이 크게 하품을 하며 투덜거렸다. 추산은 수룡맹이 은밀히 사람을 보내 월하장을 위협하려 한다면 분명히 동쪽 장원, 그중에서도 월하장주가 일을 보는 중앙 삼층 건물로 사람을 보낼 것이라고 단정했다.

"기루와 객잔으로 쓰이는 장원은 월하장의 식솔들보다 외부에서 온 손님들이 훨씬 많은 곳이지요. 그런 곳을 공격하자면 수룡맹으로서도 큰 위험을 감수해야 합니다. 자칫 월하장의 식솔이 아닌 손님 중 누군가가 다치기라도 하면 사태는 걷잡을 수 없이 커질 수도 있으니까요. 조용히 월하장을 손에 넣고자 하는 수룡맹 입장에서 두 곳의 장원으로 사람을 보낼 이유가 없단 말이지요. 그러니 그들이 올 곳은 결국 이 동쪽 장원, 거기에 연옥검 사현이 이끄는 수룡맹의 고수들이 스스로의 능력을 과신하고 있다고 가정하면 단번에 월하장의 기세를 꺾어버리기 위해 월하장주님이 거처하는 곳으로 치고 들어올 겁니다. 우린 조용히 그들이 우리 눈앞에 나타나기를 기다리면 되는 것이죠."

추산이 예상하는 수룡맹의 움직임에 반론을 제기하는 사람은 없었다. 추산의 추측은 그들이 생각하기에도 반박을 할 만한 빈틈이 없어 보였기 때문이었다. 그래서 결정된 것이 바로 이렇게 한 사람씩 월하장 동쪽 장원의 지붕에 올라 번을 서는 것이었다.

비록 월하장 무사들 중에는 화맹 소속으로 절기를 익혀 일류고수의 경지에 이른 자들도 있다고는 하지만 연옥검 사현이 보낼 인물들을 완벽하게 방비할 수 있을 거란 확신을 할 수 없었던 것이다. 누가 뭐래도 상대는 살수의 제왕 연옥검 사현이 보내는 자들이 아니던가.

"제길, 교대를 하려면 아직도 반 시진은 더 있어야겠구나. 어, 달빛 한 번 좋다. 능 매는 지금쯤 꿈나라에 가 있겠지. 응?"

대웅산이 혼인을 치른 지 단 이틀 만에 떠나온 능지화를 그리며 처량한 심사를 흘려내다 말고 살짝 고개를 갸웃거렸다. 그리곤 재빨리 커다란 덩치를 낮춰 지붕 위에 바싹 엎드렸다. 그의 시선이 장원의 남쪽 담으로 향했다.

장원을 둘러싼 이 장 높이의 장원, 보통 사람이라면 사다리를 놓아야 넘을 수 있는 그 담장에는 달빛을 가린 나무들의 그림자가 드리워져 있었다. 그런데 어느 순간부터 그 나무 그림자의 색이 조금 더 검어지더니 차츰차츰 담장을 넘어 장원 안쪽까지 늘어나는 것이었다.

그냥 흘려버리자면 바람에 나무가 흔들렸다거나, 혹은 시간이 지나 달이 기울며 일어나는 현상으로 지나칠 수 있었지만 절정의 무공을 지닌 경험 많은 강호고수의 눈에는 그리 간단히 지나칠 상황이 아니었다. 더군다나 그 그림자로부터 전해지는 음습한 기운을 읽어내지 못할 대웅산이 아니었다.

"대단한 은잠술이군. 하지만 이 대웅산의 눈을 속일 수는 없지. 그런데… 생각보다 월하장 무사들의 무공이 약한 것인가? 저 정도의 움직임이라면 당연히 발견했어야 하는데……."

대웅산이 고개를 갸웃거렸다. 물론 월하장 고수들이 뚫릴 경우를 대비해 대웅산 등 무불장 고수들이 이렇게 지붕 위에서 번갈아가며 번을 서고 있기는 했지만 지금 담을 넘어 장원으로 침입하는 자들 정도는 월하장의 경계무사들이 발견할 수 있어야 하지 않았을까 하는 실망감이 대웅산을 찾아들었다. 침입자들의 은잠술이 대단하기는 해도 수십 명의 감시자들을 장님으로 만들 만큼은 아니었기 때문이었다.

"실망인걸, 내가 나서야 하나?"

대웅산이 월하장 경비무사들의 실력에 적이 실망하며 천천히 몸을 일으키려 했다. 하지만 그의 판단은 조금 성급한 면이 있었다. 대웅산이 막 자신의 애병 장창을 들고 몸을 일으키려는 찰나 갑자기 그림자의 형태로 담장을 넘어선 일단의 침입자들이 모여 있는 곳 주위에 흐릿한 기운이 일렁이더니 순식간에 수십 명의 인영들이 불쑥 모습을 드러내 복면에 검은 옷을 차려입은 십여 명의 침입자들을 에워싸는 것이었다.

"흠, 그럼 그렇지. 괜히 나설 뻔했군. 역시 난 성급한 게 문제야."

대웅산이 일으켰던 몸을 낮춰 지붕 위에 털썩 주저앉으며 말했다. 이미 적을 발견한 이상 몸을 숨길 필요는 없었다. 이젠 편하게 앉아 월하장의 무사들과 수룡맹 침입자들의 무공을 감상하면 되는 일이었다.

"가만있자, 나 혼자 볼 수는 없지."

대웅산이 손을 입으로 가져가 가볍게 새소리를 만들어냈다. 그러자 잠시 후 그가 앉아 있는 지붕 위로 무불장의 고수들이 모습을 드러냈다.

"그들인가?"

어느새 대웅산 곁에 다가온 만불통이 대웅산에게 물었다.

"그런 모양입니다."

"흠, 한 십여 명 되어 보이는군."

"장원의 담을 넘는 모습을 보니 연옥검 사현의 살법을 익힌 자들이 분명해 보이더군요. 보통 은밀한 것이 아니었습니다. 물론 월하장의 무사들에게 발견되기는 했지만……."

"그나마 처음이라 최상급의 인물들을 보내진 않은 모양이군."

"누가 뭐래도 월하장은 기루, 월하장의 무력을 무시했겠지요."

"후후, 그 값을 톡톡히 치르겠군."

그사이 침입자들을 포위한 월하장 경비무사 중 한 명이 앞으로 나서며 차가운 목소리로 장원의 불청객들을 추궁했다.

"어떤 자들이기에 감히 이 야심한 시간에 본 장의 장원을 넘었느냐?"

날카로운 여인의 목소리다.

"허, 경비를 담당하는 인물이 여인이었나?"

만불통이 놀란 표정을 지으며 말했다.

"월하장은 기루지요. 당연히 강호의 여고수들을 많이 모아들이지 않았을까요?"

미심이 대답했다. 화맹에 대한 정보는 고검과 추산 그리고 대웅산과 미심만이 알고 있는 사실이었다. 그러니 월하장의 무인들 중 여고수들이 많은 이유가 화맹 때문이라고 말할 수는 없는 일이었다.

"하긴 풍류객들이 와서 즐기는 곳에 험상궂은 남정네들이 경비를 서는 것도 어울리지는 않지."

만불통이 고개를 끄덕였다. 그사이 월하장 여고수의 추궁을 받은 수룡맹의 고수들 중 한 명의 입에서 나직한 음성이 흘러나왔다.

"월하장에 적지 않은 강호고수들이 고용되어 있다더니 생각보다 대단하군."

"정체를 밝혀라!"

"후후후, 정체를 밝힐 것 같았으면 어찌 얼굴을 가리고 왔겠는가?"

"홍, 얼굴을 가렸다는 것은 결국 그 목적이 떳떳치 못하다는 말이겠지?"

"우린 그저 월하장 기녀들의 미색이 보기 드물게 출중하다 하여 잠시 그 얼굴을 보러 왔을 뿐이다."

"기녀들을 만나 여흥을 즐기려면 떳떳하게 얼굴을 드러내고 올 일이지 어찌 얼굴을 가리고 어둠을 틈타 담장을 넘었느냐? 그리고 이곳은 기루가 위치한 장원이 아니다. 월하장에 대해 조금이라도 알고 있는 자들이라면 이 장원이 기루로 쓰이는 곳이 아님을 알고 있을 터 분명 다른 목적을 가지고 담을 넘은 것이 분명하다. 그 목적이 무엇이냐?"

"후후후, 대낮에 얼굴을 드러내고 기루에 들지 못한 것은 우리의 처지가 곤궁하여 월하장에서 술잔을 기울일 금자가 없기 때문이고, 기루가 있는 장원이 아닌 이곳으로 찾아온 것은 기왕에 담을 넘는 것 월하장 최고의 미인이라는 월하장주의 얼굴을 보기 위함이 아니겠는가? 어떤가? 이리된 것, 월하장주께 손님이 왔다고 전갈을 넣어주심이……."

다분히 상대를 무시하는 말투, 수룡맹의 고수들은 비록 자신들의 잠입이 발각되기는 했으나 충분히 현재의 상황을 타개할 능력이 있다고 믿는 듯했다.

"홍, 장주께서는 겨우 밤이슬이나 밟는 자들을 대면하실 분이 아니시다."

"후후, 그야 두고 보면 알겠지. 수하들이 죽어가는 데도 얼굴을 보이지 않을 주인이 있을까?"

"지금 분란을 일으키겠단 말이냐?"

"아니라면 우릴 순순히 돌려보내 주겠느냐?"

"물론 그럴 순 없지. 반드시 그 복면을 벗겨 월하장을 침범한 죄를 묻겠다."

"바로 우리가 바라던 바다!"

스르릉!

복면인의 말이 끝나자마자 그의 허리춤에서 서늘한 쇳소리가 흘러나오더니 어느새 그의 손에 푸르스름한 검이 들려 있었다.

"좋아, 어디 그 대단한 실력을 좀 볼까?"

복면인을 상대하던 월하장의 여고수 역시 차가운 말과 함께 검을 빼 들었다. 그러자 두 사람을 둘러싸고 있던 월하장의 고수들과 복면인들이 뒤로 물러나며 두 사람이 겨룰 수 있는 공간을 만들었다.

"일 대 일의 대결이란 건가?"

만불통이 흥미로운 시선으로 마주 선 두 사람을 내려다보며 중얼거렸다.

"월하에 검무라… 흥취가 있군요."

추산 역시 두 사람이 펼칠 무공이 궁금한지 눈빛을 반짝였다. 하지만 일단 싸움이 시작되자 추산이 말한 월하의 검무는 보는 사람의 눈을 즐겁게 하는 대신 단번에 상대의 목줄을 잘라내려는 비정한 혈투로 변해 버렸다.

차창!

마주 선 두 명의 남녀가 순식간에 서로의 검을 뻗어내며 날카로운 충돌음을 만들어냈다.

"과연 연옥검의 수하군!"

만불통의 입에서 탄성이 흘러나왔다. 첫 격돌 후 월하장의 여고수는 다섯 걸음 정도 뒤로 물러나고 있었고, 복면을 한 수룡맹의 고수는 그런 상대를 향해 비호처럼 달려들고 있었다.

쉬이익!

복면인의 검에서는 마치 뱀의 혓소리와 같은 소리가 만들어졌다. 거의 일직선으로 움직이는 그의 검은 눈에 보이지 않을 정도로 빨라 순식간에 월하장 여고수의 사혈로 꽂혀들었다. 만불통의 말처럼 살수의 제왕 연옥검 사현의 수하답게 철저하

게 살검을 사용하는 복면인, 그에 비해 첫 번째 격돌에서 뒤로
밀린 월하장의 여고수도 어느새 상대의 검로에 익숙해졌는지
더 이상 뒤로 물러나지 않고 복면인의 공세를 막아내고 있었
다.

그녀의 움직임은 말 그대로 월하의 선녀와 같이 부드러워,
도저히 살검을 익힌 상대의 검을 피해낼 것 같지 않았으나, 그
녀의 신법에는 오묘한 이치가 깃들어 있어 상대의 검에 일격
을 당할 듯 당할 듯하면서도 한두 치 차이로 상대의 검을 피해
내는 것이었다.

더불어 상대의 검이 허공을 베고 지나는 허점을 노려 들고
있던 검으로 상대의 빈틈을 여지없이 찔러 나가는 덕에 수룡
맹의 고수 역시 십여 초의 공수 교환이 끝나자 함부로 월하장
의 여고수를 공략해 들어가지 못했다.

"큰소리칠 만한 실력이다."

수룡맹 복면인의 입에서 감탄사가 흘러나왔다.

"그대 또한 무서운 검을 지니고 있군. 하지만 그 정도로는
본 장의 장주님을 불러낼 수 없어."

"설마 지금까지 보여준 것이 내가 가진 전부라고 생각하는
것은 아니겠지?"

"얼마든지 상대해 주지. 하지만 당신은 이걸 알아야 할 거
야. 이곳은 월하장이고, 시간은 내 편이란 사실 말이야."

월하장 여고수의 말에 수룡맹의 복면고수는 더 이상 답을
하지 않았다. 대신 그의 손이 자신의 품속에 번개처럼 들어갔

다 나오더니 순식간에 그의 발아래에서 펑 하는 폭발음이 일어났다.

그리고 그 소리와 함께 희미한 연무가 일어나더니 순식간에 그의 신형이 사람들의 이목에서 사라지는 것이었다. 이것이야말로 살수들의 전매특허라 할 수 있는 환영술, 순간적으로 상대를 놓친 월하장의 여고수가 재빨리 훌쩍 몸을 날려 대여섯 걸음 뒤로 물러났다.

그런데 그녀가 막 신형을 세우려는 순간, 갑자기 그녀의 앞쪽에서 한줄기 빛이 번쩍이며 파공음이 일어나더니 요기로운 검신이 번개처럼 그녀의 허리를 베어오는 것이었다.

"홉!"

월하장 여고수의 입에서 다급성이 흘러나왔다. 동시에 그녀의 신형이 춤을 추듯 빙그르르 회전했다.

팟!

서릿발 같은 파공음이 일어나며 수룡맹 고수의 날카로운 검이 그녀의 등을 베고 지나갔다. 순간 그녀의 등 쪽을 감싸고 있던 옷이 베어지면서 바람에 나풀거렸다. 그리고 잠시 후 베어진 그녀의 옷자락 안쪽에서 붉은 피가 솟아나기 시작했다.

"치졸한 수를!"

부상에도 불구하고 월하장의 여고수가 노성을 터뜨리며 재차 여인을 향해 검을 뻗으려는 수룡맹 고수를 향해 날아들었다.

"무모하군."

여고수의 반격을 받은 수룡맹 고수의 입에서 차가운 음성이 흘러나왔다. 동시에 그 또한 자신에게 닥쳐드는 상대를 향해 검을 뻗어냈다. 순식간에 두 사람의 검이 허공에서 교차했다.

두 사람은 서로 상대의 검을 막지 않고 자신의 검신을 따라 흘려보내면서 서로의 치명적인 사혈을 찔러갔다. 이대로라면 양패구상, 하지만 승부의 추는 애초에 수룡맹의 고수 쪽으로 기울어져 있었다. 등에 일검을 허용한 월하장의 여고수가 부상으로 인해 온전히 자신의 검을 펼칠 수 없었기 때문이었다.

한순간 수룡맹 고수의 몸이 검을 뻗어내는 자세 그대로 허공에서 빙글 회전했다. 그러자 그를 향해 파고들던 월하장 여고수의 검이 그의 배 윗부분을 스치고 지나갔다. 그사이 수룡맹 고수의 검은 근접한 상대의 가슴을 맹렬히 찌르는 것이었다.

"핫!"

자신의 공격은 빗나가고 상대의 추상같은 일검을 맞이한 여인의 입에서 한마디 기합성이 흘러나오더니 그녀의 몸이 상대의 검을 피해 번개처럼 옆으로 젖혀졌다.

사삭!

다시금 시린 파공음이 일어나고 여인의 옷과 살이 수룡맹 고수의 검에 베어졌다. 다행히 마지막 순간 몸을 튼 덕분에 심장에 검을 맞는 것은 피할 수 있었으나 상대의 검은 심장 대신 그녀의 어깨 부분을 베고 지나갔다.

쨍그렁!

검을 든 팔의 어깨를 적에게 내어준 여인이 검을 바닥에 떨어뜨리며 황급히 뒤로 물러났다. 그러나 승기를 잡은 수룡맹 고수는 그대로 놓아줄 수 없다는 듯 번개처럼 여인을 따라붙으며 매서운 일검을 그녀의 목을 향해 뻗어냈다. 철저히 살수의 수법이라 할 움직임이요, 검식이었다. 월하장의 여고수 뒤쪽으로는 이십여 명의 동료가 늘어서 있었지만 수룡맹 고수의 움직임이 너무 빨라 그들 중 누구도 앞으로 나서 월하장 여고수를 수룡맹 고수의 손에서 구해낼 기회를 잡지 못했다.

"목숨을 취하겠다는 것인가?"

복면인이 월하장 여고수의 어깨를 벤 후 쉬지 않고 뒤로 물러나는 여인을 따라붙자 만불통이 중얼거렸다.

"적어도 몇 사람의 목숨을 취할 요량인가 보군요. 그래야 제대로 된 위협이 될 테니까요."

추산이 차가운 안광을 흘려내며 말하고는 재빨리 자신의 검을 잡아갔다.

"그래서는 안 되지. 내게 맡겨!"

순간 대웅산이 손을 들어 추산의 움직임을 막더니 앉은 자세 그대로 허공으로 떠올라 한순간 허공에서 한 바퀴 몸을 회전시킨 후 그대로 지붕 아래로 떨어져 내렸다.

"사람의 목숨은 귀한 거야!"

대웅산의 입에서 우렁찬 목소리가 흘러나왔다. 동시에 들고 있던 철창을 어깨 위로 올리더니 월하장 여고수를 공격하는 수룡맹 고수를 향해 번개처럼 던져 내는 것이었다.

쿠우웅!

대웅산의 손을 떠난 철창이 묵직한 파공음을 만들어냈다. 순간 월하장의 여고수를 공격해 가던 수룡맹의 고수가 흠칫하며 신형을 멈추더니 여고수를 향하던 검을 급히 돌려 자신을 향해 날아오는 대웅산의 창을 막아갔다.

콰콰쾅!

"욱!"

거대한 충돌음과 한마디 신음성, 대웅산의 철창이 복면인의 검을 밀어내며 맹렬한 힘과 속도로 지면에 틀어박혔다.

그리고 그사이 급작스런 대웅산의 공격을 엉겁결에 막아낸 복면인은 한마디 신음성을 흘려내며 자신의 동료들이 서 있는 곳까지 밀려나는 것이었다.

"조장!"

속절없이 뒤로 밀려나는 수룡맹 고수를 향해 그의 동료 중 하나가 재빨리 손을 내밀어 그의 신형을 지탱했다.

"으음……."

동료의 도움으로 겨우 신형을 바로 세운 수룡맹 고수가 침음성을 흘려내며 고개를 들어 자신을 공격한 대웅산을 바라봤다. 그때 대웅산은 이미 지면 위로 내려와 땅속 깊숙이 박힌 창을 잡아 빼고 있었다.

"누구냐?"

복면인의 입에서 차가운 음성이 흘러나왔다.

"나보다 그대의 정체를 먼저 밝히는 것이 순서가 아닐까?"

대웅산이 수룡맹 고수의 물음을 되받았다. 그러자 수룡맹 고수의 표정이 여러 차례 변화를 일으키더니 신음하듯 중얼거렸다.

"월하장의 명성이 대단하다 했더니, 이제 보니 오히려 소문이 실제를 따라가지 못하는구나. 좋다, 오늘은 우리가 손해를 본 것으로 하지. 하지만 곧 다시 찾아오마. 그때는 오늘처럼 쉽게 물러가지 않을 테니 각오하는 것이 좋을 것이다."

대웅산의 무공을 견식한 수룡맹 고수가 자신들만으로는 승산이 없다고 판단했는지 물러날 의사를 내비쳤다. 그런데 그의 말이 끝나자마자 그들이 넘어왔던 담장 위에서 한마디 냉소가 흘러나왔다.

"후후, 이건 너무 제멋대로가 아닌가? 오고 싶으면 오고 가고 싶으면 갈 수 있는 곳이 아닌데……."

순간 수룡맹 고수들의 시선이 냉소가 들려온 쪽으로 황급히 돌아갔다. 그러자 이 장여 높이의 담장 위에 어느새 나타났는지 세 사람이 수룡맹 고수들을 내려다보며 서 있었다. 수룡맹 고수들을 향해 냉소를 날린 사람은 추산이었고, 그의 양옆에는 만불통과 왕민이 여유있는 모습으로 서 있었다.

그런데 어느새 퇴로를 끊겨 당황하는 수룡맹 고수들의 귀에 다시금 나직하면서도 무거운, 그러면서도 거역할 수 없는 힘이 느껴지는 음성이 들려왔다.

"이쯤에서 복면을 벗고 순순히 검을 거두는 것이 어떻겠소? 약속하건대 목숨을 빼앗는 일은 없을 것이오."

순간 수룡맹 고수들이 부르르 몸을 떨며 재빨리 신형을 돌렸다. 무공을 익힌 자라면 지금 들려온 목소리에 깃든 진기가 범상치 않음을 눈치 채지 못할 리 없었다.

긴장한 눈빛으로 목소리의 주인공을 찾던 수룡맹 고수들의 눈에 어느새 대웅산 곁에 나타난 고검과 미심의 모습이 들어왔다. 수룡맹 고수들의 시선이 자연스럽게 세 사람 중 고검에게로 향했다. 대웅산의 목소리는 익히 들은 바 있었고, 미심은 여인이니 당연히 목소리의 주인공이 아니다. 그렇다면 지금 이 은은한 두려움을 만들어내는 목소리의 주인공은 고검밖에 없었기 때문이었다.

"항복을 하라는 것이냐?"

대웅산의 공격에 가볍지 않은 내상을 입은 수룡맹 고수가 곤궁한 상황에도 비굴하지 않은 목소리로 물었다. 그러자 고검이 가볍게 고개를 저었다.

"항복이라고 말할 것까지는 없을 것이오. 하지만 굳이 말을 하지 않아도 그대들이 어디서 왔으며 누구의 명을 받고 왔는지는 능히 짐작할 수 있소. 그대들 또한 우리가 그대들의 정체를 짐작하지 못할 거라고는 생각지 않을 것이오. 월하장은 그대들을 베어 그대들을 이곳에 보낸 사람과 원한을 맺고 싶지는 않소. 하지만 그렇다고 월하장을 침입한 행동을 묵과할 수도 없소. 그대들이 도검을 내려놓고 순순히 우리의 말을 따른다면 목숨을 살려 그대들이 온 곳으로 안전하게 되돌려보내 줄 것이오. 그러니 도검을 내려놓고 우리의 말을 따르기 바라오."

"그 말은 결국 월하장에 굴복해 목숨을 구걸하란 말이군. 후후후, 그렇다면 그댄 우리를 잘못 본 것이다. 우린 목숨을 버릴지언정 타인의 손에 굴복하지는 않는다. 우린 그렇게 키워진 자들이니까."

"물론 당신들의 움직임을 보고 당신들이 어떤 수련을 거친 사람들인지 능히 알 수 있었소. 하지만 오늘 그대들의 임무는 목숨을 버려가며 수행할 임무는 아니지 않소? 아마도 그대들이 살아 돌아간다 해도 그대들을 보낸 분은 결코 그대들을 탓하지 않을 것이오."

고검의 말에 수룡맹 고수가 잠시 생각에 잠겼다. 그리고 잠시 후 침착한 목소리로 입을 열었다.

"물론 그대의 말에 일리가 없는 것은 아니다. 하지만 역시 우린 우리가 배운 대로 행동할 수밖에 없을 것 같군. 우린 우리 스스로 길을 만들어 우리가 온 곳으로 돌아가는 쪽을 택하겠다. 비록 그 와중에 몇몇의 목숨이 희생되더라도……."

수룡맹 고수의 응답에 고검이 천천히 고개를 끄덕였다. 그는 아마도 이런 대답을 예상하고 있었던 듯했다.

"아마 오늘 이곳에서 목숨을 잃을 사람은 없을 거요."

고검의 대답에 수룡맹 고수의 눈에 분노의 빛이 스치고 지나갔다.

"우리 정도는 모두 사로잡을 수 있다?"

"그대를 이곳에 보낸 사람의 계산이 잘못되었다고 합시다."

"광오하군. 실력 또한 그 말과 같은지 궁금하군."

"실망하지 않을 거요."

고검의 말이 끝나자마자 수룡맹 고수의 입에서 날카로운 음성이 흘러나왔다.

"돌아간다. 산개한 후 각자의 목숨은 스스로 챙겨라."

그의 말이 끝나자마자 열 명의 수룡맹 복면인들이 사방으로 비산했다. 한곳에 몰려 있으면 적에게 포위당해 전멸을 면치 못할 것이란 계산에 따른 움직임이었다.

수룡맹의 복면인들이 움직이는 순간 무불장 고수들도 움직였다. 복면인들의 움직임이 무척 빠르기는 했으나 무불장 고수들의 움직임은 복면인들을 능가했다. 순식간에 복면인들을 따라붙은 무불장 고수들이 각기 한 명씩의 수룡맹 고수들을 막아서며 치열한 격전을 벌이기 시작했다.

월하장의 장원을 침입한 수룡맹의 고수는 열이었다. 그중 여섯은 무불장 고수들이 막아섰으니 나머지 넷은 월하장 고수들의 몫이다. 월하장의 고수 이십여 명이 재빨리 나머지 네 명의 수룡맹 고수들을 한곳으로 몰아넣으며 포위했다.

"가능한 생명을 거두지 말도록 하십시오."

싸움이 벌어지기 시작하자마자 고검의 당부가 무불장 고수들과 월하장 고수들에게 전해졌다. 그러자 싸움의 양상이 기이하게 흘러갔다. 애초에 아무리 연옥검 사현이 키운 살수들이라 할지라도 절정의 무공을 지니고 있는 무불장 고수들과 정면으로 격돌해서는 승산이 있을 수 없었다. 만약 서로 목숨을 취하고자 하는 싸움이었다면 몇십 초 견디지 못하고 무불장 고수들에게 목숨을 내놓아야 할 상황, 하지만 고검의 명에 의해 적을 죽이지 않고 제압해야 하는 상황이 되자 양측의 싸움은 제법 팽팽하게 이어지기 시작했다.

적을 사로잡기 위해서는 적을 죽이는 것보다 몇 배의 힘이 드는 법, 비록 무불장 고수들과 복면을 뒤집어쓴 수룡맹 무사들의 실력 차가 현격하게 나기는 했지만 무불장 고수들이라고 해도 극고의 수련을 거친 살수들을 일거에 사로잡을 수는 없었다.

"수하들의 목숨을 생각하시기 바라오."

고검이 여유있게 수룡맹 고수들의 우두머리를 몰아세우며 말했다.

"우린 적의 칼에 죽는 것은 배웠지만 검을 버리고 목숨을 구걸하는 것은 배우지 못했다."

수룡맹 고수의 우두머리는 연신 고검의 공세에 뒤로 밀려나면서도 전혀 굴복할 기색을 보이지 않았다. 그는 이미 대웅산의 공격에 큰 내상을 입고 있었으므로 고검이 사정을 보아주지 않았다면 이미 고검의 검에 목이 달아났을 터였다.

"하지만 세상에는 어쩔 수 없는 상황이란 것이 있게 마련이오. 그리고 당신에겐 지금이 바로 그때요."

조금 차가워진 안광을 흘려내며 상대를 향해 말을 건넨 고검의 신형이 말을 끝내자마자 번개처럼 움직였다. 순간 서 있던 자리에 희뿌연 잔영을 남긴 채 고검의 신형이 상대의 시야에서 사라졌다.

한순간에 고검의 신형을 놓친 수룡맹 고수가 재빨리 뒤로 물러서며 사방을 훑어봤다. 하지만 그 어디서도 고검의 신형을 찾을 수는 없었다. 그의 두 눈이 어디서 다가올지 모르는 고검의 공세에 대한 경계심으로 끊임없이 흔들렸다.

그러던 그가 한순간 자신의 머리 위로 흐릿한 그림자가 드리워지는 것을 깨닫고는 재빨리 신형을 틀면서 고개를 들어 허공을 바라봤다. 과연 그의 예감대로 사라졌던 고검의 신형은 어느새 허공에서 그를 향해 떨어져 내리고 있었다. 달빛을 가려 검은 그림자로 화한 고검의 몸 정중앙에서 한 자루 묵빛 검이 달빛을 받아 번뜩이고 있었다.

순간 수룡맹 고수는 자신도 모르는 사이에 진저리를 쳐댔다. 감당할 수 없는 무게감으로 닥쳐드는 고검의 기세 때문만은 아니었다. 그보다는 오히려 고검이 뻗어내는 검기, 아니, 그 검이 흘려내는 정체를 알 수 없는 기묘한 음기 때문이었다.

"마검?"

절체절명의 와중에도 수룡맹 고수의 입에서 고검의 검에 대한 의문이 불식간에 흘러나왔다. 마검이 흘려내는 기운에서 마기를 읽은 것이다. 하지만 수룡맹 고수로서는 고검의 검에 대한 궁금증에 매달려 있을 여유가 없었다. 어느새 다가온 고검의 검이 그의 이마를 쪼갤 듯 떨어져 내리고 있었기 때문이었다.

수룡맹 고수가 빠르게 반응했다. 그의 검이 고검의 마검과 평행선을 그리며 비켜 나갔다. 생명을 건 일 초식, 가히 살법을 익힌 자의 일초라 할 수 있었다. 무공의 고하, 공력의 고하에 상관없이 이렇게 상대가 자신의 목숨을 도외시하고 반격을 가하면 그 결과는 대부분 양패구상이기에 본시 무공이 높은 쪽에서 검을 틀어 충돌을 회피하는 것이 보통, 그러나 고검은 양패구상의 수를 펼쳐 낸 수룡맹 고수의 예상과는 또 다르게 움직였다.

콰아아!

고검의 마검이 강렬한 파공음을 만들어냈다. 수룡맹 고수의 이마를 노리고 떨어지던 고검의 검이 갑자기 그 검로를 변화시킨 것이다. 일직선으로 떨어져 내리던 검이 고검의 손목이 가볍게 움직이자 둥근 타원형을 그리며 회전했다.

순간 고검의 검과 평행선을 그리며 뻗어나가던 수룡맹 고수의 검이 돌풍에 휘말린 나뭇잎처럼 그 흐름을 잃고 맹렬하게 회전하는 고검의 검기 속으로 빨려 들어갔다.

"우웃!"

수룡맹 고수의 입에서 나직한 신음성이 흘러나왔다. 도저히 상대의 힘을 견뎌내기 어려워 자신도 모르게 흘리는 신음성. 검이 순식간에 그의 손을 벗어났다. 그리곤 무서운 속도로 고검이 만든 검기의 소용돌이 속으로 빨려 들어가더니 한순간

격렬한 파열음이 일어났다.

차창!

파열음과 함께 고검의 검기 속으로 빨려 들어갔던 수룡맹 고수의 검이 삼등분되며 그 조각들이 사방으로 흩어졌다. 그리고 그사이 어느새 고검은 수룡맹 고수 바로 면전에 닥쳐들고 있었다.

수룡맹 고수가 두 눈을 질끈 감았다. 어느새 자신의 눈앞에 닥쳐온 상대의 검이 자신의 목을 베는 것은 한순간의 일이리라. 검에 담긴 힘과 속도로 보건대 검의 주인조차도 지금 검을 돌려 그를 베지 않을 수는 없을 것이다. 자신의 죽음은 정해진 수순, 애써 살고자 버둥거릴 필요는 없었다. 애초에 그는 그렇게 키워진 인물이었다.

그런데 그의 예상은 또다시 빗나갔다. 단번에 자신의 목을 꿰뚫고 지나갈 것 같던 고검의 검기가 한순간 썻은 듯 사라지더니 대신 그의 머리 뒤쪽에 차가운 기운이 와 닿는 것이었다.

'이런!'

순간 수룡맹의 고수가 당혹한 음성을 흘려냈으나 그의 목소리는 그의 입 밖으로 흘러나오지 않았다. 어느새 고검이 수룡맹 고수의 마혈과 아혈을 동시에 제압했기 때문이었다.

"잠시 기다리시오. 그대의 동료들과 함께 그대가 온 곳으로 돌아가게 될 것이오."

마혈과 아혈이 제압당했다고 해서 귀가 막힌 것은 아니다. 수룡맹 고수의 귀로 담담한 고검의 목소리가 들려왔다. 순간 수룡맹 고수가 치욕으로 몸을 떨었다. 적에게 사로잡히느니 죽음을 선택하게 키워진 그였다. 또한 스스로의 무공에 어느 정도 자신이 있었던 그였다. 그런데 이렇게 죽음조차 스스로 선택하지 못할 지경에 처할 줄이야 어찌 상상이나 했겠는가?

상대에게는 놀랄 일이었으나 수월하게 적을 제압한 고검이 재빨리 주위에서 벌어지고 있는 싸움을 살폈다. 장내에서는 제법 치열한 싸움이 벌어지고 있었다. 무불장 고수들과 월하장의 고수들 중 고검과 무공을 견줄 수 있는 사람이 없을뿐더러, 고검이 상대했던 자는 이미 대웅산의 공격에 심한 내상을 입었기에 고검의 싸움은 다른 사람들에 비해 훨씬 빨리 끝난 감이 있었다.

물론 고검 이외의 고수들도 수룡맹의 고수들을 맞아 유리한 싸움을 이끌어가고는 있었다. 하지만 고검처럼 신속하게 상대를 제압할 상황은 아니었다.

'본 장의 고수들은 걱정할 게 없겠군.'

비록 고검에는 미치지 못하지만 무불장 고수들은 하나같이 강호에 나가면 절정고수 소리를 들을 인물들이었다. 당연히 그들 스스로의 능력을 증명이라도 하듯 무불장의 고수들은 수룡맹 고수들을 상대로 여유있는 싸움을 벌이고 있었다.

무불장 고수들의 싸움을 살핀 고검이 월하장의 고수들이 상대하고 있는 네 명의 수룡맹 무사들에게로 시선을 돌렸다. 그쪽의 싸움 역시 상황은 크게 다르지 않았다.

서너 명씩 한 조를 이루어 수룡맹의 무사 한 명을 상대하고 있었으므로 싸움의 승패는 이미 결정되어 있는 것이나 마찬가지였다. 다만 무불장 고수들과 다른 점이 있다면 월하장 고수들과 싸움을 벌이고 있는 수룡맹 고수들의 몸에 훨씬 많은 상처가 나 있다는 점이었다.

'자칫하면 저들을 사로잡기 전에 목숨이 끊어질 수도 있겠구나.'

고검의 이마에 주름이 생겨났다. 이 싸움의 목적은 적의 목을 베는 데 있는 것이 아니었다. 가급적 수룡맹과 원만한 관계를 유지한 채 수룡맹의 제안을 거절하는 것이 이번 청부행의 제일 목표, 그러자면 비록 월하장을 침입한 자들이라 할지라도 그 목숨을 살려서 돌려보내는 것이 중요했다.

월하장의 힘이 만만치 않음을 알려주는 동시에, 수룡맹과 좋은 관계를 유지하고 싶다는 의사를 표현하자면 월하장에 침입한 수룡맹 고수들을 산 채로 제압할 필요가 있었던 것이다.

그런데 무불장 고수들이 맡고 있는 자들과 달리 월하장의 고수들이 맡아 싸우고 있는 수룡맹 고수들의 목숨은 이승과 저승 사이를 오가고 있는 실정이었다. 그리고 그건 상대적으로 월하장 고수들의 무공이 무불장 고수들의 수준에 이르지 못했다는 증거이기도 했다.

무공을 익힌 고수 간의 싸움에서 적을 사로잡는 것은 적을 죽이는 것보다 수배는 어렵다. 적을 산 채로 제압하려면 필히 적의 마혈을 제압해야 하는데 도검을 들고 대항하는 적의 혈도를 제압하려면 적보다 압도적인 무공을 지니고 있어야 할 뿐 아니라, 미세한 공력을 운용하여 격렬하게 움직이는 적의 혈도를 정확하게 짚을 능력이 있어야 한다.

그런데 지금 월하장 고수들은 다수의 힘으로 수룡맹 고수들을 궁지에 몰아넣고 있기는 했지만 결정적으로 저항하는 수룡맹 고수의 혈도를 제압할 만큼 진기의 운용에 통달한 고수가 없었다. 덕분에 싸움은 길어지고 무리하게 적을 사로잡으려 하다 보니 점점 수룡맹 고수들의 몸에 상처를 내는 일이 많아지고 있었던 것이다.

만약 싸움이 이대로 진행된다면 월하장의 고수들이 상대하는 수룡맹 고수들은 필히 죽음을 면치 못할 터였다. 지금 입은 상처만으로도 빨리 손을 쓰지 않으면 목숨이 위태로운 상황, 고검이 가볍게 고개를 저으며 천천히 월하장 고수들과 수룡맹 고수들이 싸움을 벌이고 있는 곳을 향해 걸음을 떼어놓았다.

고검은 먼저 자신과 가장 가까운 곳에서 수룡맹 고수를 포위한 채 거칠게 몰아세우고 있는 월하장 무사들 곁에 도착해 잠시 싸움을 벌이고 있는 여섯 사람을 응시하더니 한순간 나직한 목소리를 흘려내며 신형을 움직였다.

"잠시 실례하지요."

스스슥!

고검의 말이 채 끝나기도 전에 그의 신형이 둥글게 원을 그리며 만들어진 월하장 고수들의 포위망을 뚫고 바람처럼 수룡맹 고수의 면전으로 다가섰다. 동시에 고검의 두 손이 어지럽게 움직여 월하장 고수들로부터 심각한 부상을 입고 있던 수룡맹 무사의 혈도를 짚어나가는 것이었다.

월하장 고수들은 고검의 개입에 잠시 당황하는 빛을 보였으나 그들이 정신을 차렸을 때는 이미 고검이 그들이 상대하던 수룡맹 고수의 혈도를 제압한 후였다. 그리고 어느새 고검은 쉴 새도 없이 다른 싸움이 벌어지는 곳으로 이동하고 있었다.

고검의 신형은 마치 물속을 유영하는 한 마리 잉어처럼 빠르면서도 유연했다. 그는 거침없이 격전을 벌이고 있는 월하장 고수들과 수룡맹 고수들 사이를 비집고 다녔다. 그리고 그가 싸움을 벌이고 있는 한 무리의 사람들 사이를 스치고 지나칠 때마다 어김없이 수룡맹 고수들은 한 자루의 나무토막이 되어 그 자리에 쓰러져 버렸다.

그렇게 고검은 놀라운 신법과 무공으로 순식간에 네 사람의 수룡맹 고수들을 제압했다. 고검의 이 놀라운 신위에 치열하게 싸움을 벌이던 월하장의 고수들이 입을 벌린 채 멍하니 고검을 바라보고 있는 사이 어느덧 무불장 고수들도 하나둘 자신들이 상대하고 있던 수룡맹 고수들을 제압해 가고 있었다.

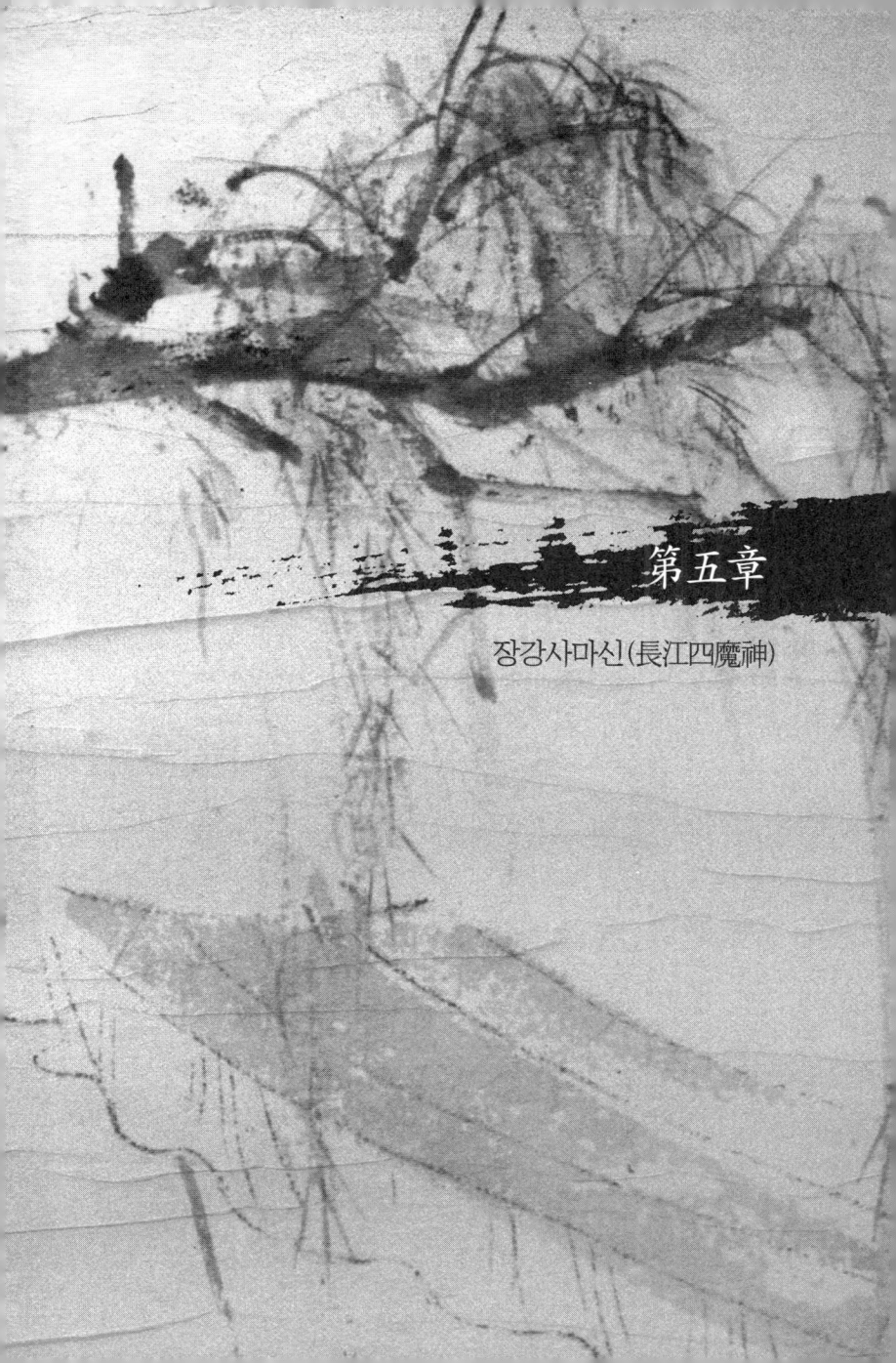

第五章

장강사마신(長江四魔神)

孤劍秋山

"마지막!"

추산이 경쾌하게 한 바퀴 회전했다. 그러자 추산의 신형이 순식간에 앞에 서 있던 수룡맹 고수의 신형을 타고 돌아 그의 뒤쪽으로 이동했다. 자신의 후미를 추산에게 내주었음에도 수룡맹 고수는 추산의 움직임에 대응할 수 없었다. 왜냐하면 추산의 검이 교묘하게 그의 검과 얽혀 있어 그의 움직임을 방해했기 때문이다.

그리고 미처 수룡맹 고수가 자신의 검을 빼내기도 전에 그의 목덜미에 차가운 추산의 손길이 느껴졌다.

"큭!"

나직한 신음성이 수룡맹 고수의 입에서 흘러왔다. 그리고 순식간에 두 다리에 힘이 빠져나가면서 그의 두 무릎이 대지에 꿇려졌다. 그런 수룡맹 고수를 추산이 재빨리 안아 들었다. 그리곤 훌쩍 몸을 날려 고검의 곁으로 다가왔다. 추산과 거의 동시에 대웅산도 한 명의 수룡맹 고수를 옆구리에 끼고 고검의 곁으로 내려섰다.

"끝났나요?"

"아직, 조금 더 기다려야 할 것 같구나."

추산의 물음에 고검이 고개를 저었다. 추산이 주변을 살펴보자 왕민과 미심이 아직도 수룡맹 고수를 상대로 싸움을 벌이고 있었다.

"헤헤, 난 내가 꼴찌일 줄 알았는데……."

"그동안 놀지만은 않은 모양이구나."

고검이 추산을 보며 고개를 끄덕였다. 각자가 상대하는 자의 능력에 따라 달라질 수 있겠지만 무불장 고수들은 한 사람씩 수룡맹 무사들을 맡아서 싸움을 벌이고 있었다. 그러니 단순하게 생각하자면 상대를 제압한 순서대로 무공의 순위를 매길 수도 있는 문제였다. 그런 면에서 보자면 추산이 왕민과 미심보다 앞서 수룡맹 고수를 제압했으니 이 결과로 추산의 무공을 가늠할 수 있었다.

추산의 나이 이제 겨우 이십대 중반, 그런 그가 절정고수의 반열에 올라 있는 무불장 고수들보다 먼저 적을 제압했다는 것은 결코 가볍게 생각할 것이 아니었다. 그러니 고검이 추산의 성장을 대견하게 생각하는 것은 당연한 일이라고 할 수 있었다.

"운이 좋았지요 뭐. 그런데 만 노사께서는……?"

그러고 보니 장내에서 만불통의 모습이 보이지 않았다.

"만 노사께서는 일찌감치 상대를 제압하시고 지루하다고 숙소로 들어가셨단다."

"허, 과연 대단한 노인네란 말씀이야."

추산이 이미 만불통이 숙소로 들어갔다는 말에 탄성을 흘려냈다.

"물론 그 양반의 무공이 대단하시기는 하지. 하지만 이렇게 빨리 승부를 본 건 그 양반의 무공이 우리보다 월등하기 때문은 아닐걸?"

대웅산이 입가에 미소를 지으며 말했다.

"그럼 다른 이유가 있단 말씀이세요?"

"아마도 빙장어른과 두고 있던 바둑의 승부가 수룡맹 작자들과의 싸움보다 훨씬 다급했기 때문일 거야. 나오기 전에 보니까 대마가 잡히게 생겼더라구."

그러자 추산이 어이없다는 표정을 지었다.

"아니, 지금 겨우 바둑 때문에 이곳의 상황이 마무리되기도 전에 숙소로 돌아가셨단 말이에요?"

"겨우 바둑이라니, 그렇게만 볼 수는 없지. 본시 만불통 어른께서는 장인어른과 일검 비무를 기대하며 그 나이에 십 년의 수련을 감당한 양반이야. 그런데 그만 그사이 장인어른의 무공이 심즉검의 경지에 도달해 십 년 수련이 도로아미타불이 되어버렸단 말씀이야. 그래서 지금 그 양반은 바둑으로라도 사부님을 이겨보려고 하는 중이란 말이야."

"무공의 승부욕이 바둑으로 이전되었다는 말이군요."

"그렇다고 봐야지."

"하여간 노인네들이 하는 짓이 꼭 어린애들 같다니까."

그러자 고검이 입을 열었다.

"좋지 않느냐? 사부께서도 무료하실 텐데 만불통 어른께서 함께 대작을 해주시니 다행이라 생각하거라."

그러자 추산이 얼른 고개를 끄덕였다.

"하긴 다행은 다행이에요. 만약 만 노사께서 계시지 않았다면 아마도 전 하루에도 열두 번은 더 사부님의 잔소리를 들어야 했을 거예요. 그리고 보니 만 노사께서 바로 제 은인이시군요. 나중에 술이라도 한 잔 사드려야겠어요."

추산이 너스레를 떠는 사이 왕민과 미심의 싸움도 어느덧 그 끝을 보고 있었다.

왕민이 길어진 싸움으로 진기가 고갈된 수룡맹의 고수를 향해 한순간 부드럽게 손을 휘저었다. 그러자 소매 속에 숨어 있던 그의 부채가 순식간에 활짝 펼쳐지더니 수룡맹 고수의 시야를 가렸다. 그리고 그 순간 왕민의 부채가 가볍게 수룡맹 고수의 검을 든 팔을 휘감아 그 움직임을 제약하더니 순식간에 상대의 혈도를 제압하는 것이었다.

"조금 고생하시구려."

상대를 향한 왕민의 말 또한 언제나처럼 부드럽고 격조있다.

"하여간 왕 선생의 품새는 언제 봐도 멋스럽다니까."

대웅산이 부드러운 선법을 펼쳐 상대에게 큰 타격을 주지 않고도 싸움을 승리로 이끄는 왕민의 무공에 감탄사를 발하는 사이 미심 또한 수룡맹 고수를 향해 최후의 공격을 가하고 있었다.

무불장 고수들은 각자 자신만의 독특한 절기를 가지고 있었다. 고검의 중검, 추산의 쾌검, 만불통의 철곤과 대웅산의 창술, 그리고 왕민의 선법에 비견할 수 있는 것이 미심의 수공이다. 그리고 지금 미심이 자신이 자랑하는 절정의 수공, 만화수(萬花手)를 전개하고 있었다.

"만화수인가?"

대웅산이 미심의 수공을 보며 놀란 듯 중얼거렸다.

"만화수까지 꺼내들 정도면 미 부인께서 상대한 자가 개 중 뛰어난 무공을 지닌 자였던 모양이군."

고검도 적잖이 놀란 얼굴로 대웅산의 말을 받았다. 미심이 자신의 독문절기인 만화수를 펼치는 경우가 극히 드물다는 것을 알고 있는 고검이었다. 그런 미심이 만화수를 꺼내들었다는 것은 단순하게 미심의 무공이 다른 무불장의 고수들에 비해 한 수 뒤진다는 것으로만 설명할 수 있는 것은 아니었다. 고하가 존재하기는 하겠지만 그렇다고 만화수가 등장할 만큼의 무공에 격차가 있는 미심이 아니었다. 결론은 상대가 강한 것.

일단 미심이 만화수를 펼치자 수룡맹 고수의 눈에 당황의 기색이 역력하게 드러나기 시작했다.

미심의 만화수는 그 이름 그대로 손으로 만 개의 꽃을 만들어내는 수법, 어지럽게 산발하는 미심의 수영에 수룡맹 고수의 검로가 어지러워지더니 어느 순간부터는 그의 보법 역시 평정을 잃고 흔들리기 시작했다.

"핫!"

한순간 미심의 입에서 작은 기합성이 흘러나오더니 허공을 수놓은 수많은 수영들 중 하나가 번개처럼 뻗어 나와 상대의 혈도를 찌르고 사라졌다.

"쿡!"

순간 다른 수룡맹 고수들과 마찬가지로 미심이 상대하던 자 또한 온몸의 기력을 상실한 채 그 자리에 무너져 내렸다. 미심이 그런 수룡맹 고수의 자세를 바로 해 땅 위에 앉혀놓고는 신형을 날려 고검 등이 있는 곳으로 다가왔다.

"휴, 제가 제일 늦었군요."

"강한 상대였던 모양이군요?"

대웅산이 묻자 미심이 고개를 저었다.

"제법 어려운 자였기는 했지요. 하지만 역시 제 무공이 다른 분들보다 약했던 거지요."

"무슨 그런 겸양의 말씀을! 마지막에 시전한 만화수는 강호의 일대 절기라 아니 할 수 없었습니다."

대웅산이 고개를 저으며 진심으로 미심의 만화수를 칭찬했다. 그러자 미심이 한줄기 미소를 베어 물며 대답했다.

"호호, 결국 제 밑천까지 드러내고 말았으니 대 대협께 칭찬을 들어도 그리 기분이 좋은 것은 아니군요. 그나저나 모두 제압한 건가요?"

미심의 물음에 고검이 고개를 끄덕였다.

"열 명 모두 목숨을 끊지 않고 제압했습니다. 수고들 하셨습니다."

그러자 추산이 한쪽을 바라보고는 살짝 인상을 찡그리며 말했다.

"하지만 저들은 빨리 손을 쓰지 않으면 목숨을 건지기 어렵겠는데요."

추산이 가리킨 곳에는 네 명의 수룡맹 고수들이 피투성이가 된 채 쓰러져 있었는데 그들은 바로 월하장의 무사들이 상대하던 자들이었다.

"항상 마지막에는 왕 선생께서 수고를 하시게 되는군요."

고검이 미안한 기색으로 왕민을 돌아보자 왕민이 예의 그 기품있는 미소를 흘려내며 대답했다.

"사람을 살리는 일을 어찌 수고라 하겠습니까? 저로서야 기쁘게 하는 일이지요. 하지만 역시 얼른 손을 써야겠군요. 자칫하다가는 정말 목숨을 잃을 수도 있겠습니다."

왕민의 말에 고검이 고개를 끄덕이고는 주변을 둥그렇게 둘러싸고 있는 월하장 고수들을 향해 다가가 월하장의 무사들을 이끌고 있는 여고수에게 말을 건넸다.

"몸이 성한 자들은 한곳에 있게 하고 몸이 상한 자들은 잠시 다른 곳에서 치료를 했으면 합니다만……."

그러자 월하장의 여고수가 공손하게 고개를 끄덕였다.

"고 장주님의 명대로 하겠습니다."

"명이라뇨? 당치 않습니다. 저야 그저 청부사일 뿐인데요."

그러자 월하장의 여고수가 고개를 저었다.

"이번 일에 관해서는 고 장주님의 말에 절대복종하라는 장
주님의 당부가 있었습니다. 그럼 명하신 대로 사람들을 옮겨
놓겠습니다."

월하장의 여고수가 고검에게 머리를 조아리고는 이내 수하
들을 움직여 제압된 수룡맹의 고수들을 옮기기 시작했다.

딱!

백돌을 바둑판 위에 때리듯 올려놓은 능운백이 흐뭇한 미소
를 지으며 만불통을 스윽 바라보고는 나직한 목소리로 입을
열었다.

"어떻게 처리할 생각이신가?"

질문은 능운백의 맞은편에서 바둑판을 노려보며 인상을 쓰
고 있는 만불통에게 한 것이 아니었다. 두 사람이 수담을 나누
고 있는 방 한쪽에서 조용히 두 사람의 바둑을 바라보고 있던
고검에게 한 말이었다. 고검의 곁에는 월하장주 운향도 함께
시립해 있었다.

"일단 돌려보내는 쪽으로 생각 중입니다만……."

고검이 대답했다.

"역시 그들과 원한을 맺는 것은 좋은 일이 아니겠지."

능운백이 고개를 끄덕였다.

"하지만 따끔하게 경고를 하는 것도 필요한 일이 아니겠습니까?"

대마가 몰살의 위기에 몰려 끙끙대고 있던 만불통이 그 와중에도 참견을 했다.

"흠, 만 노제의 말에도 일리가 없는 것은 아니야. 하지만 역시 죽여서 보내는 것보다는 살려서 보내는 것이 좋을 듯하군."

"아마도 저들을 살려 보내는 것이 더 큰 경고가 될 것입니다."

조용히 서 있던 월하장주가 입을 열었다. 그러자 만불통이 흑돌을 착점하려다 월하장주 운향의 말에 고개를 끄덕였다.

"하긴 그렇기도 하군. 죽여 보내는 것은 쉬운 일이나 살려 보내는 일은 어려운 일이라는 것을 모를 연옥검이 아니니……."

"그래, 언제 보낼 생각들이신가?"

능운백이 바둑판에서 시선을 돌려 고검과 운향을 보며 물었다.

"날이 새기 전에 보낼 생각입니다만……."

고검이 대답했다.

"어떻게? 네가 직접 데려갈 생각이냐?"

"아닙니다. 그들이 수로를 따라 사람을 보냈으니 수로를 따라 돌려보낼 생각입니다."

"흐음… 그 또한 의미가 있군. 그들의 움직임을 읽고 있다는 말이 되는 것이니까. 그렇게 하도록 하시게들. 그리고 앞으로 이 늙은이의 의견을 물으러 올 것 없어. 말했지만 나는 이번 일에서 뒤에 물러나 있을 테니 말이야. 번거롭게 내 허락을 구하려 하지 말아."

"알겠습니다, 사부. 그럼…….""

고검이 능운백에게 고개를 숙여 보이고는 이내 운향과 함께 방을 벗어났다.

"연옥검이 순순히 물러날까요?"

고검과 운향이 물러나자 만불통이 걱정스런 표정으로 물었다.

"물론 이 정도로 물러날 인사가 아니지. 아마도 머지않아 다시 사람을 보낼 거야. 이쪽에 만만찮은 고수들이 있다는 것을 알았을 테니 이번에는 범상치 않는 자들을 보내게 되겠지."

"흠… 그때는 피를 보게 되겠군요."

"아마도 그리되겠지. 하지만 이미 이쪽에서는 한 번 그들에게 아량을 베풀었으니 피를 보게 된다 해도 그때는 그쪽의 책임이라 말할 수 있을 걸세. 그나저나, 자네 다른 사람 피를 걱정할 때가 아닌 것 같군. 자칫하다간 자네의 말이 모두 몰살당할 상황이 아닌가?"

"허험! 아니, 그게 무슨 말입니까? 아직 바둑은 끝나지 않았습니다. 바둑의 묘미는 마지막 한 수에 상황을 역전시키는 것에 있지요."

"그런가? 어디 그 마지막 한 수를 기대해 보겠네. 그런데 자네 이거 아나?"

능운백의 갑작스런 물음에 만불통이 능운백을 바라봤다.

"자네가 지금 근 이각여 동안 착수를 하지 못하고 있다는 사실 말이야. 설마하니 오늘 밤을 새자는 말은 아니겠지."

순간 만불통의 입에서 불편한 신음성이 흘러나왔다.

"끙… 알았습니다. 곧 두지요."

*　　　*　　　*

월하의 격전이 치러진 지 한 시진 정도가 지났을 때, 수룡맹의 고수들이 침입해 들어왔던 월하장 앞쪽의 인공 호수에 일단의 인물들이 모습을 드러냈다. 밤이 깊었기에 강북제일루로 유명한 월하장이었지만 오가는 인적을 찾아보기 힘들었다.

"그럼 조심해서 다녀들 오게."

고검이 추산과 대웅산을 보며 말했다.

"걱정 마시우, 장주. 설마 자신들의 동료를 데려온 우리를 공격하기야 하겠소?"

대웅산이 고검의 말에 대답했다.

"일이란 끝나기 전에는 알 수 없는 것일세. 방심하지 말고 조심하도록 하게."

그러자 이번에는 추산이 대답했다.

"걱정 마세요, 사형. 설혹 저들이 우릴 공격한다 하더라도 충분히 몸을 뺄 수 있으니까요. 그럼 가볼게요."

"그래, 수고해라."

고검이 고개를 끄덕이자 추산과 대웅산이 훌쩍 몸을 날려 호수에 떠 있는 배 위에 올랐다. 배는 포구로부터 월하장으로 손님들을 실어 나르는 용도로 만들어진 것이었지만 오늘 밤 그 배에 타고 있는 사람들은 월하장을 찾은 귀빈들이 아니었다.

배의 양편에 다섯 명씩 앉은 자들은 바로 밤을 타고 월하장을 침범했던 수룡맹의 고수들이었다. 그들의 머리에 씌워져 있던 복면은 모두 벗겨져 있었다. 그들의 얼굴에서는 호기롭게 월하장의 담장을 넘던 패기를 찾아볼 수 없었다. 대신 짙은 열패감에 휩싸여 생기를 잃은 시선으로 흔들리는 호수의 물결을 바라보고 있을 뿐이었다.

"자, 그럼 모두들 집으로 데려다 주도록 하겠소. 혈도를 짚여 조금 불편할지도 모르겠으나 조심해서 배를 몰 것이니 큰 불편은 없을 것이오. 달밤에 함께 배를 타고 움직이는 것도 인연은 인연이니 서로 불편한 일을 벌이지 말도록 합시다."

대웅산이 경고가 섞인 말을 수룡맹 고수들에게 건네고는 추산을 바라보며 고개를 끄덕였다. 그러자 추산이 천천히 삿대로 배를 밀어 배를 접안대에서 호수 중앙 쪽으로 밀어냈다. 배가 천천히 고검과 월하장 고수들에게서 멀어지기 시작했다. 어느새 대웅산이 배 뒤쪽으로 다가가 외노를 젓기 시작했다.

노가 삐걱거리는 소리를 내며 물을 밀어내자 배는 크게 원을 그려 방향을 틀더니 호수의 중심으로 나가 황하의 포구 쪽으로 이어진 수로를 향해 움직이기 시작했다.

추산과 대웅산이 수룡맹 고수들을 태운 배를 몰고 달빛 아래 수로를 거슬러 올라온 지 이각여, 어느 순간 수로의 폭이 서서히 넓어지더니 작은 포구가 눈에 들어왔다.

호젓한 달빛 아래 잠들어 있는 포구는 비록 그 규모가 작기는 했지만 포구 주변을 둘러선 건물들은 하나같이 아름답게 지어져 있어 보는 사람으로 하여금 자연스레 미소를 짓게 만들었다.

"이 포구가 월하장에서 만든 것이라고 했나요?"

추산이 달빛에 잠긴 작은 포구를 보며 대웅산에게 물었다.

"그랬다지? 애초에는 포구가 있던 자리가 아니었는데 황하를 타고 이동하는 손님들이 월하장을 쉽게 이용하게 하기 위해 일부러 만든 포구라고 하더군."

"그래서 그런지 무척 정성을 들인 흔적이 보이네요."

"그러게 말이야. 무척 많은 금자가 들었겠어."

그러자 추산이 슬쩍 인상을 찌푸렸다. 그리곤 나직한 목소리로 대웅산의 귀에 대고 소곤거렸다.

"그게 어디서 왔겠어요?"

"후후! 불평하지 말라고, 아름다운 여인을 얻기 위해선 언제나 희생이 필요한 법이니……."

"전 아직 아름다운 부인을 얻지 못했다구요."

"하지만 결국은 그리될 것 아닌가?"

"결국 그리될 것이라뇨?"

"결국 인화 처제랑 혼인할 것 아닌가 말이야."

"그거야 모르는 일이죠."

"아니, 이거 그러면 안 되지. 추 아우의 허리에 두르고 있는 그 요대는 그럼 뭐란 말인가? 그리고 솔직히 내가 강호를 떠돈 시간이 적지 않네만 인화 처제와 같은 미모를 지닌 여인은 본 적이 없다네. 추 아우도 강호에서 흔히 볼 수 없는 기협이니 두 사람은 무척 잘 어울린다고 할 수 있지."

"그런가요?"

"두 사람이 함께 있는 것을 보니 선남선녀가 따로 없더군."

대웅산의 말에 추산이 갑자기 지금까지 낮췄던 목소리를 높여 호탕한 웃음을 터뜨렸다.

"하하하, 우리 두 사람이 사실 그런대로 쓸 만하게 생긴 것은 맞지요."

추산이 대웅산의 칭찬에 기분이 좋은지 제법 큰 웃음을 터뜨리는 사이 배는 포구 앞쪽에 위치한 접안대에 도달하고 있었다. 그러자 어스름한 달빛 아래에 불쑥 세 명의 신형이 나타났다.

"월하장에서 오시는 분들이신지요?"

접안대에 나타난 삼 인이 추산과 대웅산이 타고 있는 배를 향해 나직하게 소리쳤다.

"그렇소이다."

추산이 사내들을 향해 대답했다.

"어서 오십시오. 장주님의 기별을 받고 준비하고 있었습니다."

"배는 준비가 되었습니까?"

"예, 포구에 있는 배들 중 가장 빠르고 날렵한 배로 준비해 두었습니다."

"좋습니다. 그럼 천천히 이십여 장 뒤에서 저희들을 따라오십시오. 그리고 언제든지 포구로 돌아올 준비를 해두셔야 합니다."

"걱정 마십시오. 자랑은 아니지만 근방에서 가장 배몰이에 능한 저희들입니다."

"우리가 만나고자 하는 사람들은 천하에서 가장 배를 잘 다루는 자들이 속한 단체의 사람들입니다. 그러니 방심하지 마십시오."

추산이 정색을 하고 경고를 하자 접안대에 나와 섰던 사내들이 흠칫 놀라는 기색을 보였다. 하지만 이내 접안대에 매어 있던 날렵한 흑선에 뛰어내리더니 능숙하게 배를 움직여 추산과 대웅산이 타고 있는 배 뒤쪽으로 따라붙는 것이었다.

"과연 배 모는 솜씨가 보통이 아니군."

대웅산이 흑선을 모는 사내들의 실력을 보며 감탄사를 흘려냈다.

"월하장주께서 월하장에서 가장 물길에 익숙한 사람들을 보낸다고 했으니 당연한 일 아니겠어요? 자, 그럼 가보죠."

"이거 어째 조금 긴장이 되는데?"

"하긴 저도 연옥검 사현을 대 형님과 단둘이 만나러 간다고 생각하니 조금 겁이 나긴 하네요."

"사현을 만날 수 있을지 없을지는 모르지."

"솔직한 심정으로는 만나지 않았으면 해요. 그냥 이자들을 적당히 인계하고 돌아오면 족한 일이니까요."

"후후후, 어디 가보자구. 사현이 나오나 안 나오나."

추산과 대웅산이 시선을 한 번 교환하고는 배를 몰아 황하의 탁류 속으로 흘러들어 가기 시작했다.

강호에서 흔히 볼 수 없는 특이한 모양의 흑선 두 척이 여산 인근, 월하장이 운영하는 포구 앞에 나타난 것은 이십여 일 전이었다. 월하장이 운영하는 포구가 지척에 있었기에 흑선이 포구 앞에 닻을 내린 것은 이상한 일이 아니었다. 그런데 그렇게 포구 앞에 정박한 흑선은 그 자리에 정박한 채 오늘까지 이십여 일 동안 전혀 움직이지 않았다. 보통 월하장의 명성을 찾아 강호의 풍류객을 싣고 찾아드는 배들은 길어야 보름을 넘기지 않고 떠나는 것이 보통이었다.

그런데 두 척의 흑선에 타고 있는 자들은 이십여 일이 지나도 떠나지 않았을뿐더러 전혀 배 밖으로 거동을 하지 않았다. 며칠 전 오류 인의 인물들이 배에서 내려 월하장에 잠시 다녀오기는 했지만 그들이 월하장에서 풍류를 즐긴 것 같지는 않았다.

덕분에 포구 주변에서 생계를 이어가는 민가의 사람들은 흑선의 정박이 길어질수록 불안한 시선으로 흑선을 바라보고 있었다. 민가의 사람들이 그 두 척의 배가 현 강호를 폭풍 속으로 몰아가고 있는 수룡맹의 배이며, 그들이 이곳에서 정박한 이유가 강북제일루 월하장을 손에 넣기 위해서임을 알 턱이 없었다.

삐이꺽 삐이꺽—

달밤에 노 젓는 소리는 소음이 아니라 듣기 좋은 노랫소리와 같다. 하지만 그 기분 좋은 소리를 만들어내고 있는 배 안에 탄 사람들의 마음은 풍류를 즐길 만큼 여유있지 못했다.

수룡맹 고수들이 몰고 온 기이한 형상의 흑선 쪽으로 다가가는 추산과 대웅산의 표정 또한 어느 순간부터 차갑게 굳어져 있었다. 비록 저들의 동료들을 돌려보내러 가는 길이기는 했지만 경우에 따라서는 위험한 상황이 벌어질 수도 있었다. 더군다나 수룡맹을 이끄는 자는 연옥검 사현, 천하제일살수가 아니던가.

두 사람이 타고 있는 소선이 서서히 두 척의 흑선 사이로 밀려들어 갔다. 그리고 어느 순간 대웅산이 젓던 노를 세워 배를 세웠다. 그들이 타고 있는 배 뒤쪽으로 포구에서부터 따라오기 시작한 월하장의 배 역시 천천히 멈춰 섰다.

화르륵!

고검과 대웅산이 타고 있는 배가 멈춰 서는 순간 수룡맹의 고수들이 타고 있는 두 척의 흑선에서 십여 개의 횃불이 일어났다. 비록 달빛이 있어 사위를 살피는 데 어려움이 없었지만 일단 횃불이 피어오르자 사방이 대낮처럼 환해졌다.

"어디서 온 사람들이오?"

흑선 중 한 척의 갑판 위에 위맹해 보이는 사내 한 명이 나타나더니 추산 등이 타고 있는 배를 내려다보며 물었다.

"우린 월하장에서 나온 사람들이오."

대웅산이 예의 그 투박한 말투로 흑선 위 사내에게 대꾸했다. 대웅산의 말을 들은 흑선 위의 사내의 표정이 살짝 변했다.

"월하장에서 나왔다고 했소?"

"그렇소이다."

"할 말이 있다면 밝은 낮에 찾아올 것이지 어째서 모든 사람이 잠든 깊은 밤에 배를 몰아 온 것이오?"

사내의 목소리가 사뭇 위압적이었다. 적어도 지금까지는 수룡맹 고수들에게 월하장은 하나의 이름난 기루에 지나지 않았다. 그러나 그런 그들의 생각은 대웅산이 내뱉는 다음 말에 의해 완전히 변해 버렸다.

"우린들 어찌 이런 밤중에 잠을 설치며 이곳까지 오기를 원했겠소. 하지만 월하장주께서 길 잃은 손님들을 댁까지 데려다 주라고 명을 하시니 어쩔 수 있겠소이까? 장주의 명을 따를 밖에!"

"길 잃은 손님?"

흑선 위의 사내가 의혹 어린 목소리로 되물었다. 그러자 배의 한쪽 끝에 서 있던 추산이 미리 두었던 화섭자에 불을 당겼다. 순간 두 사람이 타고 있는 소선의 내부가 환하게 드러났다. 그리자 당연하게도 배의 그늘에 가려 좌우로 다섯 명씩 짐

짝처럼 뭉쳐 앉아 있는 열 명의 수룡맹 고수들 모습이 명백하게 드러났다. 순간 흑선 위 사내의 눈에 당혹스런 표정이 만들어졌다.

"이들의 집이 이 두 척의 흑선이 맞지 않소이까?"

대웅산이 그런 사내를 보고 느긋한 표정으로 물었다. 그러자 사내의 표정이 여러 번 변하더니 이내 정색을 한 목소리로 입을 열었다.

"잠시 기다려 주시오. 내가 맞이할 손님들이 아닌 듯하구려."

"좋으실 대로 하시구려."

대웅산이 고개를 끄덕이자 사내가 얼른 신형을 돌려 선실 안으로 사라졌다. 그리고 잠시 후 배 안쪽에서 부산한 발소리가 들려오더니 이내 십여 명의 노인들이 뱃전에 모습을 드러냈다.

"끙⋯⋯!"

그리고 그중 한 명의 노인이 추산과 대웅산이 타고 온 배를 살펴보고는 못마땅한 신음성을 흘려냈다. 뱃전에 나와 선 노인들 중 몇몇은 추산에게도 낯익은 인물들이었다.

개 중 둘은 연옥검 사현이 월하장을 방문했을 때 동행한 인물들이었고, 또 아주 오래전 추산이 대면했던 인물도 둘이 포함되어 있었다.

'장강사마신이라고 했던가. 오성과 오신이라고 했지? 날 기억하지 못하는 모양이군.'

과거 고검과 추산이 악양 기련장 육초초의 납치 사건을 해결하기 위해 찾아갔던 양천곡의 암옥, 그곳에서 암옥주 귀왕 마천은 고검에게 네 개의 관문을 제시했었다. 무인은 무공으로써 말을 하는 것이라는 듯, 마천이 만든 네 개의 관문은 모두 절정고수 소리를 들을 만한 인물들이 지키고 있었다.

　그중 한 관문을 지켰던 인물 두 명이 지금 흑선 위에서 추산과 대웅산을 내려다보고 있었다. 장강사마신이라 불렸던 전설적인 수공의 고수들, 오 씨 성을 가진 네 명의 형제로 이름은 일월성신의 네 자를 차례로 가졌다던가.

　'저들까지 와 있다니… 과연 수룡맹이 이번 일을 얼마나 중시하는지 알겠구나.'

　추산이 장강사마신 중 오성과 오신 두 노고수를 알아보고는 잠깐 낯빛이 어두워진 사이 흑선 위의 노인들 중 신음성을 흘려냈던 노인이 천천히 입을 열었다.

　"월하장에서 왔다고 했는가?"

　"그렇소이다. 월하장주께 귀 맹의 사람을 돌려보내 주란 명을 받고 왔소이다. 이들이 귀 맹의 사람들이 맞소이까?"

　그러자 노인이 스윽 추산이 타고 있는 배 안에 초라하게 모여 앉은 수룡맹 고수들을 훑어보고는 다시 입을 열었다.

　"그렇군. 그들은 우리 쪽 사람들이군. 그런데, 상한 사람은 없는가?"

　"몇몇은 며칠간 정양을 해야 할 거외다. 워낙 뛰어난 분들이라 모시기가 쉽지 않아서 말이지요."

"후후, 비웃음을 당할 만한 일이야. 이렇게 완벽하게 망신을 당할 줄은 몰랐군. 월하장의 실력이 상상 이상인 모양이군. 저들은 그래도 지금 이곳에 나와 있는 본 맹의 아이들 중 출중한 무공을 지닌 아이들인데……."

"저희도 힘이 좀 들기는 했지요."

그러자 노인이 고개를 저으며 말했다.

"저들을 죽이지 않고 사로잡는 것은 결코 쉬운 일이 아니야. 아마도 월하장에 우리가 미처 모르는 고수들이 존재하는 모양이군. 그런데 그대도 월하장의 사람인가?"

노인이 매서운 눈초리로 대웅산을 쏘아보며 물었다. 그러자 대웅산이 노인의 시선을 가볍게 받아 넘기며 응대했다.

"월하장의 일을 하고 있으니 지금은 월하장의 사람이라고 할 수 있지요."

"후후, 생각해 볼 여지가 많은 대답이군. 뭐, 그런 것은 나중에 생각해 보기로 하고… 이들을 돌려보내는 대신 월하장주가 요구한 것이 있을 텐데……?"

그러자 대웅산이 빙긋 미소를 지으며 어울리지 않는 정중한 목소리로 대답했다.

"뭐, 크게 바라시는 바는 없었소이다. 단지, 월하장주께서는 월하장과 수룡맹이 큰 분란 없이 좋은 관계를 유지했으면 하신다고 전해달라고 했소이다."

"그러니까, 더 이상 월하장에 욕심을 내지 마라?"

"장주님의 뜻까지야 제가 알 수 없는 일이지요."

"하하하! 좋아, 이번에는 본 맹이 월하장에 큰 실례를 범한 것으로 하지. 그럼 그만 사람들을 인계하고 돌아가 보도록 하게. 월하장주께는 조만간 예의를 갖춰 찾아뵙겠다고 전해 드리고……."

"그럼 준비를 해주시지요."

대웅산의 말에 노인이 고개를 돌려 머리를 끄덕이자, 흑선 위에서 추산과 대웅산이 타고 있는 소선을 향해 몇 개의 줄사다리가 떨어져 내렸다. 그러자 추산과 대웅산이 재빨리 시선을 교환하고는 배 안에 좌우로 앉혀진 수룡맹 고수들 곁으로 다가가 신속한 손놀림으로 그들의 혈도를 풀었다.

오랫동안 혈도가 제압된 사람은 혈도가 풀렸다고 해서 바로 움직일 수 있는 것이 아니다. 굳어졌던 근육이 풀릴 시간이 필요하기 때문이다. 제압되었던 혈도가 풀린 열 명의 수룡맹 고수는 곧바로 움직이지 못하고 흔들리는 소선 위에서 잠시 운기를 했다. 그리고 잠시 후 온몸에 진기가 유통되자 침잠됐던 눈에 생기가 돌기 시작하더니 이내 하나둘씩 몸을 날려 흑선 위에서 내려진 줄사다리를 타고 흑선 위로 오르는 것이었다.

열 명의 수룡맹 고수가 모두 흑선에 오르자 대웅산이 흑선 위의 노고수를 보며 입을 열었다.

"이제 우린 그만 가보겠소이다."

그러자 흑선 위의 노고수가 고개를 끄덕이며 말했다.

"알겠네, 그럼 조심해서들 가시게."

"그럼 안녕히들 계시오. 가지, 추 아우!"

대웅산이 추산을 바라보자 추산이 고개를 끄덕이고는 재빨리 노를 저어 배를 포구 쪽으로 돌리기 시작했다. 그러자 그들의 뒤쪽에 멈춰 서 있던 월하장의 배도 빠르게 선체를 회전시켜 포구 쪽으로 방향을 틀었다. 그렇게 추산과 대웅산이 탄 배와 삼 인의 월하장 인물들이 탄 배가 두 흑선 사이에서 벗어나 어둠 속으로 사라져 갔다.

추산과 대웅산이 탄 소선이 수룡맹의 흑선으로부터 이십여 장 밖으로 멀어졌을 때 흑선 주변을 밝히던 십여 개의 횃불이 꺼졌다. 그 모습을 보고 있던 대웅산이 입을 열었다.

"생각보다 쉽게 끝났군."

"그러게 말이에요. 시비를 걸어오면 어쩌나 은근히 걱정을 했는데 그래도 기본적인 예의는 있는 사람들이군요."

"그런데 이제 저들이 어찌 나올까?"

"아마도 쉽게 물러나지는 않을 거예요. 좀 더 강한 자들을 보내던지 아니면 드러내 놓고 월하장을 압박할 수도 있겠지요."

"흠… 전면전이 일어나는 것은 그들도 원치 않을 거야."

"그야 그렇죠. 저들이 월하장을 공격하면 천하사패가 관여할지도 모르니까요."

"천하사패라……."

"솔직히 말하면 그들이야 수룡맹을 공격할 핑곗거리를 찾고 있지 않겠어요?"

"흠… 추 아우의 말이 맞긴 하지만 사패가 이곳의 일에 개입하기에는 그들이 너무 멀리 떨어져 있지 않은가? 물론 주변에 사패의 분가들이 없는 것은 아니지만 이곳에 와 있는 수룡맹의 정예 고수들을 상대하려면 사패도 각자 주력들을 내보내야 할 거야. 여산 인근에 그런 고수들이 있다는 말은 들어보지 못했어."

"하지만 서안이 지척이잖아요. 더군다나 서안은 중립지대라 사패의 고수들이 적지 않게 모여 있지요. 아마도 지금쯤 그들도 월하장에서 벌어지고 있는 일을 주시하고 있을 거예요. 저렇게 큰 배 두 척이 이십여 일이나 월하장의 포구 앞에 떠 있으니까요."

"흠… 듣고 보니 그렇군. 그럼 결국 전면전을 벌이지는 못하겠군."

그러자 추산이 빙긋 미소를 지었다.

"하지만 또 모르죠. 수룡맹의 인물들 중 간계를 쓰는 자가 있다면 오히려 일거에 월하장을 공격해 제압하려 들지도. 사패가 관여할 시간을 주지 않고요. 그 방법은 비록 월하장을 고스란히 손에 넣는 것보다 크게 효과가 떨어지는 방법이지만 포기하는 것보다는 낫겠지요."

"그런 생각을 할 자가 있을까?"

"가능성은 충분해요. 그간 수룡맹이 천하사패의 눈을 피해 세력을 넓혀온 것을 보면 그들 중에도 비상한 머리를 가진 자들이 많다는 의미일 테니까요."

"그리되면 한바탕 피바람을 피할 수 없겠군."

"그리고 수룡맹으로서는 최악의 패가 되겠지요."

"최악의 패라고?"

"당연하죠. 지금 월하장에 누가 와 있나 생각해 보세요."

그러자 대웅산이 무릎을 치며 탄성을 자아냈다.

"아! 그렇군. 지금 월하장에는 천하팔대고수가 계시니 정말 수룡맹에서 그런 패를 꺼내 든다면 최악의 선택이 되겠군."

두 사람이 이런저런 이야기를 나누는 사이 두 척의 소선은 어느새 포구에 다다라 있었다.

"저흰 그만 돌아가 보겠습니다."

포구에 다다르자 뒤따르던 월하장 식솔 삼 인이 추산과 대웅산에게 말했다.

"그러십시오. 괜히 번거롭게 해드렸군요."

"하하, 뭘요. 모두 월하장을 위한 일인데요. 그럼 조심해서 가십시오."

"조심할 게 뭐 있겠습니까? 이어진 수로만 따라가면 그뿐인데. 달빛도 좋으니 쉬엄쉬엄 가지요."

"알겠습니다. 그럼 다음에 뵙지요."

월하장의 식솔들이 서둘러 포구의 접안대로 배를 붙이고는 훌쩍 육지에 올라서 수로를 따라 흘러들어 가는 추산과 대웅산을 향해 가볍게 손을 흔들었다. 두 사람 역시 마주 손을 흔들어 보인 후 조금 속도를 높여 월하장으로 이어진 인공 수로를 따라 배를 몰기 시작했다.

삐거덕거리는 노 젓는 소리가 규칙적으로 들려왔다. 어느새 교대를 해 노를 잡고 있는 것은 대웅산이었고, 추산은 뱃전에 앉아 소선에 의해 좌우로 갈라져 가는 수로의 물결을 바라보고 있었다. 물결 위에 드리운 달빛이 추산의 얼굴을 비추었다. 호젓한 흥취가 절로 솟아나는 밤 풍경, 더군다나 제법 까다로운 임무를 수월하게 끝내고 돌아가는 추산으로서는 마음에 담고 있던 긴장을 흐르는 물결 위에 풀어놓을 만한 상황이었다.

그런데 여유있게 밤 풍경을 즐기고 있던 추산의 얼굴이 한순간 서서히 굳어져 가기 시작했다. 그리곤 한줄기 서늘한 기운을 담은 안광을 흘려내며 노를 젓고 있는 대웅산을 바라봤다. 그러자 대웅산이 추산을 향해 살짝 고개를 끄덕였다.

'음, 대 형님께서도 이 기운을 느끼신 모양이군.'

이것은 분명 평온한 수로에서 흘러나오는 자연스런 기운과는 사뭇 다른 기운이었다. 그렇다고 수로 주변에서 살아가는 들짐승들의 기척도 아니다. 이건 분명 사람의 기운이었다.

추산이 천천히 시선을 돌려 주변의 풍광을 구경하듯 배가 지나치는 수로 주변을 살폈다. 그러나 그 어디서도 사람의 흔적을 발견할 수는 없었다. 하지만 추산의 육감은 분명 근처에 누군가가 있다고 말하고 있었다.

'누군가?'

추산의 눈에 진득한 의혹의 빛이 생겨났다. 그리고 자연스럽게 그의 손이 자신의 허리춤에 매달려 있는 검을 잡아갔다.

자신을 숨기고 이렇듯 두 사람이 타고 있는 배 근처에 접근하는 자라면 친구보다는 적일 가능성이 높았다.

어디에도 모습을 드러내지 않는, 그러나 음습하고 기이한 기운을 가진 분명한 실체가 있는 적. 추산과 노를 젓고 있는 대웅산의 표정이 긴장으로 굳어져 갔다.

'고수다!'

추산과 대웅산의 무공은 소위 말하는 절정의 경지에 올라 있다. 그런 두 사람이 위치를 파악할 수 없는 자라면 보통 고수가 아니라는 말이 된다.

'어딘가?'

수로의 폭은 십여 장, 진기의 기운을 느낄 수 있는 범위로 보자면 그리 넓지 않은 폭이었다. 그렇다면 적은 수로 양편에 형성된 숲을 따라 두 사람이 탄 배를 따르고 있을 가능성이 많았다. 또한 그들이 두 사람을 공격할 생각이라면 두 사람이 탄 배가 월하장 앞의 너른 인공 호수에 도달하기 전에 움직일 터였다.

'어쩐지 너무 쉽다 했지. 그냥 돌려보내진 않겠다는 말이군.'

추산이 쓴웃음을 지었다. 지금 두 사람을 공격할 자들은 오직 하나였다. 수룡맹, 보이지 않는 적은 수룡맹의 고수가 분명했다. 그들은 아마도 자신들의 흑선에서 일을 벌이기보다는 사람들의 이목이 없는 한적한 곳에서 추산과 대웅산 두 사람을 상대하고 싶었던 듯했다.

'목숨을 노리는 건가? 흑선에서 바로 일을 벌이지 않은 것은 결국 우리 두 사람을 제거한 후에도 월하장에서 자신들을 추궁할 빌미를 주지 않겠다는 것이겠고. 이거 잘못하면 월하의 고혼이 되어버리겠군. 그런데 어떤 자들이 왔을까?'

　추산이 내심 이런저런 고심을 하며 재차 수로 주변을 면밀하게 살폈다. 그러나 여전히 적의 모습은 보이지 않는다.

　'설마 그냥 위협만 하려는 것은 아닐 테지?'

　추산이 고개를 갸웃거렸다. 이제 월하장의 인공 호수까지는 삼십여 장 안쪽의 거리가 남아 있었다. 지금쯤이면 일이 벌어져야 할 시간이다. 그런데 적은 여전히 두 사람을 공격하지 않고 있었다.

　'정말 그냥 위협만 할 생각인가?'

　호수가 가까워질수록 의혹은 깊어만 갔다. 또한 적의 공격이 없자, 추산과 대웅산 모두 의혹을 일으키면서도 자신도 모르는 사이에 서서히 상대에 대한 긴장감이 줄어들고 있었다.

　그런데 그렇게 두 사람의 긴장이 풀려져 가는 순간, 갑자기 물결 위에 떠 있던 달의 표면에 검은 그림자가 만들어졌다. 그 그림자는 시간이 지나면서 서서히 하나의 모양을 만들어갔는데 그림자의 형체가 완전해지자 그건 정확하게 한 자루 검의 모습으로 변해 있었다.

　추산은 한순간 자신의 머리칼이 쭈뼛해지는 것을 느꼈다. 그저 인간의 기운에 지나지 않았던 기세가 갑자기 돌변한 것이다.

'살기!'

순간 추산의 몸이 빙그르르 회전했다. 적의 기운이 살기로 변하는 순간 그 살기가 흘러나오는 곳을 명확하게 읽어낼 수 있었던 것이다.

"물속에 있어요!"

추산의 입에서 차가운 경고성이 흘러나왔다. 순간 대웅산이 노를 팽개치며 자신의 장창을 뽑아 들며 훌쩍 허공으로 솟구쳤다.

파아악!

그 순간 수면에 드리운 달이 두 조각으로 갈라지면서 추산과 대웅산이 타고 있던 배 전후방에서 두 명의 신형이 무서운 속도로 수면 위로 솟구쳤다.

번개처럼 수면 위로 솟구친 두 명의 괴인이 달빛을 가리며 각기 다른 방향에서 추산과 대웅산 두 사람을 향해 떨어져 내렸다. 그들의 손에 들려 있는 것은 요기로운 검, 그 검신이 물기와 반사된 월광에 의해 눈부시게 번쩍거려 보는 사람의 시야를 어지럽혔다.

추산과 대웅산도 신속하게 자신들의 병기를 끄집어 올려 물속에서 튀어나온 괴인들의 공격을 막아갔다. 그리고 그 와중에 추산은 자신을 향해 시퍼런 검기를 뻗어내고 있는 자의 얼굴을 얼핏 확인할 수 있었다.

'망할 놈의 늙은이들, 물귀신들이라더니 결국 지금까지 물속으로 우릴 따라왔구나!'

추산과 대웅산을 향해 검기를 뻗어내는 자들, 그들은 바로 앙천곡에서 일견했고, 다시 방금 전 수룡맹의 흑선에서 재회한 장강사마신의 두 고수 오성과 오신이었다.

第六章

뜻밖의 제안

孤劍秋山

추산의 검에서 세 줄기 강맹한 검기가 빛살처럼 뻗어나갔다. 하늘을 가르는 유성처럼 맑고 투명한 검기가 순식간에 장강사마신 중 오성이 떨쳐 내는 음습하면서도 패도적인 검기를 휘감았다.

차르릉!

두 개의 이질적인 검기가 격돌하면서 구슬 부딪치는 충돌음이 일어났다. 아마도 추산의 검기가 지닌 경쾌하면서도 맑은 기운 때문일 터였다.

"제법이구나."

추산의 검에 검로가 막힌 오성이 감탄사를 흘려내며 천천히 물 위에 내려섰다. 순간 추산의 눈에 감탄의 기운이 서렸다.

'대단한 능력이군. 어떻게 물 위에 서 있을 수 있을까?'

물 위를 자유롭게 걸어다닌다거나 물 위에 두 발로 서 있는 것은 사람이라면 누구나 한 번쯤 꿈꿔봤을 만한 일이다. 하지만 두 발로 땅을 딛고 사는 사람 중 그 누구도 물 위를 걷는 사람은 없다. 고고하게 세속에 감춰진 승도의 요람 소림에, 천축에서 선(禪)을 가져와 전했다는 달마대사조차도 장강을 건너기 위해서는 갈대가 필요했다지 않던가.

그런데 지금 추산 앞에 서 있는 장강사마신 오성은 두 발로 물 위에 버티고 서 있었다. 가히 무림사에 보기 드문 기공이라 할 수 있는 오성의 능력, 하지만 다음 순간 추산의 눈이 반짝였다.

'이제 보니 신고 있는 신발에 무슨 수작을 부린 모양이구나. 하긴 아무런 방비도 없이 저렇게 물 위에 서 있는 것은 천하팔대고수들도 불가능한 일이지. 저들이 천하팔대고수를 능가하는 능력을 지니고 있지 않는 한 맨몸으로 물 위에 서 있을 수는 없을 것이다.'

추산의 생각대로 물 위에 서 있는 오성의 발에는 보통의 신발보다는 조금 크고 또 특이한 모양의 신발이 신겨져 있었다. 결국 장강사마신의 두 고수 오성과 오신이 물 위에 몸을 세울 수 있는 것은 그들이 신고 있는 신발의 조화일 터였다.

"후후, 이거 실망이군. 대수룡맹의 고수들께서 호의를 무시하고 뒤통수를 치다니……."

추산이 수면을 딛고 선 오성의 발을 살피는 사이 어느새 일

합의 격돌을 끝낸 대웅산이 상대를 향해 비웃음을 흘려냈다. 그러자 대웅산을 상대하고 있던 오신이 담담한 목소리로 입을 열었다.

"월하장에서 본 맹의 식솔들을 살려 보냈으니 목숨을 취하지는 않겠다. 하지만 이대로 너희들을 돌려보낸다면 본 맹의 체면이 너무 손상되는 것이 아니겠는가? 운이 없다고 생각하라. 너희들은 본 맹이 월하장주에게 보내는 소식을 몸으로 가져가야 할 듯하구나."

다시 말해 추산과 대웅산 두 사람을 제압해 월하장으로 돌려보내겠다는 말이었다. 월하장에서 수룡맹의 열 명의 고수를 생포해 돌려보낸 방식 그대로…….

"그럴 자신이 있소?"

대웅산이 별반 걱정하지 않는 표정으로 물었다.

"물론 한 번의 격돌을 통해 너희들의 무공이 녹록치 않다는 걸 알았다. 하지만 우리의 공격을 견뎌낼 수 있으리라 생각지는 않는다. 특히나 이런 물 위에선 말이야."

오신의 말에 자신감이 묻어난다.

"장강사마신이 물에서는 천하제일이란 소문은 익히 들어 알고 있지요."

오신의 말에 배의 앞쪽에서 오성과 대치하고 있던 추산이 낭랑한 목소리로 입을 열었다. 순간 오성과 오신의 눈에 놀람의 빛이 떠올랐다.

"우릴… 알고 있었느냐?"

오성이 차가운 안광을 발하며 추산에게 물었다.

"천하에 물 위에 서 있을 수 있는 수공의 달인이 얼마나 되겠습니까?"

"그것만으로 우릴 알아볼 수는 없을 텐데……."

"과거 스쳐 지나간 인연이 있었다고 해두지요."

그러자 오성이 고개를 갸웃했다. 그는 앙천곡에서 고검과 함께 있었던 추산을 알아보지 못하고 있었다. 그럴 만도 한 것이 이미 시간이 삼 년이나 지나 있었고, 추산의 나이에 삼 년은 그 외모에 많은 변화가 일어나는 시간이었다. 또한 앙천곡에서 오성과 오신은 고검과의 비무에 열중했었기에 추산에 대해서는 별반 기억이 없었던 것이다.

"기억에 없군. 하지만 어쨌든 우릴 알고 있다니 얘기가 쉬워지겠군. 순순히 우리의 의도에 따라 움직이게. 그리하면 크게 몸을 상하는 일은 없을 게야."

"글쎄요. 나이는 어려도 강호를 살아가는 무인인데 그럴 수는 없지요. 언제 후배가 천하무림인 중 수공으로는 첫손에 꼽는다는 노선배들의 무공을 견식할 기회가 있겠습니까? 비록 몸이 조금 상한다고 하더라도 이런 기회를 놓칠 수는 없지요."

추산의 표정에는 상대에 대한 두려움이 전혀 드러나지 않았다.

"클, 굳이 쓴맛을 보겠다면 어쩔 수 없지."

오성이 가벼운 웃음을 흘려내고는 천천히 진기를 끌어올리기 시작했다. 그러자 그의 몸을 떠받치고 있던 수면에 작은 파문이 일기 시작했다. 오성이 검을 든 팔을 움직였다. 그의 검 끝이 자신의 앞쪽 수면을 향해 작은 원을 그렸다. 그러자 갑자 기 검끝이 향한 지점의 수면이 요동치더니 마치 거대한 고래 가 물을 뿜어내듯 한줄기 굵은 물기둥이 허공으로 솟구쳤다.

"조심해야 할 거야. 목숨을 거두지는 않겠지만 일단 검을 마 주했으니 몸이 성할 거란 약속은 할 수 없네."

허공으로 솟구친 물기둥 뒤에서 오성의 목소리가 들려왔다. 추산은 오성의 말에 대꾸를 하지 않은 채 두어 걸음 뒤로 신형 을 옮겼다. 그리곤 검을 들어 그의 앞에 솟아오른 물기둥을 가 리켰다. 어느새 물기둥은 그 굵기를 더해가더니 한순간 마치 폭죽이 터지는 듯 사방으로 비산했다. 덕분에 오성의 신형은 완전히 수막에 가려져 추산의 시야에서 사라져 버리는 것이었 다.

추산의 눈에 긴장이 흘렀다. 근자에 들어 자신의 무공에 자 신이 생긴 추산이었지만 상대는 이미 수십 년 전에 수공으로 는 강호의 첫손에 꼽힌 인물 중 하나다. 장강사마신이 패배했 다고 알려진 싸움은 오직 한 번, 암옥주 귀왕 마천에게 패한 것 이 유일했다. 암옥주 귀왕 마천이 누군가. 바로 천하팔대고수 중 일인이다. 그런 자와 수십 년 전에 승부를 결한 인물들이 장강사마신이었다.

그러니 지난 세월 동안 또 그 무공은 얼마나 발전했을 것인 가? 더군다나 지금 승부가 벌어지고 있는 곳은 그들의 안방이 랄 수 있는 물 위였다.

파파팟!

추산이 장강사마신 오성에 대한 경계심을 한껏 끌어올리고 있을 때 오성의 신형을 가리고 있던 수막(水膜)의 한 부분이 동 그랗게 부풀어 오르더니 한순간 수십 가닥의 물방울을 튕겨냈다.

"제길!"

추산의 입에서 낭패한 목소리가 흘러나왔다. 오성이 날려 보내는 물방울들이 그저 빗방울 정도의 위력을 지닌 것이 아니라는 것을 알아챘기 때문이었다.

한 무리를 이뤄 추산을 향해 닥쳐드는 물방울 하나하나에는 오성의 진기가 깃들어 있어 잘못 상대했다가는 전신에 물방울들이 화살처럼 꽂혀들고 말 것이다. 오성이 쏘아 보낸 물방울들은 강호에서 쓰이는 강력한 암기나 마찬가지였던 것이다.

추산의 신형이 낮게 가라앉았다. 뱃머리에 부딪친 물방울들이 뱃전에 꽂혀들며 그나마 작은 공간이 하단에 만들어졌기 때문이었다. 추산이 재빨리 그 공간으로 몸을 집어넣으며 검을 휘둘렀다.

파아앙!

추산의 검이 만들어내는 파공음이 맹렬하게 허공으로 터져나갔다. 동시에 그의 검에서 청색 검기가 일어나더니 날아드는 물방울들을 횡으로 잘라 나갔다.

따다당!

"웃!"

물방울들이 추산의 검기에 부딪치며 맹렬한 충돌음을 일으켰다. 그 속에서 추산이 두어 걸음 뒤로 물러나며 나직한 신음성을 흘려냈다. 물방울에 내포된 오성의 수십 년 적공이 그대로 몸에 전달됐기 때문이었다.

파팟!

그리고 그 와중에 추산의 검이 미처 막아내지 못한 물방울들이 추산의 몸을 향해 닥쳐들었다.

"흡!"

추산이 재빨리 허공으로 솟구쳐 오르며 한 바퀴 제비를 돌았다. 그러자 그의 신형이 있던 자리로 수십여 개의 물방울이 지나가고 개중에 몇몇 개는 추산의 몸을 스치고 지나갔다.

퍼퍽!

물방울들이 추산의 옷가지를 뚫고 지나가며 둔탁한 소음을 만들어냈다. 보통의 물방울이라면 옷에 닿는 순간 그대로 스며들 테지만 오성의 진기가 스며든 물방울들은 추산의 옷을 관통할 만한 힘을 지니고 있었다. 다행이라면 옷자락에 몇 개의 구멍이 뚫리기는 했지만 몸에는 상처를 입지 않았다는 것 정도.

"좋아!"

오성이 전개한 한차례 공세를 겨우 피해낸 추산이 이를 악물었다. 그리고는 허공에 떠 있던 자세 그대로 앞으로 쏘아져 나가며 매섭게 검을 휘둘렀다.

추아악!

순간 추산의 검에서 십여 개의 검기가 기이한 곡선을 그리며 번개처럼 쏘아져 나갔다. 이제는 추산의 독문절기라고 불러도 좋을 유성검의 초식이 펼쳐진 것이다.

추산의 검에서 만들어진 열 개의 검기는 마치 여의주를 다투는 용들처럼 오성을 휘감고 있는 수막을 향해 부딪쳐 갔다.

퍼퍼퍽!

거친 파열음과 함께 순식간에 열 개의 검기가 오성이 만든 수막을 뚫고 들어갔다.

"음!"

순간 수막 뒤쪽에서 나직한 오성의 신음성이 들려왔다. 동시에 오성이 만들었던 이 장 높이의 수막이 모래성 허물어지듯 수면 아래로 무너져 내렸다.

"챗!"

순간 한마디 기합성을 내뱉은 추산이 무너져 내리는 수막을 향해 다시금 검을 뻗어냈다. 그러자 이번에는 단 한 개의 검기가 수막과 함께 수면 아래로 내려가고 있는 오성의 신형을 쪼갤 듯이 뻗어나갔다.

매서운 일검을 떨쳐 낸 추산의 상반신은 배를 벗어나 수면 위로 드리워져 언제라도 물속으로 처박힐 듯 아슬아슬한 형태를 취하고 있었다. 아마 조금이라도 더 가까이 오성에게 다가가고자 하는 추산의 마음이 만들어낸 모습일 터였다.

콰아앙!

강력한 추산의 검기가 무너지는 수막과 오성의 신형을 뚫고 지나가 오성이 서 있던 수면의 뒤쪽에 거대한 소음을 일으키며 박혀들었다. 순간 추산의 신형이 훌쩍 배 위로 올라오더니 대여섯 걸음 뒤로 재빨리 물러났다.

검을 든 손에 느껴지는 무게감이 없다는 것은 적이 자신의 검기에 당하지 않았다는 것, 그것을 깨닫는 순간 상대의 반격을 미연에 방지하기 위한 추산의 움직임이었다.

그리고 추산의 이 움직임은 유효적절한 것이었다. 추산의 신형이 뒤로 물러나는 순간 갑자기 수면 아래로 사라졌던 오성의 신형이 추산이 아슬아슬하게 서 있던 뱃머리 바로 앞쪽에서 솟구쳤던 것이다.

그런 오성을 향해 추산이 두 발을 배의 갑판에 굳게 디딘 채 사선으로 검을 그어 내렸다. 그러자 지금까지 그가 펼쳐 냈던 쾌속한 검초들과는 다른 묵직한 진기를 머금은 검기가 오성을 향해 천천히 밀려 나갔다.

오성은 추산이 뱃전에 머물 것으로 예상하고 수면 아래로 이동해 배 바로 아래에서 신형을 솟구쳤다가 기대했던 추산의 신형을 발견하는 대신 막강한 진기를 머금은 추산의 검기를 대하게 되자 황급히 신형을 움직였다. 그러면서도 일초의 검기를 추산을 향해 뻗어내는 것을 잊지 않는 오성이었다.

꽈릉!

벽력 치는 듯한 충돌음이 두 사람 사이에서 일어났다. 추산의 검기와 오성의 검기가 정면으로 충돌했다. 추산은 선 자리에서 움직이지 않았지만 순간적으로 안색이 창백해지는 것은 어쩔 수 없었다. 수십 년 적공한 오성의 공력을 정면으로 상대하기에는 아직 추산의 공력이 부족했던 것이다.

"역시, 나에게 패검은 어울리지 않는 모양이군."

추산이 재빨리 진기를 움직여 온몸에 생기를 불어넣으며 어깨를 으쓱거렸다. 이번 한 수는 평소 그가 사용하지 않는 중검의 일초였다. 추산이 사부인 천검 능운백과 사형인 고검이 익히고 있는 중검, 그러니까 검끝에 검환을 만들어 상대를 격살하는 일초의 검식을 수련한 것은 오래전부터의 일이었다. 이번에 오성을 공격한 초식은 바로 그 검초를 응용해 뻗어낸 일검이었다.

하지만 결과로 보자면 역시 이번 초식은 그의 기대에 못 미쳤다. 자신의 신형을 찾지 못해 당황한 오성에게 오히려 반격할 시간을 주는 결과만 가져왔던 것이다.

추산이 순식간에 진기를 회복하고는 자세를 낮추며 배 주위의 수면을 살폈다. 어디서도 오성의 모습은 보이지 않았다. 대신 그의 뒤쪽에서 벌어지고 있는 대웅산과 또 다른 장강사마신 오신의 격렬한 싸움 소리만 들려올 뿐이었다.

차차창!

여전히 오성의 신형을 발견하지 못하고 있는 추산의 귀에 천지가 진동하는 충돌음이 들려오더니 걸쭉한 대웅산의 음성이 들려왔다.

"어허, 정말 대단하구려. 그 나이에 아직도 젊은이와 같은 신력이 남아 있다니 말이오."

"본시 무인의 공력이란 나이가 들수록 늘어나는 법, 오히려 그대가 대단하군. 그 나이에 나와 동수를 이루다니⋯⋯."

"부모를 잘 만난 덕이오. 공력으로야 어찌 노선배를 따라잡겠소."

"타고난 신력이 좋다는 말이군."

"후후, 내 덩치를 보시구려."

"과연 그렇군. 강호에 그대와 같은 체격을 지닌 사람은 그리 많지 않지. 그런데 놀라운 것은 그대의 신력만이 아니군. 그대의 창술 또한 명사(名師)의 조련이 없으면 그 경지에 도달하기가 불가능한 일, 어디 출신인가?"

"하하하, 그런 세세한 개인사까지 나눌 만큼 우리가 가까운 사이는 아니지 않소이까? 그저 지금은 월하장을 위해 일하고 있으니 월하장의 사람이라고 알아두시면 될 것이오."

그런데 그때 불쑥 배의 오른쪽 옆에서 오성의 신형이 솟아올라오며 그의 목소리가 들려왔다.

"그렇지가 않아. 우린 월하장을 도모하기 전에 월하장에 대한 모든 것을 조사했어. 그런데 월하장에 그대들과 같은 고수가 있다는 사실은 금시초문이야."

그러자 이번에는 추산이 상대의 말에 응대했다.

"그야, 월하장의 잘못이 아니지요. 수룡맹의 정보력을 탓해야 할 일이 아닐까요?"

"음, 본 맹의 정보력은 능히 강호제일을 다툴 만하다네."

"그야 그쪽 생각일 뿐이겠지요. 제가 보기엔 천하오패를 노리는 세력치고는 정보력이 가히 좋아 보이지는 않는군요. 만약에 제대로 된 정보를 얻었다면 월하장을 손에 넣을 생각은 하지 않았을 거예요."

추산은 기실 화맹이라는 세력의 존재를 놓고 한 말이었으나 오성에게는 추산이 스스로의 무공을 과시하는 말로 들린 모양이었다.

"흠, 우리 두 사람의 공격을 막아냈다고 너무 자만하는 것 같군. 하지만 수룡맹에는 우리보다 고강한 무공을 지닌 사람들이 여럿 있다네. 자네들 정도의 실력으론 결코 월하장을 지켜낼 수 없을 걸세."

그러자 추산이 빙긋 미소를 지었다.

"글쎄요. 월하장에 과연 우리만 있을까요?"

순간 오성과 오신의 표정이 살짝 변했다.

"그게 무슨 의민가? 그렇다면 월하장에 자네들보다 더 강한 고수가 있다는 말인가?"

"그야 좋으실 대로 생각하십시오. 하지만 다시 월하장을 침범하려면 잘 생각해야 할 겁니다. 아마 다시 월하장의 담을 넘는 자가 있다면 이번에는 결코 살아서 돌아가지는 못할 테니까요."

경고를 하는 추산의 표정이 지금까지와는 달리 사뭇 진지하고 냉철했다. 오성과 오신은 추산에 비해 수십 살이나 많은 노고수였지만 쉽게 추산의 말에 반박하지 못했다. 그들이 보기에도 이 젊은 청년고수가 하는 말이 결코 빈말이 아닌 듯 보였기 때문이다.

그런데 그때 갑자기 월하장 쪽으로 이어진 수로 저쪽에서 한 척의 배가 주마등 하나를 밝힌 채 모습을 드러냈다. 그러자 추산의 얼굴에 득의한 기운이 깃들며 다시 입이 열렸다.

"그리고, 오늘은 이만 돌아가시는 것이 어떨지……?"

"설마 우리가 지금까지 보여준 것이 전부라고 생각하는 것은 아니겠지?"

"물론 겨우 몇 수의 무공만 견식하고 장강사마신의 무공을 모두 보았다고 할 수는 없겠지요. 하지만 저기 월하장에서 우리를 마중하러 나온 사람들이 있는 모양이니 돌아가시는 것이 좋지 않겠습니까?"

추산의 말에 오성과 오신이 급히 고개를 돌려 추산이 가리킨 곳을 바라봤다. 그리고 그제야 그들의 눈에도 등 하나를 밝힌 채 이쪽으로 다가오는 배가 들어왔다.

"흠… 오늘 우리 장강사마신의 위신이 크게 상하게 생겼군. 좋네, 오늘은 그만 물러가도록 하지. 하지만 조만간 다시 만나게 될 걸세. 그때는 이렇게 쉽게 물러가진 않을 거야."

"노선배들의 가르침 기대하지요."

추산이 오성을 향해 가볍게 포권을 해 보였다. 그러자 오성의 입가에 한줄기 미소가 생겨났다.

"후후, 당돌해. 하지만 강호를 살아가자면 그런 당돌함도 있어야겠지. 그럼 우린 이만 물러가겠네. 가는 김에 선물 하나는 남기고 가도록 하지."

오성은 말을 마치자마자 수면 아래로 신형을 감추었다. 오신 역시 오성을 따라 어느새 물속으로 사라지고 없었다.

"대단한 자들이었어. 장강사마신이 물에서는 천하팔대고수에 버금간다고 하더니 과연 그 말이 헛소문이 아니었군. 각자가 가진 무공이 저 정도니 그들 넷이 한데 모이면 어떤 위력을 보일지 상상이 안 가는군."

대웅산이 흔적도 없이 사라진 두 고수의 무공을 칭찬하며 추산의 곁으로 다가왔다. 그런데 추산이 막 대웅산의 말에 대꾸를 하려는 순간 갑자기 두 사람이 타고 있던 배의 중앙이 푹 꺼지면서 차가운 물이 배 안으로 흘러들어 오기 시작했다.

"이런 망할 놈의 노인네들 같으니라구. 선물을 남기고 간다는 것이 바로 배에 구멍을 내는 일이었어? 흥, 하는 짓이 마치 어린애들 같군."

추산이 투덜거리며 물이 차지 않은 쪽으로 신형을 옮겼다.

"잘못하다가는 물에 빠진 생쥐 꼴이 되겠어. 고약한 노인네들이군."

대웅산도 추산의 곁으로 다가오며 고개를 저었다.

"다행히 만 노사께서 가까이 오셨군요."

추산이 손을 들어 등을 밝히고 다가오는 배를 가리켰다. 배는 어느새 두 사람이 타고 있는 소선의 십여 장 밖까지 다가와 있었다. 등을 달고 있어선지 십여 장 안쪽으로 다가선 배에 탄 만불통과 왕민의 모습이 한눈에 들어왔다.

"두 사람 모두 무사한가?"

가까이 다가온 배에서 만불통이 추산과 대웅산을 향해 물었다.

"아이구, 어서 오십시오. 마침 잘 오셨습니다. 조금만 늦었어도 그만 물에 빠진 생쥐 꼴이 될 뻔했습니다."

대웅산이 과장된 몸짓으로 두 손을 들어 올리며 말했다.

"하하하, 하는 말을 들어보니 큰 어려움은 없었던 모양이군."

"배에 물이 들어오는 것 말고는요."

추산이 미소를 지으며 대답했다.

"배에 물이 들어온다고? 어쩌다가?"

"후후, 두 물귀신 노인들이 남기고 간 선물이죠."

"두 물귀신 노인은 또 누군가? 누군가와 한바탕 싸움을 벌이는 것 같던데 그들을 일컫는 말인가?"

"일단 그리로 건너가야 할 것 같네요."

추산과 대웅산이 만불통의 물음에 대한 답을 미루고는 훌쩍 몸을 날려 소선에서 벗어나 만불통과 왕민이 타고 있는 배로 날아갔다. 그러자 잠시 후 두 사람이 타고 있던 소선이 천천히 물에 잠기기 시작하더니 이내 수면 아래로 가라앉았다.

"누가 배를 저 지경으로 만든 것인가?"

만불통이 재차 물었다.

"장강사마신이라고 아시죠?"

"장강사마신? 그 물귀신들이 수룡맹에 있었던가?"

"아, 그 사실을 모르고 계셨군요. 과거 그들이 암옥주 귀왕 마천에 패한 이후 줄곧 암옥에 몸담아왔다고 하더라구요. 저와 사형은 기련장 육초초의 실종 사건을 해결하러 암옥에 갔을 때 그곳에서 그들 중 둘을 대면했었지요. 그런데 오늘 그 두 사람을 다시 이곳에서 보게 된 것이지요."

"그랬군. 장강사마신이라… 정말 갈수록 대단하군. 수룡맹이 그런 고수들까지 끌어들였다니."

"그뿐인가요. 수어왕 이철극도 그곳에 있지요."

순간 만불통이 깜짝 놀란 표정으로 추산을 돌아봤다.

"아니, 그게 정말인가? 수어왕 이철극이 그곳에 있다고?"

"그 또한 기련장의 청부건을 해결하면서 만났었지요."

"허허, 근 수십 년 내 수공에 관한 한 천하제일을 다투는 자들이 모두 수룡맹에 의탁해 있었군."

"암옥귀선은 그들에 의해 탄생된 배라고 하더군요. 수룡맹이 천하의 물길을 장악하려는 야심을 가지게 된 것은 어쩌면 당연한 일이라고 봐야지요."

그러자 만불통이 천천히 고개를 끄덕였다.

"장강사마신과 수어왕 이철극 같은 수공의 달인들을 보유하고 있다면 그들이 천하의 물길에 욕심을 내는 것도 무리는 아니지."

그러자 그동안 말이 없던 왕민이 입을 열었다.

"그럼 그들이 두 사람을 공격한 것인가?"

"그렇습니다. 월하장에서 수룡맹의 고수들을 제압해 보냈으니 자신들도 같은 방식으로 답을 하고 싶다고 하더군요. 물론 그들의 목적은 실패했지만요."

"하하, 그들이 두 사람의 실력을 미처 알아보지 못한 모양이군."

"하지만 대단한 노인들이었죠. 가면서 배에 구멍까지 뚫고……."

"자, 그만 돌아가도록 하지. 장주께서도 잠을 못 이루시고 두 사람이 돌아오기를 기다리고 계시니……."

"원, 사형도. 뭐가 걱정된다고 잠도 주무시지 않고 기다리신데……."

추산이 혀를 찼다. 그사이 대웅산이 만불통에게서 노를 건네받아 힘차게 젓기 시작했다. 네 사람을 태운 소선이 월하장으로 이어진 수로를 따라 빠르게 밀려가기 시작했다.

*　　　　*　　　　*

추산과 대웅산이 수룡맹 열 명의 고수를 수룡맹의 배까지 데려다 주고 돌아온 이후 수룡맹에서는 며칠간 어떤 움직임도 보이지 않았다. 수룡맹의 두 척 흑선은 여전히 월하장의 포구 앞에 떠 있었고, 월하장 또한 여전히 천하에서 찾아드는 풍류객들을 상대하느라 분주했다.

양측의 공방은 어두운 밤, 은밀히 이루어졌기에 월하장을 찾은 풍류객이나 여행객 중 수룡맹과 월하장 간에 일어난 싸움을 눈치 챈 자는 없었다.

하지만 시간이 지나면서 조금씩 수룡맹과 월하장의 관계를 의혹 어린 눈초리로 바라보는 사람들이 생겨났다. 그도 그럴 것이 수룡맹의 선박으로 추정되는 배가 월하장 포구 앞에 수 십 일 동안 정박해 있으니 누구라도 의심하지 않을 수 없었던 것이다. 그래서인가 며칠 전부터 월하장에는 조금 다른 종류의 손님들이 찾아들기 시작했다.

세 채의 월하장 장원 중 중앙에 위치한 장원은 월하장을 지금의 위치에 올려놓은 기루다. 기루라도 그냥 일반 저자의 기루와는 차원이 달라서 묵향이 물씬 풍겨 나오고, 번잡스런 소란이 일지 않는 그야말로 청정한 기운이 풍기는 기루가 월하장의 기루였다.

강호에서 난봉꾼으로 알려진 색주가들조차도 월하장의 기루에 들어서면 한 명의 청정문사로 변한다던가. 그래서 월하장의 기루를 가리키는 또 하나의 별칭이 있으니 이름하여 화중선가(花中仙家)가 그것이었다.

그 화중선가에서 경장 차림의 여인이 기루 밖으로 나오더니 가벼운 움직임으로 무불장의 고수들이 머물고 있는 동쪽 장원을 향해 움직였다. 일반인이 보면 그저 바쁜 걸음으로 움직인다고 생각할 것이지만 무공을 익힌 사람의 눈으로 보자면 그녀의 발놀림이 능숙한 경공을 바탕으로 한 것임을 알 수 있을 것이다.

그녀가 동쪽 장원에 도달하자 장원의 정문을 지키고 섰던 두 명의 경비무사가 아무 말 없이 문을 열어 여인을 안으로 들였다. 아마도 월하장에서 제법 중요한 위치에 있는 여인인 모양이었다.

여인은 동쪽 장원에 들어서자 망설이지 않고 월하장주 운향이 머물고 있은 장원 중앙의 삼층 건물로 향했다.

"남련의 인물들까지 왔더란 말이냐?"

운향이 자신의 앞에 다소곳이 서서 기루의 소식을 전하는 경장 차림의 여인에게 물었다. 운향의 거처에는 마침 고검과 추산이 향후의 일을 논의하기 위해 와 있었으므로 두 사람 역시 눈빛을 반짝이며 기루에서 나온 여인의 말에 귀를 기울였다.

"그렇습니다. 분명 서안 남련 지부의 부총관을 맡고 있는 남궁유기였습니다. 그와 동행한 자들 또한 남련 서안지부에서 활동 중인 무인들임이 분명합니다."

"북천무맹의 제갈산에 이어, 남련의 남궁유기까지… 드디어 서안에 나와 있는 사패 세력이 본 장의 일에 관심을 보이기 시작하는 것인가?"

운향이 나직한 목소리로 읊조렸다.

"수룡맹의 배들이 이곳에 나타나는 순간부터 그들의 행보를 살피고 있었을 것 아닙니까?"

추산이 물었다.

"당연한 일이다. 여산은 비록 서안과 제법 거리가 있지만 무림의 세력판도로 보자면 서안 세력권에 들어 있는 지역이다.

더군다나 월하장이 일반적인 기루가 아님은 강호의 사정을 어느 정도 알고 있는 인물이라면 누구나 아는 일, 그런 월하장 앞에 수룡맹의 배 두 척이 나타났으니 어찌 저들이 관심을 갖지 않을 수 있었겠느냐?"

"그런데 그들이 지금에서야 월하장에 나타난 이유는 뭘까요?"

사패의 고수들이 월하장 주변에서 월하장과 수룡맹의 움직임을 살피다 이제야 월하장 안으로 들어섰다는 것은 무엇을 의미하는 것일까?

"아마도 그들은 조급했을 거예요."

대답은 운향의 입에서 흘러나왔다.

"조급했을 거라뇨?"

"서안에 나와 있는 사패의 세력 누구도 본 월하장을 욕심내지 않은 곳은 없었지요. 하지만 또한 그들 누구도 노골적으로 월하장을 욕심낼 수는 없었지요. 서로가 서로를 견제하고 있었으니까요. 그런데 그 와중에 수룡맹이 월하장에 나타났을 뿐 아니라, 수십 일간 별다른 움직임 없이 월하장 인근에 머물고 있으니 그들로서는 조급할 수밖에 없지 않겠어요? 어쩌면 그간 월하장과 수룡맹 사이에 어떤 거래라도 이뤄졌을 수 있다고 생각할 수도 있겠지요. 그런 우려 때문에 곁에서 보는 것만으로는 저간의 사정을 확실히 알 수 없으니 직접 본 장으로 들어와 본 것 아닐까요?"

운향의 추측에 고검과 추산 두 사람이 고개를 끄덕였다. 그녀가 말한 이유가 지금으로선 가장 타당한 이유라고 할 수 있었다.

"그럼 나머지 두 곳, 동궁과 서패천의 고수들도 조만간 월하장으로 올지 모르겠군요."

추산의 말에 운향이 대답했다.

"또 모르죠. 전혀 예상치 못한 방식으로 이미 본 장에 들어와 있을지……."

"근자에 이상한 행색의 손님이 든 적이 있습니까?"

고검이 묻자 운향이 묘한 미소를 지으며 말했다.

"기루가 아닌 서쪽 객잔에 머문 인물 중 몇을 눈여겨보고 있는 중이에요. 확신할 수는 없지만……."

"사패가 모두 월하장에 들어와 있다면 이번 사건에 어떤 식으로든 영향을 미칠 터인데……."

고검이 나직하게 말하자 추산이 대답했다.

"나쁜 일만은 아닌 듯해요. 사패의 고수들이 월하장에 든 것을 수룡맹에서 안다면 그들도 함부로 월하장을 겁박하지는 못할 테니까요. 어떤 면에서는 사패가 월하장을 도와주는 상황이 되는 것이죠."

"네 말대로 일이 진행된다면 좋겠다만… 어쨌든 사패의 고수들까지 모여들었으니 어떤 변수가 발생할지 모르겠군. 각별히 월하장 내부와 외부의 움직임을 살펴야 할 듯하군요."

고검의 말에 운향이 고개를 끄덕였다.

"그건 걱정 마세요. 본 장의 식솔들 말고도 화맹(花盟)의 고수들도 은밀하게 장원 주변에 들어와 있으니까요. 지금 월하 장은 천라지망이 펼쳐졌다고 해도 과언이 아닌 상태예요."

"화맹의 고수까지 움직였습니까?"

고검이 놀란 눈으로 물었다.

"대모께서 이십 명의 발 빠른 고수들을 보내주셨어요. 물론 수룡맹을 상대로 무력을 드러낼 사람들은 아니에요. 월하장 주변을 살피는 데 도움을 줄 사람들이지요. 눈이 밝기로 따지 자면 강호의 그 누구 못지않은 사람들이지요."

"화맹의 정보망이야 이미 강호제일이라고 할 수 있지요. 그 럼 일단 월하장 안팎의 움직임을 살피면서 수룡맹의 다음 움 직임을 기다리는 것이 지금으로서는 최선이군요."

"먼저 수룡맹을 공격하지 않는 한은 그렇죠."

추산이 고개를 끄덕였다. 그러자 운향이 시립해 있던 경장 차림의 여인에게 명을 내렸다.

"추 매는 돌아가서 모두에게 다시 한 번 일러주세요. 한 명 의 외인이라도 눈에서 놓치지 않도록 말이에요. 지금은 무척 중요한 시기예요."

"알겠습니다, 장주님. 명을 전하겠습니다. 그럼!"

경장 차림의 여인이 운향에게 허리를 숙여 보이고는 빠른 걸음으로 운향의 거처를 벗어났다.

월하장을 둘러싼 기이한 긴장은 시간이 갈수록 더해졌다. 객잔에 든 몇 명의 인물은 예상대로 동궁과 서패천의 인물들로 밝혀졌다. 수룡맹은 여전히 포구 앞에 두 척의 배를 정박시킨 채 죽은 듯 움직이지 않았다. 마치 누군가와 인내심을 경쟁하는 듯…….

그러나 수룡맹이 상대하는 월하장 역시 만만한 곳이 아니었다. 천하팔대고수 화중대모에 의해 창설된 화맹의 주력 중 한 곳이 월하장이다. 월하장에서 총괄하는 화맹의 모든 고수가 나선다면 황하에 정박해 있는 두 척의 수룡맹 선박에 타고 있는 수룡맹의 고수들을 상대로 일전을 벌일 수 있는 전력을 감추고 있는 곳이 월하장이었다.

화맹이 천검 능운백에게 도움을 청한 것은 힘이 없어서가 아니었다. 단지 그들의 실체를 강호에 드러내고 싶지 않았을 뿐, 그러니 월하장 역시 초조할 것은 없었다. 최악의 순간에는 수룡맹과 일대격전을 벌여 자웅을 가릴 힘이 있는 그들이기에 그들은 느긋하게 수룡맹의 다음 행보를 기다리고 있었다. 더군다나 그들에게는 천하팔대고수이자 천하제일청부사로 불리는 천검 능운백과 무불장의 고수들이 있지 않던가.

시간은 바쁜 사람의 마음을 알아주지 않고 무심하게 흘러갔다. 그리하여 연옥검 사현이 약속한 열흘이 지났다. 그러자 드디어 수룡맹이 움직였다.

월하장의 장주 운향과 약속한 열흘째 아침이 밝았을 때 수룡맹 두 척의 배에서 작은 소선 여러 척이 황하의 탁류에 내려졌다. 그리고 수룡맹의 고수들 수십 명이 강 위에 내려진 소선에 나눠 타고 천천히 포구에서 월하장으로 이어지는 수로를 향해 접근해 왔다.

그들은 수로의 입구에서 몇몇 월하장 식솔들에 가로막혀 잠시 배를 멈췄으나 이내 다시 배를 몰아 수로 안으로 진입해 들어왔다.

"그들이 온다고요?"

고검이 급히 방문을 두드린 월하장의 여고수를 보며 되물었다.

"그렇습니다. 장주께서 급히 그들을 마중하러 나가시면서 고 장주님께 만약을 대비해 주십사 부탁드리라 해서 달려왔습니다."

"알겠습니다. 저희도 준비하지요."

"그럼!"

운향의 말을 전한 월하장의 여고수가 고개를 숙여 보이고는 급히 물러났다.

"오늘이 약속한 날인가?"

만불통은 수룡맹의 고수들이 움직였다는 소식을 듣고도 별 감흥이 없는지 심드렁하게 말했다.

"오늘이 열흘째지요."

왕민이 고개를 끄덕였다.

"그런데 오는 자의 숫자가 수십 명에 달한다? 힘을 과시하겠다는 것인가?"

"지난번처럼 말로 협박을 해서는 소용이 없다는 것을 깨달은 모양이지요."

"하지만 그건 자신들의 무덤을 파는 것이 아닐까? 이곳에 천하사패의 고수들이 와 있는 것을 모르지 않을 터인데… 제갈산이나 남궁유기 같은 자의 움직임을 파악하지 못할 수룡맹이 아니지 않은가. 그들의 최종 목적이 서안이라면 더더욱 말이야."

"일단 그들이 내놓을 패를 보는 것이 먼저겠지요. 사패가 관여할 상황이 될지 아닐지는……."

"흠, 궁금하군. 과연 그들이 어떤 패를 내놓을지 말이야."

만불통이 비스듬히 의자에 기대고 있던 몸을 바로 세웠다.

"나가보죠."

고검이 무불장의 청부사들을 돌아보며 말했다.

"그럽시다, 장주. 이제 밥값 할 때가 된 것인가?"

만불통이 툭툭 엉덩이를 털며 자리에서 일어나자 다른 사람들도 일제히 몸을 움직이기 시작했다.

그들은 처음과는 달리 자신들의 존재를 온전히 드러내며 전진해 왔다. 정말 그것은 그저 월하장을 방문하는 것이 아닌 적을 압박하는 듯한 움직임이었다.

수로를 따라 들어온 수룡맹의 소선은 모두 여섯 척, 그 안에 타고 있는 수룡맹 고수의 숫자가 삼십이었다. 물론 가장 선두에는 연옥검 사현이 우뚝 선 모습으로 눈앞에 다가오는 월하장을 차가운 눈으로 응시하고 있었다.

한순간 수로의 폭이 넓어졌다. 월하장 전면에 위치한 인공 호수로 수룡맹의 소선들이 들어선 것이다. 호수 중앙을 관통하여 세 채의 장원 중심으로 이어지는 석교 위를 오가던 강호 풍류객들이 걸음을 멈추고 이 일단의 수룡맹 무사들에게 눈길을 주었다.

지난번 단 다섯 명의 일행으로 조촐하게 월하장을 찾을 때와는 완연히 다른 모습의 방문, 월하장주 운향 역시 이번에는 인공 호수 한쪽에 마련된 작은 접안대까지 수룡맹의 고수들을 마중 나와 있었다. 그녀의 뒤쪽으로는 십여 명의 경장 차림의 여인들이 서 있었는데 모두 허리에 날렵한 검을 차고 있는 모습으로 보건대 무공을 익힌 여인들이 분명했다.

풍류를 즐기는 월하장에 때 아닌 긴장감을 만들어내며 연옥검 사현을 우두머리로 한 수룡맹 고수들이 천천히 접안대에 배를 댔다. 그리고 배가 미처 움직이는 것을 멈추기도 전에 사현의 신형이 훌쩍 배 위에서 떠오르더니 가볍게 월하장주 운향의 앞에 내려섰다.

"다시 뵙는군요. 어서 오십시오."

운향이 공손하게 사현을 향해 허리를 굽혔다. 그러자 사현 역시 나이를 잊은 듯 운향을 향해 정중한 포권을 해 보였다.

"나 역시 월하장주를 다시 뵙게 되어 반갑소이다."

그러자 운향이 작은 미소를 머금으며 답을 했다.

"천녀에 대한 예의가 지나치십니다."

"허허, 누가 감히 월하장의 장주를 천하다 할 수 있겠소이까? 월하장에는 세상에 드러나지 않은 기인협사들이 즐비한데… 이 사현은 그리 간 큰 인간이 못 되오이다."

말에 가시가 돋아 있다. 자신이 보낸 수룡맹 고수 열 명을 제압해 돌려보낸 것과, 수룡맹에서도 최고수급에 속하는 장강사마신의 두 명에게 제압당하지 않은 인물이 월하장에 있다는 것을 빗대어 말하고 있음이 분명했다.

"비록 월하장에 제법 도검을 쓰는 자가 있다고는 하나 어찌 천하의 연옥검께서 걱정하실 정도겠습니까? 사 노사께서야말로 겸양이 지나치시군요."

순간 사현의 얼굴이 딱딱하게 굳어졌다. 운향의 입에서 흘러나온 연옥검이라는 별호, 이 별호는 사현의 어두운 면을 가리키는 별호다. 그가 수룡맹에 투신한 것은 자신의 어두운 과거를 묻어두려는 의도, 그런데 그런 자신의 어두운 면을 운향이 들추었다.

일개 기루의 장주가 수룡맹 수뇌부 연옥검 사현의 비위를 거스를 수 있는 언사를 사용한다는 것은 곧 연옥검 사현의 분노를 감당할 자신이 있다는 의미다.

'월하장… 도대체 얼마나 날 놀래킬 셈인가?'

사현의 마음속에 구름처럼 의문이 피어올랐다.

'혹 사패의 고수들과 손을 잡은 것일까? 사패의 인물들이 월하장에 들었다던데……?'

사패라면 충분히 월하장에 자신감을 심어줄 수 있는 세력이었다. 하지만 그가 아는 한 아직 사패의 중추 세력은 여산에

발을 들여놓지 않았다. 월하장에 든 인물들은 사패에서 서안을 관리하기 위해 내보낸 자들 중 일부에 지나지 않았다. 그들 정도의 인물들을 믿고 자신의 감정을 건드릴 수는 없는 일이다.

"월하장에 정말 고인이 계신 모양이구려."

"그럴 리가요. 수룡맹에 비하면 내세울 바가 아니지요."

운향의 표정과 목소리는 여전히 부드럽다. 자신의 장원을 욕심내는 자를 맞이하는 사람의 태도라고 생각하기 어려울 정도의 침착성, 역시 강북제일루 월하장을 이끄는 여인의 그릇이라고 할 수 있었다.

"듣자 하니 사패의 고수들께서 월하장에 들었다고 합디다만……."

순간 운향의 표정이 살짝 변했다. 역시 수룡맹은 수룡맹, 사패의 권위에 도전할 만한 정보력이다. 그들은 이미 월하장에 서안에서 온 사패의 고수들이 들어 있다는 것을 알고 있었던 것이다.

"간혹 풍류를 즐기시기 위해 본 장을 찾아주시곤 하지요."

운향이 별일 아니라는 듯 말했다.

"무인이 풍류라… 팔자 좋은 사람들이군."

연옥검 사현이 싸늘한 표정으로 말했다. 그러자 운향이 여전히 부드러운 미소를 흘려내며 옆으로 비켜섰다.

"그런 분들이 없다면 월하장은 문을 닫아야겠지요. 자, 그만 안으로 드시지요."

순간 사현의 눈이 한차례 번뜩였다. 하지만 이내 평상시의 표정으로 돌아온 사현이 고개를 끄덕였다.

"그럽시다."

사현이 대답하자 운향이 앞장서서 사현과 수룡맹의 고수들을 이끌고 동쪽 장원으로 향하기 시작했다.

"비무(比武)라고 하셨나요?"

동쪽 장원에 위치한 운향의 집무실, 갑자기 차가운 한기가 실내를 휘감았다. 그것은 운향의 안내를 받아 그녀의 집무실로 들어선 연옥검 사현의 입에서 나온 한마디 말 때문이었다.

비무(比武)! 사현은 엉뚱하게도 기루인 월하장과 강호사패에 도전하는 무력 세력인 수룡맹의 비무를 들고 나왔다. 도대체가 말이 되지 않는 제안을 툭 내놓은 사현은 월하장주 운향의 반응을 살피려는 듯 느긋하게 의자 등받이에 등을 기댔다. 그런 사현을 월하장주 운향이 지금까지와는 다른 차가운 시선으로 응시하고 있었다.

第七章

비무(比武)

孤劍秋山

　"제법 머리를 썼군."

　능운백이 추레한 얼굴에 미소를 떠올렸다. 그의 맞은편에
고검과 운향이 다소곳이 앉아 있었다.

　"어찌해야 할지……."

　운향이 물었다.

　"답을 준 것이 아니었던가?"

　"하루 뒤로 답을 미뤄두었습니다."

　"그들은?"

　"자신들의 배로 돌아갔습니다."

　그러자 능운백이 고개를 끄덕였다.

　"나름대로 머리 쓰는 자가 있나 보군. 어차피 위협은 통하지 않을 것이고, 사패까지 기웃대는 상황에서 무턱대고 무력을 앞세워 월하장을 공격할 수도 없었겠지. 비무라… 좋은 선택이야. 스스로 자신들의 무공에 자신이 있다면 말이야. 그런데 어떤 방식으로 비무를 하자던가?"

"포구 인근에 사림(沙林)이라는 곳이 있습니다. 모래밭이긴 한데 그 안쪽에 황토가 퇴적되어 있어 송림이 무성한 곳이지요."

"모래밭에 송림이라, 특이하군."

"그곳에서 양측에서 고수 다섯 명씩을 내어 비무를 하자고 하더군요."

"비무에 응하지 않으면 어쩌겠다던가?"

"그건 묻지 않았습니다만 예상치 못할 바가 아니지요. 월하장을 무력으로라도 접수하려 들겠지요."

"무리가 따르더라도 말이지?"

"서안 사패의 세력이 껄끄럽기는 하지만 지금 월하장에 와 있는 사패의 고수는 몇 명에 지나지 않습니다. 속전속결로 본장을 접수해 서안에 나와 있는 사패의 주력 고수들이 여산으로 올 시간을 주지 않으려 하겠지요."

운향의 말은 차분하게 가라앉아 있었다. 화맹의 중추 중 하나인 월하장을 이끄는 여인답게 냉정하게 사태를 파악하고 있는 운향이었다.

"우리 쪽에서도 손해날 것은 없겠지. 전면전은 우리 쪽에도 부담스러운 일이야. 화맹의 존재가 드러날 수 있으니……"

능운백이 고개를 끄덕였다.

"하지만 비무를 하게 된다면 결국……."

운향이 고검을 바라봤다. 애초에 무불장이 이번 일에 관여하게 된 것은 화맹을 이끄는 화중대모가 화맹의 본신을 강호에 드러내지 않기 위해서였다. 그녀 또한 천하팔대고수의 일인, 그동안 화맹을 이끌며 그녀가 키워낸 고수가 적지 않았다. 그 화맹의 고수들을 출도시키면 능히 연옥검 사현이 이끄는 수룡맹 고수들의 공세를 막아낼 수 있을 터였다.

하지만 그녀는 화맹의 고수들을 움직이는 대신 천검 능운백과 무불장의 청부사들을 불러냈다. 이런 상황이라면 연옥검 사현이 제안한 비무를 승낙할 경우 그 비무는 무불장 고수들이 맡아야 한다는 말이 된다. 운향으로서는 고검의 의중을 살피지 않을 수 없었다.

"무불장이 이 일에 관여하고 있다는 것이 드러나겠군요."

고검이 나직한 목소리로 말했다. 그러자 능운백이 큰일 아니라는 듯 대답했다.

"그야, 문제될 것이 없어. 애초에 무불장의 존재를 숨길 것은 아니었잖느냐? 그동안 무불장의 이름을 내세우지 않은 것은 저들에게 이쪽의 전력을 숨기려는 이유였을 뿐이니까. 비무로 모든 것을 해결하자고 한다면 굳이 더 이상 무불장의 존재를 숨길 이유는 없겠지. 아니, 오히려 우리 쪽에서는 일이 좀더 쉬워졌다고 할까? 비무로 정하면 모든 것이 깨끗하지 않느냐?"

"그렇긴 합니다만, 저들이 비무 결과에 순순히 승복하겠습니까?"

"허허, 넌 이 비무에서 승리할 자신이 있는 모양이구나?"

"그런 뜻은 아닙니다, 사부……."

그러자 능운백이 정색을 하며 입을 열었다.

"저들에게는 연옥검과 장강사마신 같은 고수들이 있다. 비무의 결과를 예단할 수 없단 말이야. 그러니 방심하지 말거라. 그리고 만약 비무에서 승리를 거뒀는데도 저쪽에서 결과에 승복하지 않고 다른 수작을 부린다면 그때는 내가 나서도록 하마."

"사부께서 말이십니까?"

"어차피 이번에 내가 숨어서 싸움구경이나 하자고 이곳에 온 것은 아니지 않느냐? 천검의 이름이 아직 건재함을 드러내 앞으로 닥칠 강호의 풍파에서 무불장의 안위를 도모하려 했던 것, 내가 나서는 것도 나쁘지는 않아."

"알겠습니다. 그럼 그리 알고 비무를 준비하겠습니다."

"마지막 자리는 비워두도록 해라."

그러자 고검이 능운백을 바라봤다.

"만약의 경우를 생각하잔 말이다. 네 번째 비무까지 승부가 나지 않으면 마지막엔 내가 나서도록 하마."

"그렇게까지……?"

고검이 그럴 필요까지 있겠느냐는 표정을 짓자 능운백이 천천히 고개를 저었다.

"연옥검과 장강사마신은 쉽지 않은 상대야. 또 우리가 알지 못하는 고수가 그쪽에 있을 수도 있고……."

"알겠습니다. 그럼 그리 준비하겠습니다."

고검이 순순히 능운백의 말에 수긍했다.

수룡맹의 고수 삼십여 명이 밀물처럼 밀려왔다가 썰물처럼 빠져나간 후 월하장에는 알 수 없는 긴장감이 감돌기 시작했다. 눈치 빠른 풍류객들은 삼삼오오 짝을 지어 월하장을 떠나기도 했다. 하지만 그런 자들보다는 오히려 월하장과 수룡맹 사이에 무슨 일이 벌어지는지 호기심 어린 눈으로 주시하고 있는 인물들이 더 많았다. 그래서인지 월하장에 때 아닌 장기 투숙객들이 늘어나는 기현상이 벌어지기도 했다.

그렇게 월하장이 조용한 흥분으로 들썩이고 있는 와중에 운향과 고검을 위시한 무불장의 청부사들은 수룡맹과 있을 비무와 그 이후의 일을 논의하느라 바쁜 시간을 보내고 있었다. 그런데 그런 운향과 무불장의 고수들에게 뜻밖의 손님들이 찾아들었다.

"누구라고?"

운향이 확인하듯 문 앞에 시립한 여인에게 되물었다. 그녀의 집무실에는 오늘도 고검과 추산이 향후의 일을 논의하느라 머물러 있었다. 고검, 추산 두 사람도 자연스럽게 여인에게 시선을 주었다.

"손님들께서는 스스로를 사패의 사람들이라 했습니다."

시비가 운향의 질문에 침착하게 대답했다.

"사패의 사람들이라 했다고?"

"예, 장주님."

그러자 운향의 얼굴에 그늘이 생겼다. 그녀가 어두운 안색으로 고검과 추산을 보며 물었다.

"그들이 왜 날 보자고 하는 걸까요?"

그러자 추산이 대답했다.

"뭐, 정확한 것은 만나봐야 알겠지만 그들도 이미 수룡맹이 월하장을 욕심낸다는 것을 알고 있을 테니 아마도 그들은 장주님께 힘을 빌려주겠다고 할 것 같군요."

"월하장에 힘을 보태겠다고요? 사패가?"

"그들로서는 충분한 이유가 있지요. 첫 번째는 월하장이 수룡맹의 손에 넘어가면 수룡맹이 서안을 도모할 근거지를 마련하는 셈이니 그걸 미연에 막으려는 의도가 있을 것이고, 두 번째는 이번 일을 계기로 월하장의 새로운 가치를 알게 되었으니 일이 끝난 후 월하장에 대한 영향력을 행사할 구실을 마련하고 싶은 거겠지요."

"월하장의 새로운 가치라면 뭘 말씀하시는 건지?"

운향이 고개를 갸웃거리며 물었다.

"그동안 무림에서 월하장은 강북제일루로 인정받았지요. 그런데 이 강북제일루라는 것은 기실 무림의 입장에서 보면 그리 중요한 세력은 아니잖아요. 그저 좋은 기루일 뿐이지요. 물론 상인의 입장에서 보자면 조금 다를 수도 있겠지만 사패가 기루를 운영해 금자를 모으는 자들은 아니니 그 또한 관심 밖이었을 거예요. 그런데 수룡맹에서 갑자기 월하장을 욕심낸 다는 소식을 듣고 보니 그게 아닌 거였죠. 수룡맹의 손에 월하 장이 넘어갔을 때는 생각해 보니 월하장이 단순한 기루 이상 의 의미를 지니고 있다는 걸 깨달았을 거예요. 전략적으로 봤 을 때 이 월하장은 무척 중요한 위치를 차지하고 있었던 것이 죠. 지리적으로는 서안으로의 접근이 용이할 뿐 아니라, 막대 한 상권이 형성되어 있어 웬만한 중소문파가 월하장 인근의 상권을 기반으로 개파를 할 수 있는 정도니까요. 수룡맹이 아 니라 사패의 누구라도 이 월하장을 차지하는 곳은 아마도 서 안에서 가장 우위에 선 전력을 지니게 될 것이라는 사실이 드 러난 거죠. 그러니 저들로서도 월하장에 관심을 갖지 않을 수 없었을 거예요."

그러자 운향이 감탄하듯 고개를 끄덕였다.

"듣고 보니 정말 그렇군요. 추 소협께서는 강호의 노강호에 못지않게 현명하다고 하시더니 정말 대단하시군요. 월하장주 인 저조차도 미처 알지 못했던 월하장의 가치를 단번에 파악 해 내시니 말이에요. 더불어 사패의 고수들이 절 찾아온 이유 까지 말이죠."

"뭐, 그렇게 칭찬해 주실 일은 아니에요. 누구나 돌아가는 사정을 조금만 살피면 알 수 있는 것들이니까요. 그나저나 그 들을 오래 기다리게 할 수는 없지 않겠어요? 그래도 명색이 사 패의 고수들인데……."

추산의 말에 운향이 고개를 끄덕였다.

"그렇지요. 한낱 기루를 맡고 있는 계집이 사패의 고수들을 기다리게 할 수는 없지요. 그런데… 함께 만나보시겠는지요?"

운향이 고검을 보며 묻자 고검이 잠시 생각에 잠겼다가 고개를 끄덕였다.

"만나보지요. 월하장주께서도 그들의 도움을 거절할 적당한 명분이 필요하실 테니……."

"이쯤에서 무불장의 존재를 드러내는 건가요?"

추산이 눈빛을 반짝이며 물었다.

"그렇게 되는 셈이지. 어쩌면 그들도 이미 우리가 월하장에 와 있다는 것을 알지도 모르겠지만 말이다."

"궁금하군요, 그들이 어떤 말을 할지."

추산의 말에 운향이 미소를 지으며 대답했다.

"이제 곧 알게 되겠지요. 가서 손님들을 모셔오너라. 차도 함께 준비를 하고……."

"알겠습니다, 장주님."

운향의 명에 문 앞에 서 있던 여인이 공손하게 대답했다.

사패 고수들의 방문을 알린 여인이 물러간 후 일각이 채 지나지 않아 여인의 안내를 받으며 일단의 무림인들이 운향의 집무실로 들어섰다. 그들은 운향과 함께 있는 고검과 추산을 보고 잠시 멈칫하더니 이내 운향을 향해 정중하게 포권을 해 보였다. 그리고 그중 가장 앞쪽에 서 있던 중년 사내가 입을 열었다.

"강북제일루의 주인을 뵙게 되어 영광이로소이다."

"말씀이 과하시군요. 겨우 기루나 운영하는 천녀가 천하를 움직이는 사패의 고수 분들께 그런 인사를 들으니 몸 둘 바를 모르겠습니다. 자, 이쪽으로 좌정들 하시지요."

운향이 기품있는 태도로 사패의 고수들을 맞으며 그들에게 자리를 권했다. 본시 운향의 집무실에는 십여 인을 접대할 수 있는 자리가 마련되어 있었으므로 사패의 고수들은 각자 하나씩 자리를 꿰차고 앉았다.

"사패의 고수 분들께서 무슨 일로 이 천한 계집을 보고자 하셨는지 몹시 궁금하군요."

질문을 하는 운향의 표정에는 전혀 가식이 없어 보여 그녀를 상대하는 이로 하여금 전혀 그녀에 대한 경계심을 들지 않게 하는 묘한 기운이 있었다.

'과연 월하장주군. 사람을 상대하는 기술이 정말 대단하구나. 그만큼 심기가 깊고 강단이 있다는 말이겠지.'

고검이나 추산 등 무불장의 고수들과 대면할 때와는 조금 다른 운향의 태도에 추산이 내심 감탄을 하고 있을 때 처음 입을 열었던 중년 사내가 입을 열었다.

"듣자 하니 현재 월하장에 뜻하지 않은 위험이 찾아들었다기에 걱정이 되어 이렇게 사패의 동도들과 함께 장주를 찾아왔소이다."

그러자 운향이 부인하지 않고 답을 했다.

"역시 사패의 눈은 밝군요. 맞습니다. 작금에 월하장은 제법 골치 아픈 일에 얽혀들었습니다."

"과연 들은 바가 사실이군요."

중년 사내가 천천히 고개를 끄덕였다.

"사패의 고수 분들께서 힘을 보태주시겠다니 정말 감사할 일이군요. 그런데 송구하게도 제가 미처 여러 대협님들의 존성대명을 묻지 않았군요."

운향이 네 명의 사패 고수들을 둘러보며 물었다. 그러자 중년 사내가 얼른 입을 열었다.

"아, 이런. 오히려 우리가 죄송하외다. 미처 우리의 이름을 밝히지 않았다니 이런 결례가 없소이다. 제 소개를 드리겠소이다. 난 북천무맹에 속한 제갈산이라는 사람입니다."

물론 운향은 제갈산의 얼굴을 알고 있었다. 이미 월하장에 든 사패 고수들의 행보를 주시하고 있던 그녀가 아니었던가. 하지만 운향은 제갈산의 소개에 크게 놀란 모습으로 입을 열었다.

"아, 제갈 대협이셨군요. 대명은 익히 들어 알고 있었습니다. 서안에 계시다는 말을 들었음에도 뵐 기회가 없었는데 오늘에서야 뵙게 되는군요."

그러자 제갈산이 가벼운 미소를 머금은 채 입을 열었다.

"그저 무맹과 가문의 위세를 빌어 허명만 높을 뿐이외다. 저보다야 여기 계신 분들이 오히려 더 반가운 분들일 겁니다. 내 소개해 드리겠소이다. 이쪽은 서패천 서안지부을 맡고 계신 여화린 대협이시고, 이쪽은 남련에서 나오신 남궁유기 대협이시오. 그리고 이분은 동궁에서 운영하는 서안 여래객잔을 맡고 계신 고승 대협이시외다."

제갈산의 입에서 서안 인근에서 활동하는 강호의 무림인이라면 능히 그 이름을 들어봤음 직한 삼 인의 이름이 차례로 흘러나왔다. 그들은 모두 서안에서 사패를 대표하는 무인들이었다.

제갈산 자신도 서안의 북천무맹 지부에서 두 번째로 꼽히는 고수였다. 북천무맹의 서안지부를 총괄하는 인물은 북천십이룡 중 하나인 도문의 대천산이라는 고수인데 이번 월하장의 일에는 대천산이 아닌 제갈산이 나선 모양이었다.

반면 서패천의 서안지부에서는 그 우두머리인 여화린이 직접 나와 있었다. 여화린은 서패천 칠대종가에 속하는 여씨세가 출신으로 그는 무공도 무공이려니와 냉철한 일 처리로 유명한 인물이었다.

남련을 대표한 남궁유기는 그 성씨만으로 천하의 무림인이 한 번쯤 주목할 만한 대남궁세가 출신의 고수다. 남련십육문은 비록 한 이름으로 뭉뚱그려 불리기는 해도 분명 그 안에 우열이 존재한다. 남궁세가는 사패 시대 이전부터 강호의 일대 명가로 군림하던 문파였을 뿐 아니라 남련십육문 중에서도 수위를 다투는 문파였다.

이렇게 제갈산과 여화린 그리고 남궁유기가 강호에 잘 알려진 명문대파 출신인 데 반해 여래객잔 주인 고승은 조금 특이

한 이력을 소유한 인물이었다.

북천무맹과 서패천 그리고 남련은 서안에 정식으로 그 지부를 설치하고 각파의 고수를 파견해 활동하는 데 반해 동궁은 지부 대신 객잔을 세워 서안무림에 관여하고 있었다. 그 객잔의 이름이 여래객잔인데 고승은 바로 그 여래객잔을 맡아 운영하는 인물이었다.

여래객잔이 동궁의 것이므로 그 또한 동궁의 인물인 것은 확실했으나 그가 동궁에 속한 문파 중 어느 문파 출신인지는 알려진 바가 없었다. 혹자는 동궁육상천 중 한 곳 출신이라고도 했지만 본시 동궁의 인물들은 그 신세내력이 자세히 알려진 자가 많지 않았으므로 고승의 배경 역시 확실히 드러난 것이 없었다.

또한 특이한 것이 그는 무인답지 않게 무척 요리를 잘하는 인물로 알려져 있었다. 귀빈이 객잔을 찾으면 그 스스로가 주방에 들어가 칼을 잡는데 각종 음식의 재료를 손질하는 그의 칼솜씨는 가히 신의 경지에 다다랐다는 소문이 파다한 인사였다.

어쨌든 그렇게 세 사람을 소개받은 운향이 조심스럽게 자리에서 일어나 세 사람을 향해 허리를 숙였다.

"천녀가 사패의 여러 대협들께 인사드립니다. 월하장을 맡고 있는 운향이라 합니다."

운향의 인사에 제갈산이 소개한 삼 인 역시 마주 일어나 운향에게 가볍게 포권을 취했다.

"월하장주를 뵙게 되어 영광이외다."

남궁유기가 정중한 인사를 건넸다. 본시 월하장이 유명하기는 해도 사패의 입장에서 보면 결국 풍류객들을 상대하는 기루에 지나지 않는 것. 그런데 운향을 대하는 사패 고수들의 태도는 한결같이 정중하기 이를 데 없었다. 그것만 보아도 사패의 고수들이 월하장을 어떻게 생각하고 있는지가 여실히 드러나는 순간이었다.

"그런데 이분들은 누구신지? 월하장에 속하신 분들이신지?"

운향과 세 명의 고수가 인사를 나누고 자리에 앉자 제갈산이 고검과 추산을 보며 물었다. 서안의 사패 세력 역시 월하장에 대해선 나름대로 정보를 가지고 있었지만 아직은 월하장에 고검과 추산 등 무불장의 인물들이 있다는 소식을 듣지 못한 모양이었다.

"이분들은 본 장에 속한 분들이 아니십니다. 이번에 수룡맹의 일로 본 장에서 도움을 받기 위해 외부에서 초빙해 온 분들이시지요."

그러자 제갈산을 비롯한 사패의 고수들의 표정이 살짝 변했다. 현 강호에서 수룡맹의 기세란 욱일승천하는 비룡과 같다. 그들은 사패의 시대를 넘어 오패의 시대에 도전하는 인물들, 그런 수룡맹에 대응하기 위해 월하장에서 초빙할 정도라면 보통 고수가 아닐 터였다. 그런데 지금 눈앞에 있는 두 사람은 너무 젊지 않은가? 자연히 두 사람의 신분이 궁금해지는 사 인이었다.

"이 제갈산의 눈도 그리 어둡지는 않다고 생각하는데… 두 분을 알아볼 수 없구려."

"이분들은 무불장에서 나오신 분들입니다. 이분이 바로 강호에 명성이 자자하신 무불장주시고, 이쪽 분은 무불장주님의 사제이신 추산 소협이시지요."

운향의 소개에 사패의 고수 사 인의 눈이 번쩍였다. 그들도 무불장의 명성은 익히 들어 알고 있었다. 아니, 사패 본거지에 머물고 있는 사패의 고수들보다 오히려 더 무불장의 실력을 잘 알고 있는 인물들이 바로 이 네 사람이었다.

서안은 사패 어느 곳에도 속하지 않고 각파의 세력이 첨예하게 대립하는 곳이다. 그런 곳을 중원에서 꼽자면 무불장이 있는 개봉을 꼽을 수 있다. 역대의 고도 서안과 개봉은 사패의 암중경쟁이 가장 치열하게 벌어지는 곳이므로 두 성에 파견된 사패의 고수들 역시 사패라는 이름에 의지하는 사람들이기보다는 냉엄한 강호의 경쟁을 몸으로 헤쳐 나가는 사람들이었다. 그러므로 그들은 사패의 이름을 머리에 얹고 거들먹거리는 다른 사패의 고수들과는 전혀 다른 성정을 지니고 있었다.

적어도 그들은 강호에 떠도는 고수들의 명성이 실인지 허인지 구분할 줄 아는 인물들이었다. 그러므로 지금 운향을 찾아온 서안 사패의 고수들은 무불장이라는 곳이 단순한 황금충들의 집합소가 아님을 누구보다도 더 잘 알고 있는 사람들이었다.

"이제 보니 그 유명하신 무불장주이셨구려. 이 제갈산이 미처 몰라뵈어 인사가 늦었소이다."

제갈산이 자리에서 일어나 가볍게 포권을 취했다. 그러자 다른 삼 인의 고수들도 제각기 자리에서 일어나 가볍게 자신들을 소개하며 고검에게 포권을 취하는 것이었다.

"무불장의 고검과 추산이라고 합니다. 네 분의 명성은 익히 들어 알고 있었습니다. 오늘 네 분을 뵙게 되니 큰 영광입니다."

고검과 추산 역시 자리에서 일어나 사 인의 고수에게 정중하게 인사를 했다.

"월하장은 좋은 원군을 얻었구려."

고검, 추산과 인사를 나눈 제갈산이 운향을 보며 의미심장한 말투로 말했다. 그러자 운향이 가볍게 고개를 끄덕였다.

"운이 좋아 무불장 고수 분들께 도움을 청할 수 있었습니다."

"그런데, 지금 월하장을 위협하는 세력이 수룡맹이 맞소이까?"

모두가 아는 사실이라도 시작은 역시 수룡맹의 실체부터 확인하는 것이 순서였다. 제갈산의 질문에 운향이 짐짓 작은 한숨을 내쉬며 고개를 끄덕였다.

"맞습니다. 역시 사패의 고수 분들도 알고 계셨군요. 기실 수룡맹에서는 수십 일 전부터 본 장이 수룡맹에 들기를 요구했지요."

"흠… 역시 예상대로구려. 그런데 그간 충돌은 없었소이까?"

"물론 약간의 충돌은 있었습니다. 다행히 무불장의 고수 분들께서 도와주셔서 어렵지 않게 일을 해결하기는 했습니다만……."

운향의 말에 제갈산이 감탄하는 표정으로 고검에게 말을 건넸다.

"과연 무불장이구려. 당금 천하에 수룡맹의 도발을 제압할 수 있는 곳은 그리 많지 않을 텐데, 그런 수룡맹을 상대로 승리를 거뒀다니 무불장의 실력이 과연 명불허전이외다."

"운이 좋았을 뿐입니다. 저들은 월하장의 실력을 시험하기 위해 고수가 아닌 몇 명의 하급무사를 보냈기에 수월하게 막아냈을 뿐입니다."

"흐흠… 비록 말씀은 그리하셔도 어찌 수룡맹이 허접한 자들을 보냈겠소이까? 역시 무불장의 대협들께서 능력이 출중하신 탓이겠지요. 그나저나 이틀 전에도 수룡맹의 고수들이 월하장에 들렀던 것 같던데……?"

제갈산이 슬쩍 이틀 전 월하장을 찾아왔던 연옥검 사현과 삼십여 명의 수룡맹 고수들을 화제에 올렸다. 숨길 일도, 숨긴다고 숨겨질 일도 아니었기에 운향이 즉시 고개를 끄덕였다.

"맞습니다. 수룡맹 고수들을 이끌고 있는 사현이란 인물이 수하들을 이끌고 다녀갔지요."

"사현이라……? 처음 듣는 이름이군."

제갈산이 고개를 갸웃거리며 다른 삼패의 고수들을 넌지시 바라봤다. 하지만 다른 인물들도 사현이란 이름을 알고 있는 것 같지는 않았다.

"그의 별호는 연옥검이라 하더군요."

운향이 재빨리 연옥검 사현의 정체를 말했다. 그러자 네 명의 고수가 무심한 표정으로 고개를 끄덕이다가 한순간 지금 운향이 말한 인물이 누군지를 깨닫고는 화들짝 놀라 운향을 바라봤다.

"설마… 그 연옥검이란 말이오이까?"

남궁유기가 믿기지 않는다는 표정으로 물었다.

"맞습니다. 바로 그 연옥검이더군요. 천하제일살수라 불리는 자지요."

"어떻게 그런 인물이……?"

제갈산 역시 전혀 뜻밖의 일을 만난 것처럼 당황스런 표정을 지으며 중얼거렸다.

"글쎄요. 저희로서도 천하제일살수가 어떻게 수룡맹에 몸담게 되었는지는 알 수 없지요. 하지만 어쨌든 지금 그가 수룡맹을 대표해 이 여산에 와 있는 것은 확실하답니다."

"그를… 그를 상대할 자신이 있는 것이오이까?"

제갈산이 어두운 안색으로 물었다. 하지만 질문을 하는 제갈산과 달리 운향은 오히려 여유가 있어 보였다.

"자신이 있고 없고의 문제는 아니지요. 월하장은 처음부터 강호무림과 일정한 선을 그어왔지요. 아시다시피 월하장은 무림문파가 아닌 기루에 지나지 않는 곳이니까요. 그런 월하장이 이제 와서 수룡맹이 원한다고 해서 순순히 그들에게 걸어갈 수는 없는 일이지요. 만약 강호의 세력을 등에 업고자 했다면 이미 오래전에 든든한 후원군을 얻었을 겁니다."

월하장의 가치를 알고 있는 사패의 고수들이 수긍하듯 고개를 끄덕였다. 운향의 말처럼 월하장이 스스로 누군가의 보호 아래 들어가자고 했으면 사패라 할지라도 월하장의 손을 잡아주었을 터였다.

"하지만 상대가 수룡맹이오. 연옥검이라면… 조금 심각한 일이구려."

제갈산의 말에 운향이 빙긋 미소를 지었다.

"지금 월하장을 대신해 그들을 상대하는 것은 여기 계신 무불장의 고 장주님께서 맡고 계십니다. 우리 월하장은 그저 강호제일청부사라 불리는 무불장의 능력을 믿을 뿐이지요."

운향은 마치 이 싸움이 자신의 싸움이 아니라는 듯한 태도로 말했다.

"연옥검이 이끄는 수룡맹을 감당하실 수 있으시겠소이까?"

얼핏 들으면 무척 무례한 질문이었지만 연옥검이라는 명성이 그 무례함을 덮는다. 고검 역시 그런 제갈산의 무례를 탓하지 않고 가볍게 미소를 지으며 대답했다.

"글쎄요. 강호의 싸움에서 승리를 자신할 수 있는 싸움이 얼마나 되겠습니까. 그저 최선을 다할 뿐이지요. 그가 천하제일살수라고 불리기는 하지만 본 장도 청부업에 있어서는 천하제일로 불려온 곳, 좋은 경쟁이 되리라 생각하고 있습니다."

고검의 대답에 제갈산의 눈에 가볍게 감탄의 기색이 스치고 지나갔다. 천하의 연옥검을 상대로 이렇게 침착한 반응을 보일 수 있는 인물이 얼마나 될 것인가.

"연옥검 한 사람의 문제가 아니지 않소이까? 무불장의 능력을 경시하는 것은 아니지만 그들은 수십 명의 고수들을 데리고 왔소이다. 그런 그들을 몇 분의 무불장 고수들께서 막아내신다는 것은 아무래도……. 어떻소이까? 힘이 필요하다면 우리 사패에서 힘을 보탤 수도 있소이다만……."

제갈산이 드디어 기회를 잡았다는 듯 사패의 관여를 입에 올렸다. 연옥검이라는 존재가 그들에게도 월하장과 수룡맹의 분쟁에 끼어들 빌미를 제공하고 있었다. 그런데 제갈산의 말을 들은 고검이 천천히 고개를 저었다.

"세력 대결로 일이 진행된다면 당연히 도움을 청하겠으나 다행히 그들이 조금 색다른 방식으로 문제를 풀고자 하더군요."

사패의 고수들 표정이 살짝 굳어졌다. 정중하지만 고검은 사패의 도움을 거절하고 있었다.

"색다른 방식이라면……?"

"비무(比武)를 하자더군요."

순간 제갈산을 비롯한 삼패의 고수들 눈에 의아한 빛이 떠올랐다.

"지금 비무라고 했소이까?"

"그렇습니다. 비무를 통해 이번 문제를 해결하자더군요."

"허어, 기이한 일이로세. 비무는 수룡맹이 일을 진행하는 방식이 아닌데… 하물며 그 수장이 연옥검이라면 비무는 더더욱 어울리지가 않는 일이 아니외까?"

서패천의 고수 여화린이 고개를 갸웃거리며 나머지 세 명에게 말을 건넸다. 그러자 제갈산이 잠시 생각에 잠겼다가 한편으로는 이해가 간다는 표정으로 답을 했다.

"수룡맹으로서도 월하장을 대하는 방식은 조금 달라야 한다고 생각했겠지요. 세력으로 밀어붙여 굴복을 받아내는 것은 무가의 싸움에서나 적합한 일, 월하장이 무가(武家)가 아닌 이상 힘으로 몰아붙이는 것은 수룡맹 입장에서 보자면 아무래도 강호의 이목을 꺼려할 수밖에 없는 일일 것이외다. 가뜩이나 수룡맹이 개파를 선언한 이후 수룡맹의 정체성을 놓고 정사양도로 의견이 나뉘어져 있는 상황이니……."

"온전한 월하장이 필요하기도 했을 테고 말이지요."

남궁유기도 제갈산의 말을 거들었다. 시간을 가지고 생각해보니 과연 연옥검 사현이 비무를 통해 이번 일을 해결하고자 하는 데에는 나름대로 그럴 만한 연유가 있었다.

"그래서 비무를 받아들였소이까?"

제갈산이 운향을 보며 물었다.

"서로 피를 보아 좋을 것이 없고, 월하장은 그저 한낱 기루에 지나지 않으니 소수의 고수가 비무를 통해 일을 해결하자는 제안이 나쁠 것은 없었지요."

운향이 고개를 끄덕였다.

"그럼 역시 무불장에서 이번 비무를 맡게 되겠구려?"

제갈산이 고검을 건너다보며 물었다.

"청부를 받았으니 그리해야겠지요."

"허허허, 이거 생각지 않게 좋은 구경을 하게 되었소이다. 천하제일청부사들로 불리는 무불장 고수 분들과 무림의 신세력 수룡맹 고수들의 비무라… 소문이 퍼지면 천하의 무림인들이 구경하기 위해 이 여산을 찾아들 것이오."

제갈산이 호쾌한 웃음을 터뜨렸다. 하지만 그의 눈은 여전히 차가웠다.

"이번 일은 소문이 나서 좋을 게 없을 듯합니다. 사패의 고수 분들이시어서 말씀드린 것이오니 가능한 외부에 비무 소식을 알리지 말아주십시오. 월하장은 강호의 시선이 부담스럽습니다."

운향이 사패의 고수들에게 양해를 구하듯 고개를 숙여 보이며 부탁했다. 그러자 제갈산 등 사 인도 얼른 고개를 끄덕였다.

"알겠소이다. 굳이 외부로 알릴 일은 아니지요. 그런데 비무 장소에 우리 쪽 사람 몇몇이 구경을 나가봐도 되겠소이까?"

제갈산의 말에 운향이 슬쩍 고검을 바라봤다. 그러자 고검이 가볍게 고개를 끄덕였다.

"그것도 좋겠지요. 비무의 승패에 따라 월하장의 향후 행보가 결정되는 것이니 사패의 고수 분들께서 비무를 참관하는 것 또한 나쁜 일은 아니겠지요."

고검의 대답에 제갈산의 얼굴에 만족한 미소가 떠올랐다.

"하하하, 이것 오랜만에 제대로 된 비무를 구경할 기회를 갖게 되었구려. 그런데 비무는 언제 하기로 했소이까?"

"모레 아침 사림에서 만나기로 했습니다만……."

"사림이라… 포구 인근의 송림을 말하는 것이군요."

"그렇습니다."

"흠, 비무를 하기엔 좋은 장소구려. 알겠소이다. 그럼 우린 이만 물러가지요. 비무를 준비하자면 서로 논의할 것이 많으실 테니."

제갈산이 사패의 고수들을 바라보자 삼 인의 고수가 제각기 고개를 끄덕였다.

"본 장의 일에 관심을 가져주신 점 감사드립니다. 그럼 모레 아침에 뵙지요."

운향이 자리에서 일어나 가볍게 고개를 숙여 보이자 사패의 고수들 역시 자리에서 일어나 운향에게 포권을 해 보이고는 서둘러 운향의 집무실을 벗어났다.

"생각보다 순순히 물러나는군요."

추산이 사패의 고수들을 보며 말하자 고검이 입을 열었다.

"그들로서는 원하는 것을 다 얻었으니까."

"원하는 것을 다 얻었다고요? 그들은 월하장의 일에 깊이 관여하길 원했을 텐데요?"

"일단 월하장에서 일어나는 일에 대해 상세한 정보를 얻었으니 첫 번째 목적은 달성한 셈이고, 둘째로 무불장이 월하장의 일을 맡고 있는 상황에서 지금 그들이 이번 일에 개입하겠다고는 할 수는 없었을 것이다. 대신 비무에 참관하는 것을 허락받았으니 비무에서 어떤 일이 벌어지느냐에 따라 자연스럽게 이 일에 관여할 기회를 엿보게 되겠지. 그러니 그들이야 볼일 다 본 것 아니겠느냐?"

"그들이 비무에 관여할까요?"

"비무 자체에는 관여치 않겠지만, 그 결과에 따라 어떤 식으로든 이 일에 개입하려 할 것이다."

"그들의 개입을 막으려면 결국 비무에서 우리가 이겨 수룡맹이 순순히 물러나게 하는 것이 최선이겠군요."

"바로 그렇다. 그들은 무불장이 수룡맹에게 지기를 바랄 테지만……."

*   *   *

이틀이 지나고 봄날의 따가운 햇살이 대지와 호수에 내려앉을 때 월하장에서 일단의 인물들이 나와 배를 타고 인공 수로를 따라 포구 쪽으로 향했다.

길게 줄을 이은 다섯 척의 배는 월하장에 의해 만들어진 포구를 끼고 돌아 탁한 황하의 탁류와 수로의 맑은 물이 섞여드는 경계를 따라 동쪽으로 이동했다. 그렇게 이각여를 이동한 후 다섯 척의 배 중 선두에 섰던 배가 천천히 방향을 틀어 묻으로 이동하기 시작했다. 나머지 네 척의 배들도 큰 원을 그리며 육지 쪽으로 방향을 틀었다.

그러자 다섯 척의 배에 나눠 타고 있던 사람들의 눈에 보석처럼 반짝이는 모래사장이 들어왔다. 그리고 기이하게도 모래밭에 형성된 일군의 푸른 송림이 일행을 맞이하는 것이었다.

"우리는 뒤로 물러나 있겠소이다. 아무래도 제삼자이니……."

월하장과 수룡맹이 비무를 벌이기로 한 사립으로 이동한 다섯 척의 배 중 두 척에는 사패의 고수 십여 명이 나눠 타고 있었다. 참관을 핑계로 비무가 벌어지는 사립까지 동행하기는 했으나 어쨌든 그들이 이 비무의 직접적인 당사자는 아니었기에 제갈산은 사립에 도착하자 뒤로 물러나겠다는 의사를 밝혔다.

"편하신 대로 하십시오."

운향이 가볍게 고개를 끄덕였다.

"뒤에 물러나 있겠지만 혹여라도 예상치 못한 불상사가 생기면 즉시 달려오도록 하겠소이다."

제갈산이 이제는 노골적으로 월하장의 일에 관여하겠다는 의사를 드러냈다. 그러자 운향이 가벼운 미소를 지으며 대답했다.

"뒤에 사패의 고수 분들이 계시다고 생각하니 무척 마음이 든든하군요."

"하하하, 월하장의 풍류는 강호인 모두의 것이어야 한다는 것이 이곳에 온 우리 사패 고수들의 생각이지요. 그럼!"

제갈산이 만족스런 미소를 짓고는 사패의 고수들을 이끌고 모래밭에 우거진 송림 쪽으로 발걸음을 옮겼다. 그렇게 월하장과 무불장 고수들 곁을 떠난 사패의 고수들은 송림 안쪽으로 깊숙이 들어가 비무가 벌어질 곳으로부터 오십여 장 떨어진 소나무 그늘 아래 걸음을 멈추는 것이었다.

고검과 추산을 비롯한 무불장 고수들은 사패의 고수들이 멀어지자 이내 고개를 돌려 저 멀리 덩그러니 물 위에 떠 있는 두 척의 흑선에 시선을 주었다.

"약속한 시간이 다 되었는데 언제 오려고 꾸물거리는 걸까요?"

추산이 조금 긴장한 표정으로 흑선을 응시하며 중얼거렸다.

"초조해하지 말거라. 저들이 노리는 것이 그것일 수도 있어. 사제도 알다시피 본시 비무란 도검을 부딪치기 이전에 싸움이 시작되는 법이다. 느긋하게 기다려 보거라."

고검이 충고하듯 추산에게 말했다. 하지만 고검의 충고는 금세 필요가 없어지고 말았다. 고검의 말이 끝나자마자 수룡맹의 두 척 흑선에서 일단의 소선들이 내려지더니 다섯 척의 소선이 물살을 가르며 사림을 향해 다가오기 시작했던 것이다.

"뭐 저렇게 많이 오죠? 대략 오십여 명은 되겠어요."

추산이 의아한 표정으로 말했다. 다섯 명의 비무를 위해 오는 인원치고는 지나치게 많은 인원이었다.

"그러게 말이야. 뭔가 꿍꿍이속이 있는 게 아닐까?"

뒤에 있던 대웅산도 의심 어린 눈으로 다가오는 다섯 척의 배를 바라보며 형형한 눈빛을 드러냈다.

"부산 떨지 말고 기다려 봐라. 무슨 사내 녀석들이 그렇게 말이 많느냐?"

그때 뒤에서 두 사람을 타박하는 소리가 들려왔다. 추산과 대웅산이 찔끔하며 입을 다물었다. 돌아보지 않아도 누가 하는 말인지 알 수 있었기 때문이었다.

사림에 나온 월하장 고수들은 무불장의 고수들을 모두 합해 십오 인. 그중 월하장주 운향을 호위하기 위해 나온 월하장의 고수들 중 허름한 옷차림의 노인이 한 명 포함되어 있었는데 누가 보아도 볼품없이 생겨 사람들의 이목을 끌기 어려운 모양새를 하고 있었다. 추산과 대웅산에게 타박을 한 사람은 바로 이 노인이었는데 그는 바로 장내 제일고수인 천검 능운백이었다.

자신의 존재를 처음부터 수룡맹에 노출하는 것을 꺼려한 능운백은 월하장주 운향의 주변을 호위하는 일반 무사로 변신해 있었는데 솔직히 말하자면 그런 변신을 위해 그가 딱히 준비한 것은 따로 없었다. 그의 몰골이 워낙 추레한 까닭에 그저 허름한 옷 하나만 걸쳐 입으면 누구도 그에게 눈길을 주지 않는 모양새가 되기 때문이었다.

어쨌든 그렇게 능운백의 타박에 추산과 대웅산의 입이 다물어진 사이, 다섯 척의 배에 나눠 탄 수룡맹 고수들이 사림의 모래사장에 배를 대고 있었다.

배가 멎자 소선에 타고 있던 자들이 분분히 허공을 솟구쳐 올라 월하장 측 사람들의 오 장여 앞에 떨어져 내렸다. 배에서 뭍으로 올라서는 움직임으로 보건대 오십여 명의 고수 한 명 한 명이 강호 일류고수의 수준에 이르는 무공을 가지고 있음이 확연히 드러나는 움직임들이었다.

"먼저 와서 기다리고 계셨구려."

수룡맹 고수들이 미처 모두 뭍으로 올라서기도 전에 앞서 사림의 모래밭에 올라선 연옥검 사현이 앞으로 나서며 월하장주 운향을 보며 말했다.

"비천한 신분으로 어찌 강호의 노대협을 기다리게 할 수 있겠습니까?"

운향이 미소를 지으며 대답했다. 그러자 연옥검 사현의 얼굴에 약간의 그늘이 생겨났다. 운향의 태도로 보아 그녀는 이번 비무에 대해 크게 걱정하지 않는 듯 보였기 때문이었다.

물론 강북제일루로 꼽히는 월하장을 운영하자면 여인이라도 얼마간의 배포가 있어야 하겠지만 그렇다고 하더라도 월하장의 향후 행보를 놓고 벌이는 비무를 코앞에 둔 여인치고는 지나치게 여유가 있었다.

"허허, 재주없는 늙은이를 그리 대우해 주니 고맙구려. 그런데, 비무 준비는 잘하셨나 모르겠소이다?"

"호호, 술이나 치고 노래나 부르는 기녀가 준비를 하면 얼마나 했겠습니까?"

"그런데도 장주께서는 무척 편안한 안색이시오?"

"생각해 보니 딱히 걱정할 문제가 아니더군요. 비무에서 이기면 이긴 대로 좋고… 또 설혹 지더라도 대수룡맹의 보호를 받게 되니 본 장의 입장에서는 그리 나쁜 결과가 아닌 것 같더군요."

운향의 말에 사현이 기분 좋은 미소를 흘려냈다.

"허허, 애초에 그렇게 생각하셨다면 이런 비무는 필요가 없을 것을 그랬소이다."

"물론 그렇긴 하지만 이미 약속이 되어 있는 비무이고, 또 보는 눈도 있고 하니 저희 월하장으로서도 이대로 비무를 포기할 수는 없는 일이지요."

"보는 눈이라면?"

사현이 의아한 표정을 짓자 운향이 손을 들어 사림 안쪽의 소나무 숲을 가리켰다.

"사패의 고수 분들께서 이 비무를 참관하고자 하셔서 모시고 왔습니다만……."

순간 연옥검 사현의 표정이 순식간에 차갑게 굳어졌다.

"사패의 고수라고 했소이까?"

"마침 서안에서 활동 중인 사패의 고수 분들께서 본 장을 찾아주셨더군요. 그리고 본 장과 수룡맹 간의 비무 이야기를 들으시더니 강호에서 보기 드문 구경거리라면서 참관을 자청하셨습니다. 천녀로서야 감히 사패의 청을 거절할 수 없었지요."

교묘한 운향의 언변에 연옥검 사현이 살짝 인상을 찌푸렸다. 수룡맹 또한 사패의 고수들이 월하장에 든 것을 모르는 바는 아니었다. 하지만 그들이 비무 장소까지 동행할 것은 미처 예상치 못한 일이었다. 하지만 연옥검 사현의 표정은 금세 평정을 되찾았다.

"하긴 어찌 보면 잘된 일인지도 모르겠구려. 본 맹과 월하장 사이의 거래가 정당한 비무를 통해 이뤄졌다는 것을 증명해 줄 사람들이니 말이외다. 혹여 강호에 본 장이 월하장을 핍박해 손에 넣었다는 소문이 날까 적이 걱정이 되던 차였소이다."

"그리 이해해 주신다니 저로서도 고마울 따름입니다."

운향이 가볍게 사현에게 고개를 숙여 보였다. 그런 운향을 지그시 바라보고 있던 사현이 한순간 날카로운 눈으로 운향의 뒤쪽에 늘어서 있는 무불장 고수들을 훑어보고는 입을 열었다.

"그런데 어느 분들께서 이번 비무에 나서실 생각이시오?"

그러자 운향이 미소를 지으며 대답했다.

"저희 월하장은 술과 가무를 파는 기루지요. 그러니 어찌 대수룡맹의 고수 분들을 상대할 만한 고수가 있겠습니까? 해서 본 장은 외부의 고수 분들을 초청하였습니다만……."

"흐음… 외부의 고수라? 어떤 분들이 본 맹과 월하장의 일에 관여를 하셨는지 궁금하구려."

사현의 말에는 은근한 위협이 내포되어 있었다. 누가 감히 수룡맹의 일에 간섭을 할 것인가 하는 노성인 것이다. 그러자 운향이 가벼운 미소와 함께 답을 했다.

"저희 월하장이 가진 것이라고는 약간의 재물뿐이니 별수 없이 재물을 주고 고수 분들을 초빙하였습니다."

"재물을 주고 사람을 불렀다. 하면 청부사를 불렀다는 말이구려."

사현이 살짝 안색을 찌푸렸다. 대수룡맹을 상대로 한낱 황금충을 불렀다는 것에 기분이 상한 듯했다. 하지만 다음 순간 운향의 입에서 흘러나온 말은 그런 사현의 생각을 일거에 날려 버렸다.

"그렇습니다. 본 장은 청부사 분들을 초청했습니다. 아마, 연옥검께서도 이분들의 명성은 익히 들으셨을 것입니다. 소개해 드리지요. 본 장을 대신해 수룡맹의 고수 분들과 비무를 하실 분들은 바로 강호제일청부사들이신 무불장의 고수 분들이십니다."

第八章

사림풍운(沙林風雲)

孤劍秋山

　월하장에서 초빙한 외부 고수들이 무불장의 청부사들이란
말을 들은 사현과 수룡맹 고수들의 분위기가 무겁게 가라앉았
다. 그들도 무불장에 대해서는 누구보다 잘 알고 있는 인물들
이었다. 삼 년 전 앙천곡을 단신으로 다녀간 무불장의 두 고수
에 대한 이야기는 수룡맹의 무사들 사이에도 알음알음 전해져
있었다.

　더군다나 운향의 소개가 아니더라도 수룡맹 고수 중 두 사
람은 이미 사림에 도착하여 고검 일행을 일견한 순간부터 고
검의 얼굴에서 시선을 떼지 못하고 있었다.

　"음… 과연 그들이었군."

　사현의 뒤에 서 있던 수룡맹 고수 중 한 사람의 입에서 작은

신음성이 흘러나왔다. 그러자 사현이 고개를 돌려 입을 연 노고수를 보며 물었다.

"수룡삼군장께서는 알고 계셨소이까?"

신음성을 흘려낸 인물, 그러니까 며칠 전 수로에서 추산과 대웅산을 은밀히 따라와 공격했던 장강사마신의 두 고수 오성과 오신 중 오성이 사현의 질문에 앞으로 나서며 말했다.

"낯이 익은 인물이라 생각했지요. 그런데 이제 보니 과연 삼년 전 앙천곡으로 찾아와 기련장 육 소저, 그러니까 암제님의 부인이 되신 육 부인을 놓고 맹주님과 내기를 했던 바로 그 무불장주군요. 제 기억이 맞지 않소이까? 혹 우릴 기억하겠소?"

오성이 운향의 뒤쪽에 서 있던 고검을 보며 물었다. 추산은 기억 못했지만 자신들과 비무를 했던 고검은 또렷이 기억하고 있는 모양이었다. 그러자 고검이 담담한 얼굴로 고개를 끄덕였다.

"맞습니다. 바로 그때 장강사마신의 두 분과 비무를 했던 사람입니다. 내 어찌 두 분을 기억하지 못하겠습니까? 겨우 삼년 전 비무를 벌였던 사이인데……."

고검의 대답에 오성이 살짝 눈살을 찌푸렸다. 서로를 기억해 내는 것까지는 좋았으나 서로를 기억하자 그때의 비무에 대한 기억 또한 새록새록 떠올랐던 것이다. 당시 비무에서 오성과 오신 두 고수는 고검 한 사람을 막지 못해 관문을 통과시켜 주었었다.

"어쩐지 본 맹의 식솔들을 데려온 두 사람의 무공이 범상치 않다 했더니 무불장의 고수들이어서 그랬던 거구려. 그나저나 밀공, 이번 비무는 만만치 않겠습니다. 강호제일의 청부사들이라는 무불장의 고수들이 나섰으니 말입니다."

오성이 사현을 보며 말했다. 하지만 그의 얼굴에는 별반 긴장하는 빛이 보이지 않았다.

"허허, 그러게 말이오이다. 오늘 이곳에서 강호제일의 청부사들을 만날 줄은 몰랐구려. 우리 수룡맹도 단단히 각오를 하고 비무에 나서야 할 듯하구려. 무불장주의 무공은 이미 절정의 반열에 올랐다고 하니 말이외다."

사현도 어느새 평상심을 회복하고 있었다. 그는 비록 무불장의 고수들이 강호제일청부사란 소리를 듣는 자들이지만 결국 조심할 것은 그 장주인 고검뿐이라고 생각하는 모양이었다. 고검을 제외하자면 아무리 무불장의 고수들이라 하더라도 승패를 걱정할 필요가 없다는 자신감이 사현의 표정에 드러나고 있었다.

"예전에는 부끄럽게도 저희 두 사람이 무불장주께 한 수 가르침을 받았었지요. 해서 지난 삼 년간 우리 두 사람은 제법 고련을 마다하지 않았지요. 그런데 오늘 이렇게 무불장주를 다시 뵙게 되니 다시 한 번 가르침을 청하고 싶군요."

오성의 말에 사현이 웃으며 고개를 저었다.

"물론 수룡삼군장의 마음을 모르는 것은 아니지만 저쪽에서 어떻게 비무의 순서를 정할지 모르니 두 분이 무불장주께 설욕을 하실 수 있을지는 장담할 수 없겠소이다. 자, 어떻소이까? 서로에 대한 인사는 이쯤해 두고 약속된 비무를 시작하는 것이?"

연옥검 사현이 월하장주 운향과 고검을 바라보며 물었다. 그러자 운향이 고검을 바라봤다. 고검이 가볍게 고개를 끄덕이자 운향이 조금 긴장한 얼굴로 사현을 향해 입을 열었다.

"그럼 비무를 시작하도록 하지요."

"좋소이다. 그럼 우리 쪽에서는 먼저 첫 번째 비무자를 내지요. 수룡이군장께서 선봉을 맡아주시겠소이까?"

사현이 장강사마신의 두 고수 오성과 오신의 곁에 서 있던 육십대 초반의 노인을 보며 말하자 노인이 고개를 끄덕이며 앞으로 나섰다.

"절 지목해 주신다면 그야말로 영광이지요."

노인의 눈은 화등잔만큼 컸고, 육십이 넘어 보이지만 수염은 칠흑처럼 검다. 한눈에 보아도 막강한 내공을 지닌 내가고수임을 알 수 있는 모습이다. 사현이 고개를 한 번 끄덕이고는 운향과 고검을 보며 말했다.

"본 맹에서는 과거 장강사마신으로 불리셨고, 지금은 수룡맹 수룡군의 공동 군장을 맡고 계신 네 분 중 이군장이신 오월노사를 첫 번째 비무자로 세우겠소이다."

사현의 말이 끝나자 오월이라 소개된 자가 성큼 앞으로 나서며 나직하면서 굵은 목소리로 입을 열었다.

"오월이라 하오. 어느 분이 한 수 가르침을 내려주시겠소?"

장강사마신의 둘째 오월이 호랑이가 으르렁거리듯 말했다.

보통 사람이라면 그 인상과 말투만으로도 오금이 저려 그 앞에 제대로 서 있지 못할 만큼 무지막지한 기세. 그 기세 때문인지 월하장 쪽에서 오월을 맞아 즉시 앞으로 나서는 인물이 없었다.

"누가 한 수 가르침을 내리겠소?"

오월이 입을 열어 월하장 쪽의 고수들을 재촉했다. 그러자 그제야 고검의 뒤쪽에서 한 사람이 어슬렁거리며 걸어나왔다. 만불통이었다. 고검은 만불통이 자신의 곁을 스치고 앞으로 나가는데도 아무런 제지를 하지 않았다. 아마도 첫 번째 비무는 만불통이 맡기로 약속이 되어 있었던 듯했다.

"장강사마신의 이름은 수십 년 강호의 물길 위에 군림했소. 내 비록 나이가 들었지만 지금이라도 장강의 신으로 불린 장강사마신을 상대할 기회를 갖게 된 것을 필생의 영광으로 생각하겠소이다."

제법 정중한 만불통의 말투다. 그도 그럴 것이 비록 장강사마신의 둘째 오월의 모습은 육십대 초반으로 보이지만 기실 그의 나이는 칠십을 넘은 상태였다. 일신의 내력이 극강해 그 모습이 나이에 비해 젊어 보일 뿐, 만불통과 비교하자면 거의 동년배에 해당하는 인물이었던 것이다.

"그대의 이름은?"

오월이 오연한 자세로 물었다. 그러자 만불통이 피식 웃음을 흘려냈다.

"강호의 황금충으로 사는 자의 이름 따위를 장강사마신께서 어찌 아시겠소이까만 강호에선 날 만불통이라고 부르오. 평생을 황금충으로 늙어온 보잘것없는 늙은이라오."

순간 오월을 비롯한 수룡맹 고수들의 눈에 이채가 서렸다. 강호의 칼바람 속에 살아온 자들이라면 어찌 과거 천하제이청부객으로 불린 만불통을 모를 것인가? 만약 천검 능운백이 없었다면 그는 천하제일청부객의 자리에 올랐을 인물, 아무리 그가 황금충이라지만 절대 경시할 수 없는 인물인 것이다.

"이곳에서 천하제이청부객을 만나게 되다니. 그런데 만 노협께선 언제부터 무불장의 청부사가 된 것이오?"

"그리 오래된 일은 아니외다. 채 일 년이 되지 않았으니까."

"천하제이청부객으로 불리는 만 노협이 다른 청부업체에 몸을 의탁하다니 놀라운 일이구려."

"하하하, 사람이란 늙어지면 몸을 의탁할 곳을 찾게 되는 모양이외다. 장강의 신으로 불리는 장강사마신께서 수룡맹에 몸을 의탁한 것과 다를 바 없지 않겠소?"

오월의 비아냥을 되갚아주는 만불통의 응대에 오월의 볼이 한 차례 씰룩였다. 하지만 달리 반박할 여지는 없었다. 장강사마신이 귀왕 마천에게 패한 후 암옥에 몸을 의탁한 것이나, 만불통이 나이 들어 무불장에 몸을 의탁한 것이 크게 다를 수 없기 때문이었다.

"하하하, 과연 만 노협의 말이 맞소이다. 사람이 나이가 들면 그 신세가 고루해지는 모양이오. 하지만 늙은 몸이라고 어찌 호기가 없겠소. 오늘 우리 두 사람이 강호의 후배들에게 늙은이들의 호기를 한 번 보여줍시다."

"바라던 바올시다."

만불통이 고개를 끄덕이자 오월이 천천히 자신의 허리춤에 매달려 있던 검집에서 검을 빼 들었다. 그러자 만불통 역시 모래사장에 끝을 기대고 있던 예의 그 철곤(鐵棍)을 들어 올려 척하니 어깨 위에 걸쳐 메는 것이었다. 다른 사람들의 눈에는 조금 건방져 보이는 만불통의 이 행동은 기실 그가 곤법(棍法)을 펼치기 위해 취하는 기본적인 기수식이었다.

두 사람이 각자의 병기를 집어 들자 오 장여의 간격을 두고 마주 섰던 월하장과 수룡맹의 고수들이 천천히 뒷걸음질을 쳐 두 사람에게 비무의 공간을 만들어줬다. 그리고 사람들이 물러나는 그 순간부터 두 사람의 싸움은 시작되고 있었다.

장강사마신 오월의 검은 날렵한 모양을 하고 있었다. 아무래도 수공에 능한 인물인지라 물속에서 물의 저항을 덜 받는 모양의 검을 지닌 모양이었다. 물론 현재 그의 공력으로 보자면 이제는 어떤 검을 들어도 물의 저항이 문제될 것은 없겠지만. 그 날렵한 오월의 검이 공기를 가르며 만불통을 향해 닥쳐들었다.

오월의 움직임은 무척 빠르고 유연해 마치 물속에서 헤엄을 치는 것처럼 느껴졌다. 또한 그의 검은 전혀 공기의 저항을 받지 않는 듯 조그만 파공음조차 일으키지 않고 만불통의 가슴을 찔러왔다. 오월의 검끝을 노려보고 있던 만불통의 표정이 딱딱하게 굳어졌다. 단 일초의 초식으로도 적의 실력을 능히 가늠할 수 있었던 것이다.

'물속이 아닌 것이 다행이군.'

만불통이 내심 한숨을 내쉬며 퉁 하고 어깨에 메고 있던 철곤을 퉁겨냈다. 순간 그의 철곤이 벽력처럼 자신을 향해 다가오는 오월의 검을 내려쳤다.

우웅!

만불통의 철곤에서 바람 가르는 소리가 묵직하게 일어났다. 소리만으로도 철곤에 깃든 내력의 강도를 짐작할 수 있을 정도, 오월의 안색이 급변하며 만불통의 가슴을 향하던 검을 재빨리 거둬들였다. 만불통이 휘두른 철곤의 속도가 너무도 엄청났기 때문이기도 했고, 만약 철곤과 자신의 검이 충돌하면 단번에 검신이 부러질 수 있기 때문이었다.

일단 공세에 나섰다가 검을 거둬들이면 그 이후로는 줄곧 수세에 몰리게 되는 것이 싸움의 이치, 만불통이 오월이 검을 거두는 틈을 이용해 재빨리 공세에 나섰다. 그는 수십 근 철곤을 회초리처럼 휘둘러 대며 오월을 몰아쳤다.

두 사람 사이의 공간은 순식간에 만불통이 휘두르는 철곤의 그림자로 가득 찼다. 스치기만 해도 뼈가 부러져 나갈 내력이 깃든 만불통의 철곤은 사람의 눈에 보이지 않을 정도로 빠르게 회전하며 오월을 육박했다.

하지만 오월의 움직임 또한 오묘했다. 그는 사방을 가득 메운 철곤의 그림자 속에서도 귀신처럼 몸을 빼내 오히려 만불통의 빈틈을 노려 간간이 검을 뻗어내는 것이었다. 오월의 움직임은 격류를 헤치고 상류로 올라가는 물고기 같아서 보는 사람으로 하여금 감탄사를 자아내게 만들 뿐 아니라 만불통의 철곤에 옷깃 하나 허용치 않을 만큼 신묘한 것이었다.

"과연 장강의 신이라 불릴 만하구려. 신법의 현묘함에 이 만불통, 감탄을 금치 못하겠소이다."

한순간 맹렬히 철곤을 휘둘러 오월과의 간격을 삼 장여로 넓힌 만불통이 폭풍 같던 공격을 멈추고는 탄성을 자아냈다.

"그대의 곤법 역시 대단하오. 왜 그대가 강호제이의 청부사라 불리는지 이제야 알겠소이다. 자칫하다가는 온몸의 뼈가 모두 부스러져 버릴 뻔했소이다."

오월 역시 한 차례의 공방에서 만불통의 무공에 놀랐는지 숨김없이 자신의 감정을 드러냈다.

"물이 아닌 것이 이 만불통에게는 큰 다행이로소이다."

만불통이 자신의 생각을 솔직하게 드러내며 재차 오월을 향해 몸을 날렸다.

"하하, 물은 아니더라도 물과 비슷한 모래가 있으니 그리 마음을 놓지 마시구려."

오월의 입에서 득의한 웃음이 흘러나오더니 한순간 그의 몸이 아래로 푹 꺼져 내렸다. 그리고 다음 순간 검을 들지 않은 그의 손이 자신의 발아래 쌓여 있는 모래를 번개처럼 쳐냈다.

파광!

오월의 손에서 뻗어나간 장력이 한 뭉텅이의 모래를 허공으로 날려 보냈다.

파파팟!

순간 허공으로 떠오른 모래알들이 무서운 속도로 만불통을 향해 날아갔다. 오월의 이 한 수는 수공을 익힌 그가 물 위에서 적과 싸울 때 물방울들을 암기처럼 날려 보내는 수법을 응용한 것으로 추산이 오성과 상대할 때 오성이 사용했던 바로 그 수법이었다. 비록 지금 오월은 물 대신 모래를 이용해 그 수법을 펼쳤지만 이 한 수에 포함된 위험은 물을 이용한 것과 다를 바 없었다.

"음!"

만불통의 입에서 나직한 신음성이 흘러나왔다. 하나하나 날카로운 진기를 머금은 채 날아드는 수백 개가 넘는 모래알들을 상대하는 것은 수십 년 강호를 종횡한 그로서도 처음 겪어 보는 공격이었다.

하지만 만불통은 노련한 고수였다. 한순간 그의 표정이 굳어지더니 이내 들고 있던 철곤을 풍차처럼 돌리기 시작했다. 그러자 그의 철곤이 강력한 굉음을 만들어내더니 순식간에 그의 신형이 철곤의 그림자로 가려지는 것이었다.

따다다당!

동시에 수백 개의 모래알이 철곤의 그림자에 부딪치며 콩 볶는 소리를 만들어냈다. 그렇게 파도처럼 밀려간 모래알들이 만불통의 철곤에 의해 사방으로 흩어지자 기다렸다는 듯 오월의 검이 만불통의 면전으로 닥쳐들었다.

츄츄츄욱!

오월의 검이 기이한 소성을 만들어내며 순식간에 다섯 가닥의 검기를 만들어냈다. 모래를 이용해 적의 정신을 분산시켜 놓고 그 빈틈을 노려 섬광 같은 검기를 뻗어내는 오월의 이 연환식은 노련한 강호고수인 만불통조차도 쉽게 감당할 수 없는 것이었다.

"음……!"

다시 한 번 만불통의 입에서 신음성이 흘러나왔다. 동시에 그의 신형이 뒤로 밀리며 급격하게 모래사장으로 하강했다. 하지만 한 번 미끼를 문 오월의 검초는 만불통을 한 자 이내에서 뱀처럼 따라붙었다. 이대로 가다가는 속절없이 오월의 검기에 전신이 난자당할 상황, 그러나 만불통은 오월의 검이 자신의 머리 위에 떨어져 내리는 순간에도 오월의 검끝에서 시선을 떼지 않았다.

"핫!"

그리고 오월의 검이 막 자신의 이마에 닿는 순간 만불통의 입에서 한 가닥 기합성이 흘러나왔다. 동시에 그의 신형이 모래 위에서 빙그르르 회전했는데 그 덕에 그의 다리가 무릎까지 모래 아래로 파묻혀 내려갔다.

이런 만불통의 움직임은 고수들 간의 싸움에서는 무척 어리석은 것이었다. 두 발을 모래 속에 묻어두고서는 사방의 방위를 점하고 매섭게 파고드는 적의 검기를 피해낼 방도가 없었기 때문이었다.

"끝!"

오월의 입에서 자신만만한 외침이 흘러나왔다. 그가 마지막 진기를 자신의 검에 밀어 넣었다. 순간 오월이 만들어낸 다섯 줄기의 검기가 한 자가량 쭉 늘어났다. 번개 같은 속도로 늘어난 검기 덕에 이제 검기와 만불통의 거리는 불과 일 촌, 그런데 그 순간 만불통의 신형이 거짓말처럼 뒤쪽으로 넘어갔다.

어찌 보면 두 다리가 모래사장에 박혀 있어 미처 뒤로 물러나지 못하고 모래에 걸려 뒤로 넘어지는 듯한 자세, 그러나 만불통은 신형을 뒤로 눕히면서도 여전히 두 눈은 오월의 검기를 응시하고 있었다. 그리고 잠시 후 급기야 만불통의 신형이 거의 모래사장에 닿을 듯 눕혀졌다. 강호에서 흔히 말하는 철판교의 신법보다도 더 낮은 자세를 취한 만불통의 움직임은 거짓말처럼 오월이 만들어낸 다섯 개의 검기를 허공으로 흘려보냈다.

지직!

하지만 완전히 검기의 영향에서 벗어날 수는 없어, 그의 가슴 위쪽 옷자락이 검기의 영향으로 길게 베어져 나가며 맨살이 드러났다. 그사이 오월은 만불통의 신형을 넘어서더니 재빨리 몸을 회전해 모래 위에 눕혀진 만불통을 향해 제이의 공격을 가하려 했다. 하지만 그런 오월의 의도는 빗나가고 말았다.

어느새 만불통의 철곤이 돌아서는 그의 이마 위에 떨어져 내리고 있었던 것이다. 아무리 고수라도 모래 위에 눕혀졌던 신형을 이렇게 빨리 움직여 반격을 가할 수는 없었기에 만불통의 움직임은 오월로서는 전혀 상상치 못했던 공격이었다.

"협!"

오월의 입에서 다급한 목소리가 흘러나왔다. 그의 검이 무서운 속도로 머리 위로 치켜 올라갔다. 그러나 그 한 수는 애초에 오월 자신이 세운 원칙을 스스로 어기는 움직임이었다. 애초에 만불통의 철곤에 깃든 막강한 내력을 꺼려해 정면으로 곤과 검을 맞닥뜨리는 충돌을 회피하던 오월이었다. 그런데 지금은 다급한 나머지 만불통의 철곤을 막으려 자신의 검을 무심결에 들어 세웠던 것이다.

까강!

격렬한 파열음이 장내에 울려 퍼졌다. 그리고 싸움을 시작할 때 오월이 예상했던 일이 벌어졌다. 만불통의 강력한 철곤의 힘에 질 좋은 철로 고련해 만든 오월의 검이 반 토막이 나버린 것이다. 그리고 그렇게 상대의 검을 반 토막으로 만들어 버린 만불통의 곤이 정확히 오월의 이마 위에서 멈춰졌다.

"휴, 아무래도 내가 한 수 이득을 본 것 같소만……?"

만불통이 약간 고개를 뒤로 젖히고 있는 오월을 보며 물었다. 그러자 오월의 얼굴에 잠시 분노의 기색이 어리더니 이내 그 분노가 사라지고 침통한 표정을 지었다.

"인정하오. 손속에 사정을 둔 것 고맙소."

패배를 인정하지만 자신의 무공이 만불통에 뒤진다는 것은 인정할 수 없는 듯한 오월의 말투. 하지만 만불통으로서는 오월이 어찌 생각하든 상관할 바 아니었다. 어쨌든 그는 이 비무에서 승리한 것이다.

"좋은 비무였소이다."

만불통이 천천히 철곤을 거둬들이고는 가볍게 포권을 해 보였다. 그러자 오월이 중간이 부러져 나간 자신의 검을 멍하니 내려다보다가 중얼거리듯 물었다.

"어떻게 그렇게 빨리 움직일 수 있었소? 난 지금도 이해할 수 없구려."

"두 다리를 모래에 박고 있었기 때문이오."

만불통의 대답에 오월이 잠시 어리둥절한 표정을 짓다가 이내 뭔가를 깨달은 듯 작은 탄성을 자아냈다.

"아, 그리된 것이었군. 두 다리를 모래 속에 깊숙이 박아 눕혀졌던 몸의 중심을 유지한 후 그 반탄력을 이용했던 것이군."

고수의 깨달음은 한순간이다. 오월은 단번에 만불통의 움직임을 유추해 냈다. 결국 두 다리를 모래 속에 박아 넣은 만불통의 결정은 그의 움직임을 방해하기보단 오월의 검초를 피해 낸 이후의 움직임을 몇 배나 빠르게 만들었던 것이다.

"운이 좋았소이다. 마침 모래밭이라서……."

"음, 오늘 이 오월이 한 수 단단히 배웠구려. 다음에라도 다시 기회가 있기를 바라겠소. 그럼!"

오월이 만불통에게 가볍게 고개를 숙여 보이고는 부러진 검신의 반쪽을 주워 올린 후 천천히 연옥검 사현이 머물고 있는 쪽으로 다가갔다.

"밀공, 죄송합니다. 주어진 임무를 수행치 못했소이다."

오월이 연옥검 사현에게 가볍게 고개를 숙여 보였다. 그러자 연옥검 사현이 무표정한 표정으로 말했다.

"최선을 다하셨고, 운이 없었을 뿐이오. 물러나 잠시 쉬시구려."

"알겠습니다, 그럼!"

오월이 다시 한 번 가볍게 고개를 숙여 보인 후 수룡맹 고수들 사이로 사라졌다. 오월의 신형이 사라지자 사현이 한 걸음 앞으로 나서더니 고검을 향해 말을 건넸다.

"과연 무불장의 명성이 명불허전이오. 첫 판에서는 우리가 패하고 말았구려. 이번에는 그쪽에서 먼저 사람을 내시겠소?"

본시 이런 비무에선 먼저 비무자를 내는 쪽이 불리하게 마련이다. 상대를 보고 그 수준에 맞는 비무자를 결정할 수 있기 때문이었다. 하지만 고검은 순순히 고개를 끄덕였다.

"그리하지요."

사현의 요구를 승낙한 고검이 고개를 돌려 추산을 바라봤다.

"하겠느냐?"

그러자 추산이 고개를 끄덕이며 한 걸음 앞으로 나섰다.

"할게요."

그러자 고검이 빙긋 미소를 지었다.

"승패에 연연하지 마라. 그저 경험을 쌓는다고만 생각하거라. 아마도 쉽지 않은 상대를 내세울 터!"

"알았어요, 사형!"

"위험을 감수할 생각은 말거라. 위태하면 물러나면 그뿐이다. 첫 번째 비무를 이겼으니 여유가 있다."

"저도 목숨까지 걸 생각은 없어요. 그러니 걱정 마세요."

"그럼 나가보거라."

고검이 고개를 끄덕이자 추산이 입술을 굳게 다물고는 천천히 월하장과 수룡맹 고수들 사이의 빈 공터로 걸어나갔다. 추산이 모래를 차며 앞으로 걸어나오자 연옥검 사현의 얼굴이 살짝 변했다.

"그대가 두 번째 비무자인가?"

사현이 확인하듯 물었다. 추산은 이미 비무를 위해 정신을 가다듬고 있었기에 굳이 입을 열어 사현의 물음에 답하지 않고 가볍게 고개를 끄덕였다. 일단 비무를 위해 정신을 집중하는 동안에는 가급적 입을 적게 여는 것이 좋은 법이다.

물론 사현 정도의 고수라면 추산의 상태를 능히 짐작할 수 있었으므로 사현은 대답 없이 고개만 끄덕이는 추산에게 별반 화를 내지는 않았다. 하지만 두 번째 비무자가 나이 어린 추산이라는 것이 아무래도 그의 심기를 불편하게 한 모양이었다.

"물론 그대가 본 맹의 식솔들을 이끌고 왔었던 것과 수룡군 삼군장의 공격을 막아냈다는 사실을 생각하면 두 번째 비무자로 나서는 것도 큰 무리는 아니라는 생각이 들긴 해. 하지만 그래도 월하장의 운명을 결정하는 이런 중차대한 비무에 그대와 같은 젊은이가 나서다니 의외군."

사현이 깊고 날카로운 눈으로 추산을 보며 말했다. 그러나 추산은 여전히 대답이 없었다. 그러자 사현이 슬쩍 몸을 틀어 뒤쪽을 보며 말했다.

"누가 저 젊은 비무자를 상대해 주시겠소?"

그러자 기다렸다는 듯, 장강사마신 중 셋째인 오성이 앞으로 나섰다.

"그와는 못다 한 승부가 있으니 제가 나서지요."

"그러시겠소이까?"

사현이 천천히 고개를 끄덕였다. 하지만 그의 표정에는 뭔가 불안한 기색이 깃들어져 있었다. 그 또한 추산과 오성이 벌였던 수로에서의 격전을 들어 알고 있었다. 단지 들은 것만이었지만 당시의 싸움을 평가하자면 무승부. 하지만 이번 비무는 꼭 수룡맹이 승리를 거둬야 하는 비무다. 이미 한 판의 비무를 지고 있는 상황이었기에 더더욱 승리가 필요한 시점, 이런 상황에서 서로 평수를 유지한 오성을 내보낸다는 것은 오 할의 승률밖에는 기대할 수 없단 의미였다. 그런데 그런 사현의 고민을 알고 있기라도 하는 듯 한 명의 목소리가 들려왔다.

"삼제, 이번 비무는 나에게 양보하시게."

모래사장에 늘어선 수룡맹 고수들 사이에서 천천히 걸어나온 노인은 보통 사람들보다 작은 체구에 마른 체격을 가지고 있었다. 하지만 그 눈빛만은 만인을 압도할 만큼 날카롭기 그지없다.

"대형(大兄)!"

노인의 말에 오성이 화가 난 목소리로 입을 열었다. 그러자 노인이 가볍게 손을 들어 올렸다.

"삼제를 무시하는 것은 아니야. 단지 좀 더 확실한 승리가 필요한 시점이란 것이다. 물론 강호의 무사로서 기분이 언짢을 수는 있지만 지금은 개인의 자존심보다 맹의 일을 우선해야 할 때가 아닌가? 밀공, 이번 비무는 제가 맡지요."

노인의 말에 그제야 사현의 안색이 밝아졌다.

"수룡군 제일군장께서 나서신다면야 이 사현이 더 할 말이 없지요."

수룡맹의 고수들을 이끌고 있는 연옥검 사현조차도 무척 노인을 존중하는 모습이다. 사현까지 노인의 편을 들고 나서자 장강사마신의 셋째 오성이 별수없다는 듯 얼굴을 잔뜩 찌푸린 채 뒤로 물러났다.

"너무 서운해 말게. 내 돌아가면 한잔 사지."

노인이 오성을 달래듯 말하고는 성큼성큼 걸음을 옮겨 추산 앞으로 다가섰다. 그리고는 거침없이 입을 열었다.

"난, 사람들이 장강사마신이라 부르는 자들 중 첫째인 오일이라 하네. 지금 수룡맹에서는 수룡군 제일군장을 맡고 있지. 그대에 대한 이야기는 삼제에게 들어 알고 있네. 나이답지 않은 무공을 소유하고 있다고 하더군."

말하는 오일의 태도에서 여유가 묻어난다. 아무리 무공이 뛰어나다고 해도 이제 겨우 이십대 중반의 젊은이, 수십 년 강호를 종횡한 노회한 강호고수인 오일에게는 상대를 꺾을 자신감이 충만해 보였다.

'제길, 제법 까다로운 노인네를 만났군. 저 오성이라는 자가 나올 줄 알았는데… 그와는 차원이 다른 기센걸!

추산은 작달막한 키를 가진 노인을 앞에 두고는 오히려 팽팽한 긴장감을 느끼고 있었다. 두 사람의 모습을 바라보고 있던 고검을 비롯한 무불장 고수들 역시 표정이 그리 밝지 않았다. 알려진 바로 장강사마신의 첫째 오일의 무공은 그의 세 아우들과는 비교할 수 없는 경지라던가.

"추산이라 합니다."

추산이 짧게 입을 열었다.

"추산이라… 역시 들은 이름이군. 천검의 둘째 제자 이름이군."

"제가 바로 그 추산입니다."

"하하하, 역시 그 나이에 삼제와 동수를 이룬 데에는 그만한 배경이 있었군. 강호제일청부사 천검의 제자라면 나도 긴장하지 않을 수 없지."

"한 수 배우죠."

여유있는 오일의 모습에 추산이 오기가 생긴 듯 당찬 표정으로 말을 뱉어내고는 천천히 허리춤에서 검을 끄집어냈다. 추산에게선 보기 드문 무겁고 진지한 모습, 추산의 발검을 본 오일이 고개를 끄덕였다.

"발검만으로도 천검의 기운이 느껴지는군."

말을 하는 와중에 오일 역시 자신의 검을 뽑아 그 끝이 모래 사장에 닿을 듯 내려뜨렸다. 선공을 상대에게 양보하겠다는 자세, 추산이 살짝 입술을 깨물었다.

'선공을 양보하는 것은 그만큼 자신있다는 말이겠지. 늙은이, 하지만 이 추산 또한 만만치 않다고!'

추산이 내심 투기를 북돋으며 재빨리 허공으로 날아올라 오일을 향해 일검을 뻗어냈다.

파아앙!

추산의 검에서 푸르스름한 검기가 뻗어 나와 검보다 앞서 오일의 전면으로 닥쳐들었다.

"좋군."

오일의 입에서 한마디 칭찬이 흘러나왔다. 그리고 그 와중에 오일이 늘어뜨리고 있던 검을 들어 올리며 크게 원을 그려냈다. 그러자 갑자기 그의 검 주위에서 물이 소용돌이치는 듯한 굉음이 일어났다.

우우웅!

순간 그의 주변에 있던 공기와 모래들이 오일이 만들어낸 검기를 따라 무섭게 회전하기 시작했다.

'제길!'

추산이 내심 욕지거리를 흘려냈다. 오일을 향해 뻗어냈던 그의 검이 오일이 만들어낸 공기의 소용돌이 속으로 속절없이 빨려 들어가고 있었던 것이다. 더군다나 공기와 함께 모래들이 허공을 가득 메우고 있어 적의 위치조차 제대로 찾기 어려웠다.

"핫!"

추산의 입에서 한마디 기합성이 흘러나왔다. 동시에 그의 두 발이 강하게 모래사장을 박찼다. 그러자 오일이 만든 검기의 회오리 속으로 빨려 들어가던 검과 몸이 훌쩍 뒤로 물러났다.

순식간에 오일이 만든 검기의 영향권에서 벗어난 추산의 얼굴이 벌겋게 상기되어 있었다. 첫 대결에서부터 무리하게 공력을 운용한 결과였다. 그런 추산에 비해 오일은 여전히 여유 있는 모습이었다. 추산이 물러나자 그가 만든 모래와 공기의 소용돌이는 씻은 듯 사라졌고, 대신 그의 신형이 허공으로 한 자가량 떠오르고 있었다.

"이번에는 내가 선공을 하겠네. 조심해야 할 걸세."

오일의 입에서 한마디 경고성이 터져 나왔다. 추산은 오일의 경고에 아무런 대답도 하지 않고 애써 들끓던 진기를 가라앉히고는 오일의 검을 노려봤다.

오일의 검은 무척 느리게 움직였다. 그의 검끝은 수시로 세 방향을 가리키며 움직이고 있었는데 막강한 내력이 깃들어 있는지 검을 움직일 때마다 웅웅거리는 공기의 진동음이 일어났다.

추산은 자신도 모르게 한두 걸음 뒤로 물러났다. 그러다가는 흠칫 스스로의 행동에 놀라 걸음을 멈췄다.

'뭐야. 나도 모르게 겁을 먹고 있었던 건가. 이래서는 곤란하지.'

비무에서 상대의 기세에 밀려 뒷걸음질치는 것은 곧 패배를 불러오는 어리석은 행동이다. 추산이 뒤늦게 자신의 실수를 깨닫고는 어금니를 악물며 살짝 허리를 앞으로 굽혔다. 그러자 뒤에 있던 몸의 중심이 앞으로 기울어지며 자신도 모르게 사라졌던 투기가 일어났다.

그러는 사이 이미 상대의 검기는 추산의 전면에서 폭풍처럼 휘몰아치고 있었다. 세 개의 꼭지점을 형성한 오일의 검기는 마치 세 마리 용이 꿈틀대듯 맹렬하게 추산의 전신을 향해 꽂혀들었다.

앞으로 기울어져 있던 추산의 신형이 한순간 허공으로 날아오르며 순식간에 뒤쪽으로 물러났다. 하지만 이번의 물러섬은 앞서의 물러섬과는 그 의미가 달랐다. 이번에는 적의 기세에 밀려 무의식적으로 물러선 것이 아니라 정확한 판단에 의해 물러난 것이었다.

퍼퍼퍽!

추산이 물러난 자리에 매서운 오일의 검기가 꽂혀들었다. 추산은 간발의 차이로 오일의 검기를 피해 뒤로 물러나고 있었고, 오일은 이미 예상했던 움직임이라는 듯 한줄기 미소를 베어 물고 가볍게 모래사장을 박차며 추산을 따라붙었다.

좌아악!

그리고 이번에는 단 한 개의 검기만을 만들어내며 뒤로 물러나는 추산을 향해 검을 뻗어냈다. 막강한 내력이 담긴 오일의 검기가 수장으로 늘어나며 순식간에 뒤로 물러나는 추산을 따라붙었다.

추산은 오일의 모든 움직임을 하나도 빼놓지 않고 응시하고 있었다. 비록 뒤로 밀리고는 있었지만 이미 그의 머릿속은 처음과 달리 부동심의 상태를 유지하고 있었다. 그리고 한순간 추산의 눈빛이 반짝였다. 오일이 만들어내는 초식 속에서 미세하나마 하나의 허점을 발견한 것이다.

"핫!"

추산의 입에서 한마디 기합성이 흘러나왔다. 동시에 추산의 검이 무서운 속도로 앞으로 뻗쳐졌다.

파아앙!

순간 추산의 검에서 맹렬한 파공음이 일어나더니 다섯 줄기의 검기가 그의 검끝을 떠나 다가오는 오일을 향해 유성처럼 뻗어나갔다. 이 초식이야말로 추산이 익힌 무공 중 최상의 경지에 올라 있는 초식, 바로 등주 칠웅문의 무저곡 아래에서 깨우친 바로 그 검식이었다.

추산의 검기는 빨랐다. 말 그대로 하늘을 가르는 유성처럼 무서운 속도로 상대를 향해 뻗어나갔다. 추산의 검기는 자신을 향해 다가오는 오일의 검기를 휘감으며 거슬러 올라갔다. 그리고 정확히 검을 잡고 있는 오일의 손목을 향해 꺾여 들어갔다.

"읏!"

순간 오일의 입에서 한마디 탄성이 흘러나왔다. 동시에 그의 신형이 그 자리에서 푹 꺼져 내렸다. 그가 만들어냈던 검기는 씻은 듯이 사라졌고, 추산이 쏘아 보낸 다섯 줄기의 검기 역시 허망하게 허공을 갈랐다.

하지만 추산의 검기가 허공을 가르긴 했지만 이 일수는 무척 성공적인 것이라 할 수 있었다. 왜냐하면 승기를 잡고 맹렬하게 닥쳐드는 오일의 공세를 무력화시킬 수 있었기 때문이었다.

적의 공세가 사라지자 추산 역시 재빨리 신형을 날려 오른쪽으로 회전했다. 허공에서 아래로 가라앉은 오일은 잠시 호흡을 가라앉힌 후 그런 추산을 따라 재차 신형을 날렸다.

파파팟!

동시에 그의 발이 가볍게 모래들을 차냈다. 그러자 오월이 만불통을 상대할 때처럼 그의 발에 의해 차올려진 모래알들이 강력한 암기로 변해 추산을 뒤덮었다.

차르릉!

추산이 황급히 자신의 검을 휘둘러 다가오는 모래알들을 튕겨냈다. 그러는 사이 어느새 추산을 따라잡은 오일의 신형이 허공으로 솟구치더니 강력한 일검을 추산을 향해 떨쳐 냈다.

"제길!"

이번에는 추산의 입에서 욕지거리가 흘러나왔다. 상대가 차낸 모래에 의해 시야와 움직임을 방해받는 와중에 머리 위쪽에서 오일이 만들어내는 강력한 검기의 기운이 뚜렷하게 느껴졌기 때문이었다.

상대의 검을 보지 못한 상황에서 상대의 검을 막아내야 하는 상황, 유성검의 초식을 만들어낼 여유조차 없었다. 추산이 재빨리 허공에 세 차례 검을 그어댔다. 그러자 그의 시야를 가리던 모래 알갱이들이 사방으로 흩어지며 눈앞이 맑아졌다.

퍼퍼퍽!

그사이 오일이 날려 보낸 모래알들이 추산의 몸에 박혀들었다. 물론 급소를 향해 날아오는 모래알 대부분은 검기로 날려 보낸 후였지만 나머지 모래알이 몸에 박혀드는 통에 온몸 이곳저곳에서 칼에 찔린 듯 매서운 통증이 일어났다.

하지만 추산은 그런 통증을 무시하고 자신의 검에 의해 열린 시야를 통해 다가오는 오일의 검기를 응시했다. 적의 검기는 이미 그의 면전에 다다르고 있었다.

"합!"

추산의 입에서 다시금 기합성이 흘러나왔다. 동시에 그의 검이 무겁게 허공으로 치솟아올랐다. 그의 검끝에 희미한 밝은 광채가 서리는 듯 보였다. 그건 고검과 능운백이 사용하던 검환과 매우 흡사한 모양을 하고 있었다.

콰콰쾅!

순간 천지를 진동시키는 충돌음이 추산과 오일 사이에서 일어났다. 사방의 모래들이 풀풀이 일어나 거친 모래바람을 만들어냈다. 장내의 사람들 중 몇몇은 자신도 모르는 사이에 몇 걸음 뒤로 물러났다. 그러는 사이 추산과 오일의 신형이 번개 같은 속도로 교차하면서 서로를 지나쳐 오 장여의 간격을 벌리며 물러났다.

"음……!"

추산의 입에서 작은 신음성이 흘러나왔다. 그의 입가에 한 줄기 붉은 빛이 내비쳤다. 내상에 의해 입 안에 고인 피가 입 밖으로 드러난 것이었다.

오일의 안색 또한 좋지 않았다. 그의 얼굴은 백지장처럼 하얕게 질려 있었는데 그는 경악스런 표정으로 추산을 바라보고 있었다. 두 사람의 시선이 허공에서 맹렬하게 얽혀들었다. 그렇게 잠시의 시간이 지나자 갑자기 오일의 얼굴에 은은한 분노의 기색이 감돌기 시작했다. 비록 천검 능운백의 제자라지만 겨우 이십대 중반의 청년에게 수십 년 적공의 자신이 승리를 거두지 못했다는 사실이 그를 분노케 만들었다.

그의 얼굴에 분노가 드러나면서 하얗던 얼굴이 붉게 물들어가기 시작했다. 오일이 다시금 진기를 끌어올리고 있었던 것이다. 그가 밑바닥까지 긁어 올린 내력을 담은 검을 천천히 들어 올려 추산을 겨누었을 때 갑자기 추산이 훌쩍 뒤로 물러서며 소리쳤다.

"한 수 가르침에 감사드립니다! 이 추산은 도저히 노선배의 상대가 되지 않는군요. 이번 비무는 제가 진 것으로 하겠습니다!"

순간 분노한 얼굴로 잔뜩 진기를 끌어올렸던 오일이 잠시 멍한 표정을 지었다가 이내 허탈한 표정을 지으며 입을 열었다.

"허, 무공뿐 아니라 심기까지 대단하구나. 이미 패배하였음에도 상대로 하여금 마지막 진기까지 끌어올리게 만들어 그 상태를 확인한 후에야 뒤로 물러나다니… 추산이라고 하였는가?"

"그렇습니다."

추산이 고개를 끄덕였다.

"이대로 십 년만 지나면 자네의 심기와 무공이 천하를 휘어 잡을 것임을 내 장담하지."

그러자 추산이 가볍게 미소를 지으며 고개를 끄덕였다.

"칭찬 감사합니다. 그런 날이 오면 그때 다시 한 번 가르침을 청하지요."

"허허, 그때는 이미 이 늙은이는 움직일 기력조차 남아 있지 않을 걸세. 하하, 강호에도 역시 춘풍이 부는 건가."

오일이 허망한 한마디 말을 내뱉고는 몸을 돌려 수룡맹의 고수들 사이로 사라졌다.

"지고 말았어요."

오일이 자신의 자리로 들어가는 것을 확인한 추산이 몸을 돌려 무불장의 고수들이 서 있는 곳으로 다가와 머리를 긁적이며 말했다.

"수고했다. 그는 정말 강한 자였다. 만약 그가 아닌 장강사마신의 다른 인물들이었다면 다른 결과가 나왔을 것이다. 내상은 어느 정도냐?"

"깊지 않아요. 하루 이틀이면……."

"다행이다. 물러나서 몸을 살피거라."

"예, 사형!"

추산이 고개를 끄덕이고는 이내 무불장의 고수들이 있는 곳으로 걸음을 옮겼다.

"수고했어, 추 아우!"

"수고했네, 추 소협. 대단한 비무였어."

"껄껄, 내 추 소협 자네가 물건인 줄은 처음부터 알고 있었지."

무불장 고수들이 저마다 나서서 추산을 칭찬했다. 하지만 추산의 표정은 썩 좋지 않았다.

"져버렸는걸요."

추산이 퉁명스럽게 말했다. 그러자 왕민이 고개를 저으며 말했다.

"추 소협, 가끔은 부끄럽지 않은 패배도 있는 법이네. 굳이 말하자면 오늘 비무가 바로 그런 비무였다고 할 수 있네. 상대는 수십 년 강호무림을 호령한 장강사마신, 그중에서도 첫 번째로 꼽히는 오일이었고 그를 감당할 수 있는 무인은 강호무림을 통틀어도 얼마 되지 않을 것일세. 오늘의 비무는 오히려 추 소협의 이름을 강호에 알리는 계기가 될 것이 분명하네."

"흐흐, 패배자에게 과한 칭찬을 하시는군요. 여하튼 기분은 괜찮네요. 마음껏 싸웠으니까요. 전 잠시 운기를 해야 할 것 같아요."

추산의 말에 왕민 등 추산을 둘러싸고 있던 무불장의 고수들이 재빨리 길을 열었다.

"그러시게. 내상을 입었을 때는 즉시 운기를 해서 내기를 다스려야 회복이 빠른 법이니."

만불통이 재빨리 추산을 부축해 월하장의 고수들 사이로 들어갔다. 그런데 추산이 월하장의 고수들이 서 있는 곳 가장 뒤쪽으로 물러나 가부좌를 틀고 앉아 막 운기를 하려는 순간 누군가 그의 머리를 세차게 후려쳤다.

"딱!"

"아얏! 누구야?"

추산이 성난 얼굴로 자신의 머리를 후려친 자를 노려보자 월하장의 무사로 변복한 능운백의 추레한 얼굴이 눈에 들어왔다.

"이런 망할 녀석, 얼마나 수련을 게을리 했으면 저따위 물귀신에게 패한단 말이냐?"

"아니, 사부님도 무슨 말씀을 그렇게 하세요. 모두들 잘 싸웠다고 칭찬이 자자한데……."

"요 녀석아. 그야 그냥 인사치레로 한 말일 뿐이지. 너, 어디가서 이 천검 능운백의 제자라고 씨부렁대지 마라. 창피하니까."

능운백이 추산을 향해 매섭게 쏘아대고는 걸음을 옮겨 세 번째 비무가 벌어지려 하는 곳으로 걸어나갔다.

"제길, 망할 노인네 같으니라구."

추산이 그런 능운백을 노려보며 투덜거리고는 이내 운기에 들어가기 시작했다.

第九章

팔변만화진(八變萬花陣)

孤劍秋山

　　세 번째 비무자는 당연하게도 대웅산이었다. 왕민은 이런 유의 비무에 나서는 것을 달가워하지 않는 성격이었고, 미심 역시 수룡맹 고수와의 드잡이질을 하기에는 적합지 않았다. 그에 비하면 대웅산이야말로 이런 종류의 비무에 어울리는 인물이라 할 수 있었다.

　　"대웅산이라 하오. 오늘 수룡맹 고수들의 무공을 견식하니 과연 천하오패의 자리를 노릴 만한 실력이오. 이 몸은 비천한 강호의 황금충에 지나지 않으나 오늘 한 수 가르침을 청하는 바이니 어느 고인께서 이 비루한 황금충에게 가르침을 내리시 겠소?"

　　대웅산의 장대한 체격이 월하장과 수룡맹 사이의 백사장에 큰 그림자를 만들었다. 그림자 위쪽으로는 삐죽이 그의 장창이 머리를 내밀고 있어 그림자만 보면 마치 거대한 괴수와 같은 모습을 한 대웅산이었다. 그 대웅산의 입에서 호쾌한 도전장이 던져졌을 때 장내의 사람들은 누구나 다음 싸움에 대한 기대감에 작은 흥분을 일으켰다.

강호에서 보기 드문 거한에 창을 사용한다. 창이란 무공을 익히지 않은 관병들에게는 흔한 무기였지만 강호무림의 고수들은 좀처럼 선택하지 않는 병기였다. 그런 만큼 무림에서 창의 고수를 만나는 것은 쉽지 않았다. 그러니 장창을 앞세운 대웅산의 무공에 호기심이 이는 것은 당연한 일이었다.

대웅산의 등장에 연옥검 사현이 잠시 고민을 하다 천천히 고개를 돌려 한 명의 인물을 바라봤다. 그는 수룡맹의 일반 무사들 사이에 서 있었는데 중간 정도의 키에 검은색 무복을 입고 있었다.

사람 중에는 별반 특색을 지니지 않은 인물들이 존재한다. 그런 사람들은 무리 속에 서 있으면 좀체 자신의 존재감을 드러내지 않게 마련인데 사현의 시선이 가 닿은 인물이 바로 그런 인물이었다.

그런데 그저 평범한 수룡맹 무사 중 한 명인 것 같던 사내가 사현의 시선을 받자 갑자기 그 기운이 돌변했다. 사현의 시선을 받은 사내의 눈에서 한차례 안광이 번뜩였다. 그러자 차가운 한기가 그의 눈으로부터 쏟아져 나왔다. 순간 수십 명 수룡맹 무사들 중 한 사람이었던 사내가 갑자기 독특한 존재로 사람들에게 다가오는 것이었다.

"하겠느냐?"

연옥검 사현의 입에서 흘러나온 목소리 또한 다른 비무자들을 고를 때와는 달랐다. 하대에 낮은 말투였지만 그 안에는 어떤 믿음 같은 것이 깃들어 있었다. 천하살수들의 제왕이라는 연옥검 사현이 믿는 인물, 그는 과연 누굴까.

"그리하지요, 사부!"

순간 비무 상대를 기다리던 대웅산도 또 그 뒤에서 비무를 기다리고 있던 무불장 고수들도 놀란 표정을 지었다. 지목된 자는 바로 연옥검 사현이 키운 제자였던 것이다. 그 사실을 확인시키기라도 하듯 사내의 말을 들은 연옥검 사현이 천천히 신형을 돌리더니 대웅산과 그 뒤의 무불장 고수들을 향해 입을 열었다.

"이번 비무는 내 제자가 맡게 될 것이오. 늘그막에 오직 한명의 제자를 거뒀는데 그 재능은 제법 좋소. 아마도 좋은 상대가 될 거요."

사현이 자신감있는 표정으로 말을 내뱉고는 훌쩍 뒤로 물러났다. 그러자 그 자리를 사현이 제자라 칭한 사내가 천천히 걸어나와 메웠다.

"석륵이라 하오. 사람들은 섬검(閃劍)이라 부르기도 하오."

스스로를 석륵이라 밝힌 사내가 대웅산을 향해 가볍게 고개를 까딱였다. 나이는 얼추 대웅산과 같은 또래로 보였는데 그 눈빛이 나이에 비해 무척 깊었다. 또한 눈동자에 감정이 없어 그를 마주한 사람은 마치 허공이나 텅 빈 벽면을 보는 것 같은 느낌을 갖게 만드는 인물이었다. 어찌 보면 호쾌한 성격의 대웅산과는 극과 극의 성질을 지닌 인물이랄까.

"연옥검 사현 노선배의 무공을 이었다니 오늘 이 대웅산이 톡톡히 한 수 배우겠구려. 잘 부탁하오."

상대의 기묘한 기운에도 대웅산의 호기는 사라지지 않았다. 오히려 그는 이 특이한 기운을 지닌 사내와의 비무가 무척 기대되는 모양이었다. 대웅산의 반응에 사내의 얼굴에 처음으로 표정이란 것이 드러났다. 그의 눈꼬리가 살짝 꿈틀거렸는데 마치 자신을 대한 대웅산의 반응이 마음에 들지 않는다는 듯한 표정이었다.

"짐작하겠지만 난 살검을 익혔소. 그러니 비록 비무라 해도 목숨을 걸어야 할 게요. 난 적을 살려두고 이기는 법을 배우지 못했소."

사내의 입에서 협박 아닌 협박이 흘러나왔다. 적을 살려두고 이기는 법을 배우지 못했다는 것은 곧 대웅산의 목숨을 취하겠다는 말, 순간 대웅산의 얼굴에 한가닥 미소가 드리워졌다.

"거 참 마음에 드는 소리요. 싸움을 하려면 자고로 목숨을 걸어야 제 맛이 나는 법이지. 좋소. 어디 한번 서로의 목숨을 놓고 한판 붙어봅시다."

대웅산이 대답을 하면서 땅을 짚고 섰던 장창을 들어 자신의 몸 주위로 몇 바퀴 회전시킨 후 한 팔로 들어 올려 상대를 겨누었다. 그러자 섬도 석륵 역시 검집에서 검을 빼내고는 검집을 자신의 뒤쪽으로 던져 버렸다. 석륵의 손을 떠난 검집이 애초에 자신이 서 있던 지점에 퍽 소리와 함께 꽂혀들었다. 그리고 그 순간 벼락처럼 석륵이 움직였다.

석륵의 신형이 사선을 그리며 대웅산의 오른쪽으로 움직였다. 대웅산은 오른손에 창을 들고 있었기에 자연스럽게 창끝은 비스듬히 왼쪽을 향해 있었다. 석륵은 그 창끝의 반대 방향으로 움직였다. 상대의 병기가 움직이는 반대 반향으로 움직이는 것은 싸움의 기본, 석륵은 그 기본에 따라 움직인 것이다.

대웅산 역시 그에 맞서 왼쪽으로 몸을 빼며 반대 방향으로 순식간에 몸을 회전했다. 이치상 그리되면 석륵은 대웅산의 창끝에 서 있어야 한다. 그런데 대웅산의 몸이 무서운 속도로 회전한 순간 예상과는 달리 대웅산의 시선에 석륵의 신형이 잡히지 않았다. 일(一) 다음 이(二)가 아니라 삼(三)을 예상한 석륵은 대웅산의 움직임을 미리 예상하고 대웅산의 시야에서 몸을 감춰 버린 것이다.

하지만 대웅산은 당황하지 않았다. 연옥검 사현의 제자라면, 특히나 살검을 익힌 자라면 이 정도 움직임은 당연한 것이다. 대웅산은 석륵의 신형을 시야에서 놓치는 순간 모든 움직임을 멈추고 그 자리에 우뚝 섰다.

거기에 더해 대웅산은 아예 자신의 눈까지 감아버렸다. 시야에서 사라진 적을 찾아 이러저리 시선을 돌리느니 차라리 눈을 감고 적의 기척을 잡아내는 편이 더 유리하다고 판단한 것이다.

사르르르!

눈을 감은 대웅산의 귀에 마치 사막에서 독사가 모래 위를 기는 듯한 소리가 들려온다. 상대가 움직이는 소리다. 하지만 그 방향을 가늠하기는 힘들었다. 소리는 그를 중심으로 사방에서 흘러나오고 있었다.

'그만큼 빠르다는 건가?'

눈을 감은 대웅산의 아미가 꿈틀거렸다. 움직임으로 적의 위치를 파악할 수 없다면 적이 자신을 향해 검을 뻗어내는 순간을 기다려야 한다.

'제길, 그건 좀 위험한데.'

대웅산이 아미를 모으며 좀 더 자세를 낮췄다. 적이 움직임을 멈추고 그를 향해 필살의 검초를 뻗어내는 순간 적의 위치를 파악하고 그에 대응하려면 극도의 집중력이 필요했다.

더군다나 상대는 강호제일살수 연옥검 사현의 무공을 이어받은 인물, 한순간 뻗어내는 상대의 공격을 제대로 막아낼 것이니 자신할 수 없는 상황이었다.

쉬이이익!

그런 와중에도 대웅산의 귀를 어지럽히는 모래 긁히는 소리가 끊임없이 이어졌다. 대웅산은 여전히 약간 몸을 앞으로 구부린 채 미동도 않고 땅에 박힌 듯 서 있었다.

'언제 올 것이냐, 이 살귀야? 이런 싸움은 정말 마음에 들지 않아.'

대웅산이 내심 욕지거리를 흘려냈다. 이런 기다림의 싸움은 대웅산에게는 정말 곤욕이었다. 성격상 모든 것을 드러내 놓고 힘과 힘, 초식과 초식이 충돌하는 싸움이 그로서는 흡족한 비무라 할 수 있었다. 그런데 이번 비무는 단 일수에 그 승부가 결정될 수도 있는 싸움으로 진행되고 있었다. 어쩌면 연옥검 사현이 대웅산의 행동으로 성정을 파악한 후 일부러 그의 제자를 이 싸움에 투입한 것인지도 몰랐다.

그렇게 양측의 대치가 얼마나 진행되었을까. 갑자기 대웅산의 귀에 들려오던 미세한 소음들이 거짓말처럼 사라졌다. 더불어 사방에서 느껴지는 석특의 기세 또한 씻은 듯이 사라져버렸다.

'뭔가?'

자신의 주위에 상대가 남아 있다면 어떤 기척이라도 있어야 한다. 상대가 비록 살법을 익혔다고는 하나, 대웅산 정도의 내력을 지닌 고수에게서 완전히 그 기척을 숨긴다는 것은 거의 불가능한 일이었다. 연옥검 사현쯤이면 또 몰라도!

'그렇다면!'

순간 대웅산의 눈이 번쩍 떠졌다. 한순간에 상대의 위치를 깨달은 것이다. 모래 위에서의 움직임이 사라진 적이 있을 곳은 단 두 곳, 땅속 아니면 하늘 위다. 하지만 기척없이 땅속으로 이동하는 것은 거의 불가능한 일, 적이 있을 곳은 하늘밖에 없었다.

대웅산이 눈을 뜨는 동시에 몸을 뒤로 눕히며 번개처럼 들고 있던 장창을 허공으로 뻗어 올렸다.

파아아앙!

대웅산의 창날이 공기를 파고드는 소리가 맹렬하게 일어났다. 그의 시선이 창끝을 따라 허공으로 향했을 때 과연 하늘 위에서 태양을 등진 석륵의 신형이 무섭게 떨어져 내리고 있었다.

쐐애액!

석륵의 가늘고 긴 검이 대웅산의 이마를 향해 무섭게 떨어져 내렸다. 검끝에서 뻗어 나온 검기는 반 장 이상 늘어나 대웅산의 창과 엇갈렸다. 그러나 상대의 움직임을 파악한 이상 유리한 것은 대웅산이었다. 왜냐하면 아무리 검기를 길게 만들어낸다 해도 창은 검보다 긴 법이니까.

"걸렸어!"

대웅산의 입에서 한마디 호쾌한 음성이 터져 나왔다. 그리곤 떨어져 내리는 상대의 검기에 아랑곳하지 않고 창을 곧추 세운 채 모래사장을 박차며 허공을 날아올랐다.

대웅산의 창과 석륵의 검이 번개처럼 교차했다. 마치 마주 달려오는 소처럼 둘은 자신의 안위를 생각지 않고 격돌하는 하는 듯했다. 그렇게 양패구상의 결과가 빚어지려는 찰나 갑자기 석륵이 방향을 틀었다.

팟!

한차례 소성이 일어나더니 순식간에 석륵의 신형이 대웅산의 창끝에서 사라졌다. 동시에 대웅산을 향해 무섭게 떨어져 내리던 석륵의 검기도 씻은 듯이 사라졌다. 어느새 석륵은 검을 거둬들이고 허공에서 한 바퀴 회전을 한 후 대웅산에게서 멀어지고 있었다. 결국 창의 길이가 검의 길이를 이긴 것이다.

"이젠 내 차롄가?"

대웅산이 호기롭게 외치며 석륵의 뒤를 따랐다. 대웅산은 창을 한 바퀴 회전시킨 후 석륵을 향해 번개처럼 꽂아 넣기 시작했다.

파파팟!

대웅산의 창이 빗살처럼 석륵의 주변에 꽂혀들었다. 한 번 선기를 잡은 대웅산은 다시는 상대에게 선기를 넘겨주지 않겠다는 듯 무서운 속도로 창을 뻗어냈다. 단 일격에 적을 제압하고자 하는 공격은 아니었다. 대신 단시간에 최대한 많은 초식을 뻗어냄으로써 석륵의 움직임을 불편하게 만드는 대웅산의 창술이었다.

석륵의 주변이 대웅산의 창이 만들어내는 그림자로 가득 찼다. 석륵처럼 살법에 살검을 익힌 고수들은 두 다리가 제압되면 그 위력이 급격하게 떨어지게 마련이다. 살법은 검의 빠르고 날카로움도 중요하지만 상대의 시야에서 자신을 감추는 신법 또한 검의 빠르기 못지않게 중요하다. 그 이치를 알고 있는 대웅산이 창을 매섭게 날려 석륵의 두 발을 제압하고 있는 것이었다.

석륵은 대웅산의 공격으로 둔해진 움직임 속에서도 몇 차례 날카로운 검기를 대웅산을 향해 뻗어냈지만 두 다리가 편안하지 않은 상태의 공격으로 대웅산을 물러나게 할 수는 없었다.

파파팡!

대웅산의 창이 순식간에 십여 차례 석륵의 몸을 관통할 듯 꽂혀들었다. 그때마다 석륵은 교묘하게 몸을 놀려 대웅산의 창을 피해냈으나 미처 반격할 여유를 만들어내지는 못했다. 그렇게 폭풍처럼 몰아치는 대웅산의 공격이 일각여 정도 진행되자 어느덧 서서히 싸움의 우열이 드러나기 시작했다. 양측의 공력 차이가 싸움에 반영되기 시작했던 것이다.

공력으로 보자면 무불장의 청부사들 중에서도 손꼽히는 대웅산이다. 살법을 익힌 자들의 경우 내력보다는 신법과 검의 날카로움을 수련하는 데 치중하는 것이 보통, 석륵의 경우도 크게 다르지 않았다. 물론 그는 강호제일살수인 사부 연옥검 사현으로부터 제법 정순한 내공을 물려받았지만 동궁 육상천 무상문의 현묘한 신공을 체득한 대웅산에 비할 바가 아니었던 것이다.

어느 순간부터 석륵의 반격은 급격하게 그 횟수가 줄어들고 있었다. 석륵은 이제 대웅산의 창날을 피해내는 데에만 집중하고 있었다. 그러자 대웅산의 창법이 변했다. 지금까지는 창의 길이를 이용해 원거리에서 석륵을 찔러대는 창법을 구사했으나 석륵의 진기가 떨어진 것을 확인한 후에는 찌르는 것이 아니라 회초리를 휘두르듯 창을 움직이기 시작했던 것이다.

콰콰쾅!

사방에서 바람을 일으키며 닥쳐드는 대웅산의 창을 석륵이 검을 들어 막아내며 만들어진 강력한 충돌음이 장내를 가득 메웠다. 그럴수록 석륵의 신형은 뒤로 물러나고 있었고, 대웅산의 창은 더욱 강력하게 석륵을 때려대고 있었다.

그리하여 석륵의 신형이 거의 수룡맹 무사들이 늘어선 곳까지 밀려났을 때 은은한 한기가 느껴지는 사현의 목소리가 터져 나왔다.

"그만, 비무를 멈추라!"

목소리가 들려오자 대웅산이 석륵을 몰아치던 창을 재빨리 거둬들이면서 훌쩍 뒤로 물러났다. 그러자 대웅산의 공세에서 벗어난 석륵이 신형을 돌려 무심한 얼굴로 천천히 걸어나오고 있는 사현을 향해 허리를 숙였다. 본시 패자의 입에서 흘러나올 법한 사죄나 변명의 말조차 흘려내지 않는 석륵, 천상 살수의 모습이었다.

"수련이 더 필요한 듯하구나. 물러나 있거라."

그런 석륵을 향해 사현이 무감정한 목소리로 말했다. 그러자 석륵이 다시 한 번 고개를 숙여 보이고는 미련없이 신형을 돌려 애초에 서 있던 수룡맹 무사들 사이로 들어갔다.

"다시 월하장이 한 판을 앞서 가는군."

석륵을 들여보낸 사현이 월하장주 운향과 고검을 번갈아 보며 입을 열었다. 한 판을 지고 있음에도 그의 얼굴에는 전혀 긴장한 기색이 보이지 않았다. 아마도 앞으로 남은 두 판의 비무에 대해 자신감을 가지고 있는 듯. 그런 사현을 향해 운향이 가볍게 고개를 숙여 보였다.

"본 장의 운이 좋은 듯하군요."

"후후, 어찌 운이 좋다 말할 수 있겠소이까? 강호의 비무는 오직 실력에 의해서만 그 승패가 가려지는 법이오. 그럼 네 번째 비무를 시작합시다. 우리 쪽에서 먼저 비무자를 내리다."

사현이 천천히 신형을 돌리더니 정중한 목소리로 한 사람을 청했다.

"황 밀공께서 수고를 해주셔야겠소이다."

그러자 거친 마의를 걸친 한 명의 노인이 터벅터벅 사현의 앞으로 다가왔다.

"허험, 나까지 나서야 할 줄은 몰랐소이다. 무불장의 명성이 높다더니 과연 명불허전이구려."

"그러게나 말이외다. 어쨌든 이번 비무는 질 수 없는 비무이니 황 밀공께서 수고를 해주시구려."

"그러지요. 나 또한 수룡맹의 일원, 본 맹의 일을 사 밀공께만 맡겨놓을 수는 없지요. 그동안 편히 놀았으니 나도 한 번쯤 밥값을 해야 하지 않겠소이까?"

마의노인의 말에 사현의 무감정한 얼굴에 한가닥 미소가 드리워졌다.

"그리 말씀하시니 고맙소이다. 황 밀공께서 나서주시니 이번 비무는 마음 편하게 보겠소이다."

"허허, 또 모르는 일이지요. 저쪽에 어떤 고수가 또 숨어 있을지······."

사현에게 웃는 얼굴로 말을 건넨 마의노인이 사현을 지나쳐 앞으로 나서면서 월하장의 고수들 쪽을 바라보며 입을 열었다.

"난 황영이란 사람이오. 하지만 날 아는 사람들은 황영이라는 이름보다는 폭풍각이라는 별호로 날 부르길 좋아하오. 오늘의 비무는 자못 흥미진진하기 그지없으니 이 황 모 또한 좋은 상대를 만나 오랜만에 마음껏 승부를 펼쳐 볼 수 있길 기대하오."

순간 월하장 뒤쪽에 늘어서 있던 무사들 사이에서 작은 웅성거림이 일어났다.

"아니, 저 늙은이가 언제 수룡맹의 일원이 되었지?"

막 싸움을 끝내고 돌아온 대웅산조차도 몸을 추스를 생각도 않고 놀란 눈으로 황영이란 마의노인을 바라보며 중얼거렸다.

"정말 놀라운 일이군요. 폭풍각 황영은 개방을 떠난 이후 그 행적이 묘연한 것으로 알려진 인물인데 이곳에서 그를 보게 될 줄이야."

미심 역시 놀란 표정으로 황영을 바라보며 중얼거렸다.

"그나저나 수룡맹에는 밀공이라 불리는 인물이 몇이나 있는지 모르겠군. 벌써 밀공(密公)이라 불리는 자가 세 번째인가?"

만불통이 고개를 갸웃거리며 말했다. 만불통의 말처럼 무불장의 고수들은 황영 이전에 이미 두 명의 밀공을 알고 있었다. 홍가보의 혈겁을 일으켰던 주경이란 자와, 이번 여산 월하장

일을 주관하고 있는 연옥검 사현이 바로 그들이었다. 그런데 지금 그들의 눈앞에 다시 또 한 명의 수룡맹 밀공이 나타난 것이다.

"그들에게 밀공이라 불리는 인물이 몇이나 있을지 모르지만 그 밀공이란 자들이 수룡맹의 수뇌들로서 천하에서 행해지는 수룡맹의 행사를 주관하는 인물들인 것은 분명한 것 같군요."

대웅산의 비무가 진행되는 동안 운기를 마친 추산이 무불장 고수들 곁으로 다가오며 말했다.

"어 추 아우, 몸은 좀 괜찮아?"

다가온 추산을 보며 대웅산이 물었다.

"움직이는 데에는 큰 문제가 없어요. 그나저나 역시 대 형님은 대단해요. 간단하게 승리를 가져왔으니까요. 이거 나만 패배를 당했네요."

"그런 말 말아. 추 아우가 상대한 장강사마신의 첫째 오일에 비하면 내가 상대한 석륵이란 자는 수월한 편이라고 할 수 있지."

"하지만 어쨌든 기분이 좋지는 않네요. 그런데 저 폭풍각이라는 노인이 그렇게 대단한 인물인가요?"

추산의 물음에 대웅산이 고개를 끄덕였다.

"대단하고말고. 그는 개방의 방주 자리를 노리던 인물이란 말씀이야. 비록 그 권력 싸움에서 패해 개방을 뛰쳐나오기는 했지만 그의 무공은 개방의 현 방주인 노개 사량을 능가한다고 알려진 자야. 공명심이 강해 개방의 장로들이 그를 방주로 추대하는 것을 꺼렸다고 하지? 개방은 본래 사패와 일정한 거리를 유지하고 있는데 그가 방주가 되면 개방을 필히 사패의 아귀다툼 속으로 몰아넣을 것이기에 장로들이 그 대신 노개 사량을 개방의 방주로 세운 것이지."

"그렇게 된 것이군요. 어쨌든 개방 장로들의 판단은 옳았던 것 같네요. 그가 수룡맹에 들었다는 것은 그의 가슴에 여전히 강호를 향한 야심이 남아 있다는 말이 되는 것이니까요."

"그렇게 되는 건가? 어쨌든 그의 무공은 정말 대단하다고 하더군. 특히 권법과 각법에 능하던가?"

"본시 개방의 방도들은 권각술에 능하지."

만불통이 대응산의 말을 거들었다. 사람들이 폭풍각 황영의 등장에 웅성거리는 사이 고검이 천천히 황영 앞으로 걸어나갔다.

"이런 곳에 폭풍각 황 노선배를 만나뵐 줄은 몰랐습니다. 무불장을 맡고 있는 고검이라 합니다."

"끌끌, 자네에 대한 소문은 익히 들어 알고 있네. 당금 천하제일 황금충으로 불린다고?"

본시 황금충이란 강호의 청부사들을 낮춰 부르는 말이기에 청부사들의 면전에서 황금충이란 말을 하는 사람은 그리 많지 않았다. 특히나 천하제일청부사로 불리는 무불장의 고수들 앞에서는 더더욱. 그런데 황영은 스스럼없이 고검의 면전에서 황금충이란 말을 꺼내들고 있었다.

"소문은 언제나 과장되게 마련이지요."

고검이 담담한 목소리로 대답했다.

"헛허, 아니 땐 굴뚝에 연기 날까? 그나저나 이번 비무는 고 장주 그대가 직접 나서는 것인가?"

황영의 질문에 고검이 고개를 끄덕였다.

"그렇습니다. 이번 비무는 제가 맡기로 했습니다. 강호의 노선배이신 폭풍각 어른을 상대하는 일인데 무불장의 장주인 제가 나서는 게 당연한 예의 아니겠습니까?"

"의외군. 난 자네가 가장 나중에 나설 줄 알았는데……. 결 국 이번 비무에서 날 꺾어 오늘 비무를 종결짓겠다는 의민가? 이미 그쪽이 두 번의 비무를 이겼으니 이번 비무에서 자네가 날 꺾는다면 더 이상의 비무가 필요없어질 테니 말이야. 그리 고 자네가 그런 결정을 내린 것은 날 이길 수 있다는 자신감이 바탕이 되었을 테지?"

한편으로는 약간 자존심이 상한 듯한 황영의 말투였다.

"그럴 리가요. 말씀드렸듯이 강호의 노선배님에 대한 예의 에서 제가 나선 것입니다."

"후후, 좋아. 그야 어쨌든 상관없겠지. 모든 건 결과가 말해 줄 테니까."

황영이 잘게 웃음을 흘리고는 이내 천천히 한 발을 앞으로 내디디며 자세를 낮추었다. 전형적인 박투술을 하는 자들의 기수식이다. 동시에 그의 왼쪽 주먹이 가슴 어림 앞으로 내밀 어지고 오른손 주먹은 자신의 심장 부위를 가렸다.

고검은 그런 황영의 움직임에도 다른 행동을 보이지 않았다. 그는 그저 우뚝 서서 황영의 움직임을 주시하고 있을 뿐이었다. 그의 마검 역시 그의 검집을 벗어나지 않았다.

"흥!"

병기를 뽑지 않은 고검의 행동이 황영의 심기를 건드린 것일까? 황영의 입에서 한마디 비웃음 같은 것이 흘러나오더니 이내 모래를 차올리며 무서운 속도로 고검을 향해 달려들기 시작했다.

파파팟!

황영의 발이 움직임에 따라 그의 발끝에서 차올려지는 모래들이 사방으로 비산했다. 동시에 모래사장 위에 반 자가량 깊이로 황영의 깊은 발자국이 또렷하게 그려지기 시작했다.

본시 모래란 그 성질이 부드러워 한 모양으로 뭉쳐 있기가 힘들다. 따라서 사람의 발자국을 정확하게 남기기가 어려운 물질이다. 그런데 황영은 그런 모래 위에 자신의 발자국을 아주 깊숙이 정확하게 새겨 넣고 있었다. 이건 곧 황영의 깊은 내력을 드러내는 것이었고, 또한 그의 각법이 지니고 있을 위력을 미리 보여주는 것이라 할 수 있었다.

장내의 고수들 중 이런 이치를 알고 있는 자들의 입에서 나직한 탄성이 흘러나왔다. 황영이 개방의 방주 자리를 놓고 노개 사량과 경쟁한 고수란 말이 실감나는 순간이었다.

파아앙!

모래 위에 뚜렷한 족적을 남기며 무서운 속도로 고검에게 다가든 황영이 고검의 일 장 밖에 이르렀을 때 그가 번개같이 고검을 향해 오른발을 차냈다. 그의 발끝에서 강력한 파공음이 일어나며 순식간에 고검과 황영 사이에 수십 개의 발 모양이 만들어졌다.

순간 고검이 검을 검집째 들어 올려 자신의 전신을 향해 날아오는 황영의 발그림자들을 쳐내기 시작했다.

파파팡!

고검의 검집에 막힌 황영의 발그림자들이 어지럽게 흩어지며 요란한 소음을 만들어냈다.

황영은 첫 번째 공격이 무위로 돌아가자 재빨리 허공에서 한 바퀴 몸을 회전시키고는 고검을 향해 두 손을 죽 뻗어냈다. 순간 그의 두 손에서 강맹한 바람이 일어나더니 이내 희미한 손 모양의 장력이 고검을 향해 양 방향에서 꽂혀들었다.

"아!"

여기저기서 사람들의 감탄사가 흘러나왔다. 황영의 손에서 흘러나온 장력들이 비용처럼 꿈틀거리며 앞을 다퉈 고검을 향해 꽂혀드는 모습은 권각술을 익힌 강호의 고수들이 오를 수 있는 최고의 경지를 보여주고 있었다.

그리고 사람들은 저마다 머릿속에 한 가지 전설적인 장법을 떠올렸다. 강룡십팔장! 전설적인 개방의 장법이 그것이었다. 하지만 근자에 들어 개방에서 강룡십팔장을 익힌 고수가 나왔다는 소문이 없었기에 황영이 쳐내는 장력이 과연 그 전설의 강룡십팔장인지는 확신할 수 없었다. 하지만 어쨌든 전설적인 장법의 절기를 떠올리게 할 만큼 황영의 장법은 오묘하면서도 강력했다.

고검의 눈이 차갑게 가라앉았다. 황영이란 인물은 그가 생각했던 것 이상으로 대단한 무공을 지니고 있었다. 고검이 훌쩍 뒤로 물러나며 순식간에 마검을 뽑아 들었다.

그르릉!

검집을 벗어난 마검이 음울한 울음을 토해냈다. 그리고 그 울음이 멈추기도 전에 마검은 황영이 만들어낸 손그림자를 매섭게 베어갔다.

퍼퍼퍽!

순간 허공에서 마검의 검기와 황영의 장력이 격돌하며 수십 차례의 충돌이 이어졌다. 사람들의 시야에 그 두 사람의 움직임은 더 이상 잡히지 않았다. 오직 두 사람 사이에서 흘러나오는 충돌음만이 치열한 공방을 전해주고 있었다. 그리고 그렇게 십여 초 이상의 공수를 교환한 두 사람이 한순간 번개처럼 서로에게서 멀어졌다.

고검은 한 손에 마검을 든 채 여전히 무심한 시선으로 황영을 바라보고 있었다. 반면에 황영은 붉게 상기된 얼굴로 고검을 노려보고 있었다. 그의 안색이 붉어진 것이 고검과의 싸움에서 손해를 봤기 때문인지 아니면 고검을 이기지 못한 스스로의 분기 때문인지는 알 수 없었다. 하지만 어쨌든 흥분하고 있는 쪽은 황영이었다.

"강호에는 그 성정이 실력을 따라가지 못하는 인물이 존재하지. 그런 자들은 냉정을 유지해야 하는 싸움에서 곧잘 흥분을 해 싸움의 승패를 망치는 일이 종종 있고. 황영은 어느 쪽일까?"

문득 만불통이 고개를 갸웃거리며 입을 열었다.

"크게 외상은 없어 보이는데요?"

대웅산이 말하자 만불통이 고개를 끄덕였다.

"내 생각에도 그는 장주에게 별반 손해를 본 것 같지는 않아. 보아하니 장주도 공격을 하지 않은 것 같으니까. 아마도 상대의 공격을 막아내기만 했을 거야. 그럼 결국 스스로 흥분한 건데……."

그러자 추산이 끼어들었다.

"사형이 공격을 하지 않았다면 그가 흥분할 만하지요. 자신의 모든 공격을 막아내면서 공격해 오지 않는 상대라면 자신을 업신여긴다고 생각할 수도 있을 테니까요. 저자의 성격에 그런 수모가 달가울 리 없고요."

"하지만 저렇게 얼굴에 드러날 정도로 분기를 나타낸다는 것은 역시 강호의 노고수에게는 어울리지 않는 일이군. 그가 개방의 방주가 되지 못한 이유를 알 것 같아."

"하지만 무공 하나만큼은 정말 뛰어난 것 같아요. 그의 무공은 권각술에 대한 제 생각을 바꿔 버렸어요."

추산이 감탄하듯 말했다.

"무공은 대단해. 나도 저자와 붙으면 승부를 장담하기 어렵겠어."

만불통도 추산의 말에 동의하듯 고개를 끄덕였다.

"하지만 역시 사형에겐 어려울 것 같지요?"

"제길, 그 말은 곧 내가 고 장주의 상대가 안 된다는 말인 가?"

만불통이 짐짓 화가 난 표정으로 추산을 바라봤다. 그러자 추산이 비실거리며 머리를 긁적였다.

"하하, 그게 그렇게 되나요?"

"흐흐, 농일세. 솔직히 말해 내가 고 장주의 무공을 감당할 수는 없는 것이 사실이니까. 더군다나 저자가 흥분하고 있으 니 이 싸움의 승패는 이미 결정난 것이나 다름없어. 문제는 저 런 종류의 인물은 쉽게 자신의 패배를 인정하지 않는다는 점 이지. 아마도 목숨이 끝장날 때까지 포기하지 않을 거야."

그런데 그 순간 추산이 고개를 저었다.

"그렇게 되지는 않을 것 같은데요?"

"어째서 말인가?"

"사형께서 지금 펼치시려는 무공은 그가 고집을 피워서라 도 감당하기 힘든 것이니까요."

추산의 말에 만불통이 재빨리 고검에게로 시선을 돌렸다.

고검은 얼굴이 홍시처럼 붉어진 황영을 바라보며 천천히 검 을 들어 올리고 있었다. 황영은 그런 고검을 보며 애써 끓어오 른 분기를 누르는 듯 미동을 하지 않았다. 들려진 고검의 검이 그의 가슴 어림에서 멎었다.

"이번엔 제가 선공을 해보지요."

고검이 천천히 입을 열었다.

"홍, 좋을 대로 하시게."

황영의 입에서 흘러나오는 대답이 곱지 않다. 장내의 고수 중 몇몇은 연장자의 체면을 지키지 못하는 황영의 태도에 혀를 찼다. 하지만 고검은 그런 황영의 태도에는 아랑곳하지 않고 천천히 검끝을 황영 쪽으로 향했다. 그리고 어느 순간부터 고검의 마검 끝에 희미한 검환이 만들어지기 시작했다.

"으음……."

마검 끝에서 희미한 빛 덩어리를 발견한 황영의 입에서 나직한 신음성이 흘러나왔다. 그 또한 강호의 절대고수, 그가 마검 끝에 매달린 빛 덩어리의 정체를 모를 리 없었다.

신음성을 흘려낸 황영이 심각한 표정으로 두 다리를 굳게 모래사장에 박아 넣으며 두 손을 들어 가슴 어림에서 둥글게 원 모양의 공간을 만들었다. 그러자 그의 두 손 어림에서 우웅거리는 소음이 일어나더니 주변에 있던 모래들이 미세하게 그의 진기에 쓸려 그의 몸 주변을 회전하기 시작했다.

고검이 마검의 끝에 빛 덩어리를 매단 채 살짝 손을 위로 치켜 올렸다. 순간 두 사람 사이에 팽팽한 긴장감이 서리면서 중간에 놓인 모래들이 분분히 하늘로 치솟아올랐다. 그리고 다음 순간 고검의 손이 마검을 가볍게 흔들었다. 순간 그의 검끝에 매달렸던 빛 덩어리가 검끝을 벗어났다. 그리곤 잠시 허공에 머문 듯하다 서서히 황영을 향해 다가가기 시작했다.

빛 덩어리는 아주 느리게 움직였다. 너무 느려 빛 덩어리의 움직임을 보고 있던 사람들 중 몇몇은 무심결에 하품을 해댈 정도였다. 하지만 그 빛 덩어리가 향하는 곳에 있는 황영의 표정은 다른 사람들과는 전혀 달랐다.

그의 얼굴은 다시금 벌겋게 상기되어 있었고, 이마에는 촉촉이 땀이 배이고 있었다. 가슴 앞에 모아진 그의 두 손은 어느새 조금씩 앞으로 밀려 나오고 있었는데 그건 마치 자신을 향해 다가오는 빛 덩어리를 향해 더 이상 가까이 오지 말라고 손으로 말하는 듯한 모습이었다.

빛 덩어리와 황영의 두 손 사이에 만들어진 팽팽한 긴장감, 한쪽이 약간의 방심으로 그 기세를 흐트러뜨리는 순간 이 싸움의 승패는 결정날 것이다. 또한 이 상태가 지속되어도 역시 이 싸움의 승패는 결정될 것이다. 조금씩이나마 고검이 만들어낸 빛 덩어리는 황영을 향해 전진하고 있었으므로.

황영의 얼굴에서는 이제 비 오듯 땀이 흘러내리고 있었다. 고검 역시 조금 창백해진 얼굴로 여전히 검을 든 채 황영을 가리키고 있었다.

그렇게 얼마의 시간이 흘렀을까. 기실은 별반 오래되지 않았을 시간인데 사람들은 억겁의 시간이 흐른 듯 느꼈다. 그리고 그 억겁의 시간이 흐르는 동안 고검이 만들어낸 빛 덩어리는 황영의 신형 일 장 안으로 들어서고 있었다.

그 순간 황영의 얼굴이 처참하게 일그러졌다. 더 이상 견딜

수 없는 압박감이 그의 가슴을 쪼갤 듯 밀려들었다. 그대로 있으면 고검이 만들어낸 빛 덩어리에 그대로 심장을 관통당할 것 같은 위기감, 그 빛을 향해 내밀어진 두 손은 사시나무 떨듯 떨렸다. 그리고 한순간 갑자기 황영의 눈에서 염광이 터져 나오고 그가 한마디 괴성을 내질렀다.

"우왁!"

시뻘건 선혈이 허공으로 솟구쳤다. 동시에 황영의 신형이 움직였다. 피는 황영의 입에서 토해진 것으로 그는 고검과 그 사이에 형성되었던 팽팽한 긴장감을 견디지 못하고 피를 토해내는 순간 빛 덩어리의 공격을 피해 신형을 날렸던 것이다.

콰쾅!

그리고 한차례 굉음이 장내에 울려 퍼졌다. 빛 덩어리로부터 신형을 피해내면서 황영의 두 손이 빛 덩어리를 향해 강력한 일장을 쳐냈기 때문이었다.

파파팟!

입으로 한차례 피분수를 내뱉은 황영은 내상을 입은 사람답지 않게 번개처럼 모래 위를 이동했다. 그의 신형은 너무도 빨라 사람들은 마치 그의 몸이 두세 개쯤 되는 듯한 착각을 일으킬 정도였다.

그렇게 번개처럼 신형을 움직인 황영이 자신의 장력과 고검의 검환이 충돌하는 굉음이 일어나는 순간 애초에 자신이 있던 자리에서 십여 장 벗어난 곳으로 이동해 신형을 멈췄다. 그리곤 무리하게 끌어올린 진기를 억지로 억누르며 가쁜 호흡을 몰아쉬었다.

그런데 그렇게 애써 진탕된 내기를 진정시키던 그의 입에서 한순간 헛바람 소리가 새어 나왔다.

"헛!"

그리고 그의 몸이 자신도 모르는 사이에 두세 걸음 뒤로 물러났다. 그런 그의 눈 한 자 앞에 어느새 다가온 고검의 검환이 요기롭게 번뜩이고 있었다.

황영의 표정이 자신의 눈앞에 다가온 검환을 보며 서서히 일그러지기 시작했다. 패배는 바로 눈앞에 있었다. 더 이상 그가 할 수 있는 일은 없었다. 그렇다고 새파란 강호의 후배에게 무릎을 꿇어야 하는 것일까. 황영의 눈에 한가닥 한기가 스치고 지나갔다. 그건 목숨을 버려 자존심을 세우려는 무인 특유의 독기가 묻어나는 눈빛이었다.

그런데 바로 그 순간 그의 앞에서 요기롭게 번뜩이던 고검의 검환이 마치 초롱불 꺼지듯 순식간에 흩어졌다. 그리고 그 빈 공간으로 고검의 목소리가 들려왔다.

"이번 비무는 이 후배가 한 수 앞선 것 같습니다. 좋은 가르침 감사합니다."

그러자 살기로 번뜩였던 황영의 눈에서 힘이 빠지며 그의 동공이 회색으로 물들었다.

"그렇군. 내가 진 것이군."

황영의 입에서 생기가 느껴지지 않는 목소리가 흘러나왔다. 황영이 멀찍이 서 있는 고검을 한 번 응시하고는 이내 몸을 돌렸다. 그리곤 빠른 걸음으로 연옥검 사현 앞으로 다가섰다.

"그만 지고 말았구려, 사 밀공!"

그러자 연옥검 사현이 위로하듯 말했다.

"가끔은 의외의 강자를 만나는 곳이 무림이 아니오이까?"

그러자 황영이 고개를 끄덕였다.

"후후, 그렇구려. 확실히 무림은 요지경 속이오. 하하하!"

황영의 입에서 허망한 웃음이 터져 나왔다. 그러다 황영이 갑자기 웃음을 뚝 멈추고는 사현을 보며 말했다.

"비무는 끝났으나 할 일은 해야지 않겠소?"

황영의 눈에서 살기가 번뜩였다. 그러자 사현이 고개를 끄덕였다.

"그럽시다."

사현의 눈에서도 한가닥 기광이 흘러나왔다. 동시에 그의 입에서 음울하면서도 막강한 진기가 서린 음성이 흘러나왔다.

"출(出)!"

순간 그의 옆쪽에 서 있던 두 명의 수룡맹 무사가 어느새 꺼내 든 두 개의 붉은 깃발을 하늘로 치켜 올렸다.

"뭐 하는 짓이지?"

대웅산의 입에서 잔뜩 긴장한 목소리가 흘러나왔다. 비무를 승리로 이끈 기쁨도 잠시, 알 수 없는 수룡맹 고수들의 행동에 무불장 고수들의 눈에 경계의 빛이 떠올랐다. 분명 일은 예상과 다르게 진행되고 있었다.

"뭔가 꿍꿍이속이 있는 게 분명해요. 조심해야 할 것 같아요."

추산이 빠르게 주변을 살피며 말했다. 그런데 추산의 말이 끝나자마자 갑자기 맞은편에 도열해 있던 오십여 명의 수룡맹 무사들이 사방으로 흩어지기 시작했다. 동시에 기이한 음향이 사림 곳곳에서 일어났다.

"뭐야, 도대체……?"

대웅산이 신경질적으로 기이한 음향이 일어나는 사림(沙林) 주변을 두리번거리며 소릴 질렀다.

"이건 진(陣)이에요!"

수룡맹 고수들의 움직임과 너른 모래사장에서 벌어지는 일들을 주시하고 있던 추산이 단정적인 말투로 말했다. 순간 무불장 고수들과 월하장 무사들의 얼굴에 당혹스런 표정이 떠올랐다.

"진이라고?"

대웅산이 확인하듯 추산에게 물었다. 하지만 애초에 그런 질문은 필요가 없는 것인지도 몰랐다. 이미 그들 주변의 상황이 누가 설명하지 않아도 알 수 있을 만큼 진법에 의해 변화를 일으키고 있었기 때문이었다.

<u>스스스……</u>.

기이한 음향은 계속해서 사람들의 귀를 간지럽혔고, 사림과 맞닿은 강으로부터 때 아닌 안개가 밀려들어 사림을 뒤덮기 시작했다. 더불어 사방으로 흩어진 수룡맹 고수들이 사림의

백사장 곳곳을 점유하더니 누군가의 한마디 신호음이 울리자 순식간에 그들이 서 있던 곳에 수백 명의 수룡맹 고수들이 나타나는 것이었다. 진에 의해 형성된 환영(幻影)이었다.

사현의 입에서 한마디 명이 떨어지고 두 개의 붉은색 깃발이 올라간 지 채 일각이 지나지 않아 사림은 온통 안개와 수백명의 귀기가 흐르는 수룡맹 무사들로 가득 찼다. 결과적으로 무불장 고수들을 포함한 월하장 고수들은 수룡맹 고수들의 포위망에 온전히 갇히게 되고 말았던 것이다.

잠시 후 폭풍처럼 일어났던 수룡맹 고수들의 움직임이 멈춰졌다. 눈부신 태양이 내리쬐이던 사림은 단 일각 사이에 완전히 다른 세계로 변해 있었다. 음습한 안개와 사람의 기분을 송연하게 만드는 귀기… 변하지 않은 것은 여전히 무불장 고수들을 마주하고 서 있는 연옥검 사현과 폭풍각 황영 그리고 그 뒤쪽으로 늘어서 있는 장강사마신 네 명의 고수들뿐이었다.

"약속을 지키지 않으실 생각인가요?"

장내가 잠잠해지자 월하장주 운향이 차가운 목소리로 연옥검 사현에게 물었다. 그러자 연옥검 사현이 무심한 표정으로 대답했다.

"이게 바로 우리 수룡맹이 내놓은 다섯 번째 비무요."

"이미 비무의 승패는 가려진 것이 아니던가요? 월하장은 이미 세 번의 승리를 가져왔습니다. 나머지 비무는 더 이상 진행할 필요가 없지요."

"허허허, 물론 월하장이 이번 비무의 승리자라는 것은 나도 인정하오. 하지만 승패에 상관없이 난 우리가 준비한 마지막 비무의 결과를 꼭 보고 싶었소이다. 그러니 월하장 쪽에서도 승자의 아량으로 마지막 비무에 응해주시기 바라오."

"궤변이군요."

"뭐라 말해도 좋소. 본 맹은 이미 다섯 번째 비무를 시작했소. 월하장에서도 그에 맞는 대처를 하시기 바라오. 이 진을 벗어난다면 결국 다섯 번째 비무조차 월하장이 이기는 것이 될 것이고, 이 진을 벗어나지 못하면……."

연옥검 사현이 말꼬리를 흐렸다. 하지만 그의 뒷말은 듣지 않아도 짐작할 수 있었다. 진을 벗어나지 못하면 결국 월하장을 들어 수룡맹에 바쳐야 목숨을 구할 수 있을 것이다.

"송림에는 사패의 고수들이 있지요."

운향이 위협하듯 말했다. 그러자 사현이 차가운 미소를 지었다.

"나도 그들이 있다는 건 알고 있소. 하지만 그들은 결코 이 비무에 끼어들지 않을 거요. 왜냐하면 그들도 지금 이 비무에 끼어들어 봐야 승산이 없다는 것을 잘 알 테니 말이오. 아시겠지만 사패는 결코 타인을 위해 승산없는 싸움에 끼어들 만큼 정의롭지 못하오."

"하지만 적어도 강호에 이번 일의 전말을 알릴 수는 있겠지요. 수룡맹의 명성은 이번 일로 크게 떨어질 거예요. 어쩌면 수룡맹의 성격에 대한 정사양도의 논쟁이 끝날 수도 있겠지요."

"결국 본 맹이 사도(邪道)로 몰릴 거란 말이구려. 하지만…
월하장이 본맹과 한 식구가 되어 이 모든 것에 정당성을 부여
해 준다면 강호의 평가는 뒤집어지지 않겠소?"

"우리가 이 진을 벗어나지 못하고 무릎을 꿇을 거라 확신하
는군요?"

"이 진의 이름은 팔변만화진(八變萬花陣)이라 하오. 본 맹에
서 강호에 떠도는 절대기진들을 모아 새롭게 창안한 진법이라
오. 단언컨대 이 진에서 생로를 찾을 인물은 강호무림 전체를
통틀어도 다섯 손가락을 채우지 못할 거요. 난 지금 그쪽에 그
런 기인이 있다고는 생각되지 않는구려."

"진을 벗어나지 못한다고 우리가 항복을 할 것 같은가요?"

"물론, 사람의 목숨이란 무엇보다 소중한 거니까."

사현이 확신하듯 고개를 끄덕였다.

그렇게 월하장주 운향과 연옥검 사현이 말씨름을 하는 사이
어느새 추산이 대웅산의 어깨 위에 올라앉아 사림에 펼쳐진
팔변만화진(八變萬花陣)을 살피고 있었다.

第十章

초식을 버린 자의 검(劒)

孤劍秋山

　양측의 대치가 길어지고 있었다. 월하장으로서는 수룡맹이
사림에 펼친 팔변만화진을 뚫고 나갈 방법이 없었고, 수룡맹
또한 먼저 공격을 가해 월하장의 항복을 받아낼 생각은 없는
지 도발을 삼가고 월하장의 무사들을 진 한가운데 몰아넣은
채 스스로 백기를 들어 항복하기를 기다리고 있었다.

　양측 무사들의 표정은 확연히 달랐다. 비무에서 승리할 때
만 해도 호기롭던 월하장 무사들의 표정은 시간이 흐를수록
초조해하는 빛이 짙었고, 반면에 그런 월하장의 무사들을 포
위하고 있는 수룡맹 무사들의 표정에는 넉넉한 여유가 넘쳐흘
렀다.

　수룡맹의 무사들을 이끌고 있는 연옥검 사현 또한 수뇌부들

과 함께 팔짱을 낀 채 여유있는 표정으로 월하장의 고수들을 바라보고 있었다.

그런데 그렇게 양측이 대치한 지 이각여가 지나자 상황은 더더욱 어렵게 변했다. 사림에서 제법 멀리 떨어져 있던 수룡맹의 두 척 흑선이 어느새 사림의 바로 앞쪽까지 다가와 그 안에서 다시금 수십 명의 고수들을 뱉어냈던 것이다.

흑선에서 흘러나온 고수들은 재빨리 사림에 상륙해 앞서 자신들의 동료들이 펼쳐 놓은 팔변만화진의 곳곳으로 스며들었다. 그러자 수룡맹의 고수들에 의해 만들어진 진의 크기가 처음 만들어졌을 때보다 배는 더 늘어나는 것이었다.

그렇게 수룡맹의 흑선으로부터 새로운 고수들까지 등장해 포위망을 강화하자 연옥검 사현이 득의한 표정으로 입을 열었다.

"이제 그만 결정을 내려야 하지 않겠소이까? 언제까지 이 모래사장에 서 있을 수는 없는 일이니 말이오?"

사현의 목소리가 자못 부드러웠다. 승패가 결정된 싸움에서 승자가 보일 수 있는 여유일까. 그런 사현을 바라보는 월하장주 운향의 눈빛은 한기가 물씬 묻어 나오고 있었다.

"이런 식으로 월하장을 핍박하여 얻은 성취가 과연 수룡맹에 얼마나 보탬이 될지 모르겠군요. 아마도 득보다는 실이 많을 게 분명할 겁니다."

"후후, 말했지만 일단 월하장이 수룡맹의 식구가 되는 순간 그런 모든 문제는 한순간에 해결될 것이라는 게 내 생각이오."

그러자 운향이 고개를 저었다.

"연옥검께서는 간과하고 계시지만 저희 월하장은 그렇게 단순한 곳이 아니에요."

그러자 사현이 모호한 표정을 지었다.

"물론 월하장이 단순한 기루 이상의 가치를 지니고 있다는 것은 나도 알고 있소. 그래서 본 맹이 월하장에 손을 내민 것이고 말이오."

"그런 말이 아니에요. 본 장은 생각보다 많은 강호의 세력들과 인연을 맺고 있다는 말이지요. 만약 본 장이 수룡맹의 무력에 의해 귀 맹에 흡수된다면 천하는 더 이상 수룡맹을 지금처럼 방치하지 않을 거예요."

그러자 사현의 얼굴이 살짝 찌푸려졌다. 물론 그 또한 그런 위험을 모르는 것은 아니었다. 그렇기 때문에 애초부터 월하장을 힘으로 몰아붙이지 않고 은근한 위협과 설득, 그리고 비무까지 끌고 온 것이 아니던가.

하지만 이제는 그런 뒷일을 생각하며 일을 처리하기에는 너무 늦어버렸다. 비무에서 예상외의 패배를 당하는 순간 다음 수순은 이미 정해져 있었던 것이다.

"장주가 말하는 바를 이해하지 못하는 것은 아니오. 하지만 언제나 세상일에는 피치 못하게 감수할 수밖에 없는 일이 존재하는 것이 아니겠소? 월하장을 본 맹의 식구로 만들어야 하는 것은 본 맹으로서는 무척 중요한 문제요. 이후 벌어지는 어떤 일도 감수해야 할 만큼 말이오."

"서안 때문인가요?"

운향이 날카롭게 물었다. 그러자 사현이 움찔하다가 고개를 끄덕였다.

"그렇소. 서안을 도모하는 일은 본 맹의 사활이 걸린 문제라 할 수 있소. 서안을 이대로 놓아두고는 결코 본 맹이 천하오패의 시대를 열 수 없을 것이기 때문이오. 그래서 월하장이 본 맹의 식구가 되는 것이 그토록 중요한 문제인 것이오. 물론 사패도 그 사실을 알기에 이곳에 고수를 파견했을 테지만 말이오."

"그렇다면 더더욱 본 장은 수룡맹에 들 수가 없군요. 수룡맹이 본 장을 접수하면 결국 본 장을 근거로 서안의 사패 세력과 치열한 경쟁을 벌일 터, 본 장의 식솔들을 그런 위험한 일에 끌어들일 수는 없지요."

운향의 대답이 단호하자 사현의 얼굴이 차갑게 가라앉았다.

"우리라고 언제까지 기다려 줄 수 있는 것은 아니오. 해가 지기 시작하면 난 결단을 내릴 거요."

명백한 위협, 하지만 운향은 차가운 미소를 머금었다.

"그런가요? 그렇다면 수룡맹은 껍질뿐인 월하장을 가지게 되겠지요. 또한 월하장과 인연을 맺은 강호의 제세력들의 공적이 될 테고요. 그리고 무엇보다도… 해가 지려면 아직 시간이 좀 남았군요."

그러자 사현이 가볍게 코웃음을 흘렸다.

"홋, 좋소이다. 어차피 기다린 것 더 못 기다릴 것도 없지.

하지만 아무리 시간을 주어도 이 진을 파훼할 수는 없을 것이오."

추산은 어느새 대웅산의 어깨 위에서 내려와 있었다. 그리곤 대웅산의 어깨 위에서 본 수룡맹의 팔변만화진을 모래 위에서 그리고 있었다.

수백 장 넓이로 펼쳐진 진이었기에 그 세세한 사항을 모두 머리에 기억해 모래 위에 그려 넣기는 무척 어려운 일이었지만 오랫동안 대웅산의 어깨를 빌어 진을 살핀 추산의 손길은 거침이 없었다.

스스슥!

추산에 의해 주변에 펼쳐진 팔변만화진이 모래 위에 그려지자 무불장 고수들이 저마다 모래 위에 그려진 팔변만화진을 주의 깊게 바라보기 시작했다.

물론 그중에는 왕민처럼 제법 진법에 조예가 깊은 사람도 있었고 대웅산이나 만불통처럼 진법에는 전혀 문외한인 사람도 있었지만 상황이 상황인지라 모두들 진지하게 진법을 살피는 것은 동일했다.

"아, 기이한 진이군. 진법에 대해서 제법 안다고 생각하고 있었는데 이 진법은 그 실체를 찾아내기가 힘들군."

한참 동안 모래 위에 그려진 팔변만화진을 응시하던 왕민이 탄식을 흘려냈다.

"왕 선생께서도 모르시겠다니 나 같은 사람은 애초에 관심을 둘 일이 아닌 모양이군요. 이러나저러나 결국 힘으로 해결해야 하는 문제가 아닐까요?"

대웅산이 고검을 보며 묻자 고검이 고개를 저었다.

"저들의 숫자가 일백이 넘고, 또한 현묘한 변화가 숨어 있는 진을 펼치고 있네. 힘으로 상대한다면 우리 쪽도 심각한 피해를 입을 게 분명해. 더군다나 무불장의 고수들이야 어떻게 몸을 뺄 수 있을지 모르겠지만……."

고검이 말꼬리를 흐렸다. 이곳에 나와 있는 월하장의 고수들은 기실 화맹에서도 제법 뛰어난 무공을 소유한 인물들이었지만 수룡맹 고수들이 펼친 팔변만화진에서 무사히 몸을 빼는 것은 힘든 문제였다. 물론 그렇다고 월하장 식솔들을 그냥 두고 갈 수도 없는 문제, 결국 방법은 진법을 파훼할 방법을 찾는 것이 최선이었다.

고검의 말에 사람들의 시선이 자연스럽게 추산에게로 향했다. 현재 장내의 고수 중 진법에 관한 한 제일고수는 추산이었다. 추산은 무불장의 고수들이 모래 위에 그려진 팔변만화진을 놓고 의견을 주고받을 때에도 여전히 모래 위에 고개를 처박고 있었다.

"아직도냐?"

모두의 시선이 추산에게로 쏠려 있을 때 월하장 무사들 틈에 섞여 있던 능운백이 슬쩍 앞으로 걸어나와 무불장 고수들 틈으로 끼어들며 추산에게 물었다.

하지만 추산은 미처 능운백의 목소리를 듣지 못했는지 여전히 모래 위 팔변만화진에 고개를 처박은 채 대꾸를 하지 않았다.

딱!

순간 능운백이 번개처럼 추산의 머리통을 후려쳤다.

"아얏! 지금 뭐 하시는 거예요?"

추산이 능운백에게 얻어맞은 뒤통수를 감싸 쥐고는 홱 고개를 돌려 능운백을 노려봤다.

"이놈이 누굴 노려봐."

능운백이 자신을 노려보는 추산을 향해 재차 손을 쳐들자 추산이 얼른 뒤로 물러서며 퉁명스럽게 말했다.

"노려보긴 뭘 노려봤다고 그러세요. 그저 한참 생각에 잠겨 있는데 갑자기 뒤통수를 치니까 그렇죠."

그러자 능운백이 그런 추산을 못마땅한 눈으로 바라보며 말했다.

"너, 이 진법 파훼할 수 있긴 한 거냐?"

"지금 그걸 연구하고 있잖아요."

"무슨 연구를 그렇게 오래 하느냐? 네가 그 진법에 매달려 있는 것이 벌써 한 시진 가까이 되어간다는 사실을 알고 있는 거냐?"

"알고 있어요. 하지만 이 진법은 정말 단순한 진법이 아니란 말이에요."

"혹, 그 진법을 파훼할 자신이 없는 건 아니고?"

"마침 그 방법이 떠오르려는 순간 방해하신 거라고요."

"흥, 망할 녀석이 핑계는… 보자, 그럼 방법이 있긴 있을 것 같단 말이지? 좋아 그럼 어서 다시 모래 위에 고개를 처박고 궁리해 보거라."

능운백의 말에 추산이 입을 씰룩였다.

"그럴 마음이 싹 달아나 버리네요."

"뭐라고?"

"한 방 맞는 바람에 생각이 헝클어져서 힘들다고요."

"그래? 그럴 때는 좋은 방법이 있지."

"뭔데요?"

"설마 몰라서 묻는 건 아니겠지?"

그러자 추산이 주춤 뒤로 물러났다. 그러자 능운백이 가소 롭다는 듯 말했다.

"그러니까 어서 앉아서 진의 파훼법이나 빨리 알아내. 조금 지루해지려 하는구나."

능운백이 달래듯 말하자 추산이 얼른 모래 위에 그려놓은 진 앞으로 다가왔다. 그리고는 다시 머리를 처박고 고민하기 시작했다.

추산이 다시금 고민을 시작한 지 이각여가 흘렀다. 누군가 의 얼굴에는 좀 더 깊은 초조감이 드러났고, 다른 누군가의 얼 굴에는 지루함이 묻어나기 시작했다. 해는 어느새 서쪽으로 길게 누워 있었다.

"대 형님, 다시 한 번 어깨를 빌려주실래요?"

추산이 모래 위에서 고개를 들며 대웅산에게 말했다. 그러자 지루함에 하품을 하던 대웅산이 눈물이 찔끔거리는 눈으로 급히 추산을 바라봤다.

"무슨 방법을 찾은 거야?"

추산이 시인도 부인도 하지 않은 채 대답했다.

"다시 한 번 저들의 진을 봐야 할 것 같아서요."

추산의 말에 대웅산이 적이 실망한 표정으로 고개를 끄덕였다.

"알았어, 그렇게 해. 이런 일이라면 백번이라도 이 대웅산의 어깨를 빌려줄 수 있지."

대웅산의 허락이 떨어지자 추산이 훌쩍 몸을 날려 대웅산의 어깨 위로 올라갔다. 그리고는 서쪽에서 비쳐드는 햇빛을 손을 들어 가린 후 월하장 고수들을 빙 둘러선 사림에 펼쳐진 수룡맹의 팔변만화진을 유심히 살피기 시작했다. 그렇게 또다시 일각여의 시간이 흐른 뒤에야 추산이 대웅산의 어깨 위에서 내려왔다.

모래 위로 내려온 추산이 자신의 검을 들어 모래 위에 그려진 수룡맹의 팔변만화진 위에 몇 개의 선을 그렸다. 그러자 그 모습을 보고 있던 왕민의 입에서 탄성이 흘러나왔다.

"아!"

순간 추산이 득의한 미소를 지으며 왕민을 돌아봤다.

"알아차리셨군요."

"아, 정말 대단하군. 팔변만화진이라더니 여덟 개의 진이 서로 엉켜 있어 실체를 파악하기 어려웠던 것이군. 그나저나 추소협, 생로를 여는 것이 무척 어려운 진이 아닌가?"

"맞아요. 생로가 없는 진이라고 보는 것이 옳겠지요. 생로란 본시 진의 취약한 지점을 말하는 것이라고 할 수 있는데 이 팔변만화진은 여덟 개의 진이 겹쳐지면서 각 진의 취약점을 서로 보완하고 있기에 생로가 없다고 보는 것이 옳겠지요."

추산의 대답에 왕민 대신 곁에 있던 대웅산이 인상을 쓰며 투덜댔다.

"그럼 뭐야? 생로가 없다면 결국 몸으로 부딪쳐 진을 깨뜨려야 한다는 말이잖아!"

그러자 추산이 고개를 저었다.

"생로를 찾지 못할 거면 뭐 하러 두 시진 가까이 고민을 하고 있었겠어요."

"응? 그건 또 무슨 말이지? 생로가 없다면서?"

"없다는 게 아니라 거의 없는 거나 마찬가지라는 거죠."

"아아, 알기 쉽게 좀 설명해 줘."

"이미 말했지만 저들이 펼친 팔변만화진은 여덟 개의 진을 하나로 합친 거예요. 그러면서 각 진의 약점을 없앴죠. 하지만 여덟 개의 진이 합쳐지면서 새로운 약점이 생겨났어요."

"없던 약점이 생겼다고?"

"그래요. 본시 서로 이질적인 진이 합쳐지면서 나타난 자연스러운 현상이죠."

"그 약점이 뭐지?"

"여덟 개의 진을 서로 합치자면 그 진들이 완벽하게 조화가 되어야 하는데 세상에 완벽하게 조화가 되는 진이 여덟 개나 존재할 수는 없는 일이지요. 각 진마다 그 진의 특성이 있고 그 특징들이 다른 진과 합쳐지면 불협화음을 일으키게 마련이죠. 물론 그런 단점이 존재한다는 것은 저 진을 만든 수룡맹의 누군가도 당연히 알고 있을 거예요. 그래서 그 약점을 보완하기 위해 약점이 생긴 곳에 좀 더 많은 사람을 투입해 그 약점을 보완하고 있고요. 하지만 결국 사람의 숫자를 늘려 약점을 보완한 것은 진법 자체로 보자면 임시변통에 지나지 않아요. 결국 약점은 그대로 남아 있고, 단지 그 약점을 사람이 가리고 있는 것이라고나 할까요?"

"흠, 그러니까 약점은 존재하는데 그 약점을 지키고 서 있는 자들이 있단 말이군?"

"맞아요. 그래서 그자들을 제거하면 팔변만화진의 생로가 열릴 거예요."

그러자 대웅산이 인상을 쓰며 말했다.

"하지만 이미 저렇게 단단하게 진을 형성하고 있는 자들 속으로 뛰어들어 진의 약점을 보완하고 있는 자들을 제거하는 일은 결코 쉬운 일이 아닐 텐데?"

"쉬운 일이 아니라 거의 불가능한 일이죠. 그래서 제가 거의 없는 것이나 마찬가지인 생로라고 한 거예요."

추산의 말에 무불장 고수들의 안색이 어두워졌다. 처음 추산이 진의 실체를 파악하고 그 생로를 찾아냈다고 할 때는 조금이라도 희망이 보였는데 그 생로를 온전하게 열기 위해선 적들의 진 속에 뛰어들어 진의 약점을 지키고 있는 자들을 제거해야 한다고 하니 추산이 발견한 생로란 그야말로 화중지병(畵中之餠)이 되고 만 것이었다. 그런데 그렇게 무불장 고수들과 월하장의 무사들이 허탈한 표정을 짓고 있을 때 뒤로 물러나 있던 능운백이 슬쩍 다시 무불장 고수들 사이로 들어섰다.

"진(陣)의 약점이 어디 어디냐?"

그러자 추산이 검을 들어 모래사장에 그려놓은 수룡맹의 팔변만화진 중 몇 곳을 검끝으로 찍었다.

"여기, 여기 그리고 여기 이렇게 여덟 곳이에요. 모두 여덟 개의 진이 겹치는 지점이죠. 서로 상이한 성질의 진이 만나면서 일어난 부조화가 존재하는 지점이에요."

그러자 능운백이 유심히 추산이 점찍은 팔변만화진의 약점을 응시했다. 그런 이후 대웅산을 향해 입을 열었다.

"웅산, 나도 추산처럼 어깨에 한 번 올려봐 다오."

그러자 대웅산이 고개를 갸웃거리면서도 순순히 능운백의 말에 응했다.

"그리하십시오, 빙장어른!"

"좋아, 그럼!"

능운백이 고개를 끄덕이고는 훌쩍 대웅산의 어깨에 날아올랐다. 그리곤 월하장과 무불장 고수들을 중심으로 넓게 펼쳐진 수룡맹의 진을 응시했다. 그러면서도 가끔 모래 위에 그려진 팔변만화진에 시선을 돌리기도 하는 능운백이었다. 그렇게 한동안 대웅산의 어깨 위에 머물던 능운백이 다시 몸을 날려 모래사장 위로 내려왔다.

"그 약점 중 이쪽이 강 쪽으로 이어진 것이군."

모래 위로 내려선 능운백이 손을 들어 모래 위에 그려진 팔변만화진 중 추산이 약점으로 찍은 한 지점을 가리켰다. 그러자 추산이 고개를 끄덕였다.

"맞아요."

"좋아. 그럼 진을 파훼하기로 한다."

"예?"

능운백의 말에 추산이 놀란 얼굴로 능운백을 바라봤다.

"약점을 알았으니 진을 파훼하는 것은 당연한 일이 아니겠느냐?"

"하지만… 그러기 위해서는……."

"걱정 마라, 이놈아. 내가 내상 입은 네놈에게 저들 속으로 뛰어들라고 하겠느냐? 넌 저들이 펼친 진의 진세를 파악하고 그 약점을 찾아내는 것으로 네 할 일을 다한 것이다. 생로를 여는 것은 이 늙은이가 맡기로 하지."

순간 무불장 고수들과 월하장주 운향이 깜짝 놀란 눈으로 능운백을 바라봤다.

"사부, 굳이 사부께서 나서실 필요는… 제가 하겠습니다."

고검이 능운백을 만류했다. 그러자 능운백이 히죽 미소를 지으며 대답했다.

"저들이 자신들의 진을 다섯 번째 비무자로 내놓았으니 우리도 다섯 번째 비무자가 나서야 하지 않겠느냐? 검이 너는 이미 비무를 마쳤으니 자격 상실이다."

"사부!"

"후후, 걱정 말거라. 어쩌면 오히려 좋은 기회일 수도 있다. 뒤로 물러나 있을 요량이었다면 내가 월하장에 올 이유가 없었지 않겠느냐? 물론 이번 일을 네게 맡기기는 했다만 어쨌든 천검 능운백이 아직 건재하다는 것을 보여줄 기회가 필요했던 것도 사실, 좋은 기회가 아니겠느냐?"

"하지만 자칫… 아얏!"

추산이 입을 열다가 능운백의 손에 다시 한 번 뒤통수를 허용하고는 두 손으로 머리를 감쌌다.

"이 녀석아, 설마 이 사부를 못 믿는 거냐? 왜? 내가 저 진 속에 들어가 죽을까 봐서?"

"전 사부님이 걱정돼서 하는 말이라고요!"

추산이 화난 얼굴로 소리쳤다.

"흐흐흐, 걱정 말거라. 아직 죽을 때가 아님은 내가 더 잘 알고 있으니……. 그리고 다른 사람들은 이곳에서 만약의 일에 대비하도록 하시게들. 진이 깨어지면 혹여 저들이 다른 마음을 먹을 수도 있으니 말이야."

능운백이 무불장 고수들을 돌아보며 당부를 하고는 시적시적 앞으로 걸어나갔다.

"그대는 누군가?"

연옥검 사현이 단신에 추레한 몰골의 노인이 월하장 쪽에서 걸어나오자 의혹 어린 표정으로 물었다. 그러자 능운백이 기묘한 미소를 지으며 대답했다.

"다섯 번째 비무자라고나 할까."

"다섯 번째 비무자?"

"수룡맹에서 내놓은 비무자가 지나치게 강해서 이쪽 비무자를 내세우는 데 시간이 조금 걸렸구려."

순간 사현의 눈이 가늘어졌다.

"설마 지금 본 맹의 팔변만화진을 그대 혼자 깨뜨리겠다고 나선 것이오?"

그러자 능운백이 망설이지 않고 고개를 끄덕였다. 그러자 사현의 얼굴에 황당해하는 표정이 떠올랐다.

"지금 농담하는 것이오?"

"농담이라니? 내가 지금 이 나이에 농담이나 하고 있을 것 같으오?"

능운백의 대답이 너무 당당했으므로 사현이 표정이 다시금 변했다. 그의 얼굴에 한순간 한 가닥 그늘이 만들어졌다. 그리곤 처음 능운백이 앞으로 나섰을 때 그가 꺼냈던 질문이 재차 흘러나왔다.

"그대는 누구요?"

그러자 능운백 역시 예의 그 미묘한 미소를 지으며 대답했다.

"다섯 번째 비무가 끝나면 아마도 내 이름을 알 수 있을 것이오."

순간 사현의 눈에 차가운 한기가 흘렀다.

"천하의 그 누구도 본 맹의 정예 고수들이 펼치는 팔변만화진을 깨뜨릴 수는 없소."

"그 또한 결과를 보면 알겠지."

능운백의 냉소에 가까운 응대에 사현의 표정이 어두워졌으나 사현은 이내 표정을 바꾸며 여유있게 입을 열었다.

"좋소. 그럼 월하장의 다섯 번째 비무자의 실력을 견식해 보도록 하겠소. 하지만 분명히 해둘 것이 있소. 팔변만화진을 깨뜨리려다가 어떤 불상사가 생겨도 본 맹의 책임이 아니라는 것이오."

사현의 말에 능운백이 비웃음을 흘려냈다.

"비무의 결과에 승복하지 않고 상황을 이따위로 만든 그대들이 무슨 책임을 운운하는가? 그리고 내 목숨은 걱정 마시게. 걱정해야 할 건 내가 아니라 그대들의 목숨일 테니. 그럼 시작하지."

능운백이 퉁명스럽게 사현의 말을 받고는 허리춤에서 덜렁거리고 있는 허름한 검을 빼 들었다. 그리고는 망설임없이 저벅저벅 단단한 진을 형성하고 있는 수룡맹 고수들을 향해 다가가기 시작했다.

"그대가 원한 일이니 후회하지 마시오."

팔변만화진을 향해 걸어가는 능운백을 보며 사현이 차가운 음성을 흘러내고는 능운백이 향한 곳에 위치한 수룡맹 고수들에게 가볍게 고갯짓을 했다. 그러자 마치 능운백을 맞아들이려는 듯 팔변만화진의 한 부분을 지키고 서 있던 수룡맹의 고수들이 몸을 움직여 능운백에게 길을 만들어주는 것이었다.

"문을 열어주었으니 당연히 들어가야겠지."

천천히 팔변만화진을 향해 걸어가던 능운백의 입에서 담담한 한마디 음성이 흘러나왔다. 그리고 다음 순간 그의 신형이 희미해지더니 한순간 미세한 파공음을 남기며 바람처럼 그를 향해 열려 있는 팔변만화진 안으로 뛰어드는 것이었다.

"엇!"

갑작스런 능운백의 전진에 진을 형성하고 있는 수룡맹 고수들 사이에서 가벼운 탄성이 흘러나왔다.

"당황치 마라. 상대는 단 한 명이다."

능운백이 향한 쪽에서 누군가의 날카로운 경고성이 흘러나왔다. 그런데 그 목소리가 채 끝나기도 전에 진 안에서 비명 소리가 터져 나오기 시작했다.

"앗!"

"마, 막아랏!"

비명 소리와 함께 당황한 듯한 수룡맹 고수들의 외침 소리가 어지럽게 터져 나왔다. 능운백이 들어간 진 주변이 심하게 요동쳤다. 그리고 어느 순간부터 음울한 안개가 피어오르는 진 위쪽으로 한줄기 청색 검기가 솟아올랐다.

"아앗! 조심해!"

청색 검기가 진 위로 솟아오르는 순간부터 진 안에서 들려오는 비명 소리는 더욱 커졌다. 동시에 청색 검기 또한 진 안쪽으로 빠르게 전진하기 시작했다.

무불장의 고수들은 월하장의 고수들과 원형의 진을 형성하고 있었다. 만약의 경우 수룡맹 고수들의 도발을 방비하기 위함이었다. 그러는 와중에도 능운백이 밀고 들어간 수룡맹의 진 쪽에서는 끊임없는 비명성과 고함 소리가 흘러나오고 있었다.

"도대체 뭐가 어떻게 되고 있는 거지?"

대웅산이 진 안쪽에서 벌어지는 일을 보지 못해 답답한 듯 홀쩍홀쩍 허공으로 뛰어오르며 중얼거렸다. 그러자 추산이 재빨리 그런 대웅산을 잡아 세우더니 홀쩍 몸을 날려 대웅산의 어깨 위로 올라섰다.

"어깨 좀 빌릴게요."

"제길, 오늘 내 어깨가 무척 수고를 하는구만. 하지만 어쩌겠어. 진 안쪽의 사정이 궁금하니 그럴밖에! 추 아우, 얼른 진 안쪽 소식이나 전해달라고!"

대웅산이 자신의 어깨 위에 올라선 추산을 보며 소리쳤다. 그때 대웅산의 어깨에 올라간 추산은 대웅산의 말을 듣고 있지 않았다. 왜냐하면 그는 대웅산의 어깨 위에 올라서는 순간부터 수룡맹의 팔변만화진에서 벌어지고 있는 한 편의 장대한 광경에 넋이 빠져 버렸기 때문이었다.

음습한 습기와 빛을 흡수하는 수룡맹의 팔변만화진, 수백 장에 이르는 어스름한 진세에 한 줄기 빛이 너울거리고 있었다. 그 빛을 따라붙으려는 몇몇 개의 흑점들이 보이기도 했으나 그것들은 금세 빛에 부딪쳐 연기로 화해 사라졌다.

빛은 일정한 방향을 두고 움직였다. 그 빛이 이르는 곳마다 수룡맹 무사들이 내지르는 고함 소리가 가득 찼지만 누구도 그 빛을 막아서는 자가 없었다. 그렇게 저승처럼 황량한 팔변만화진을 관통하고 있는 빛, 바로 천검 능운백의 검기였다.

"와아아아!"

어느 순간부터 진 안에서 들려오던 비명과 고함 소리가 거대한 폭풍 소리처럼 커졌다. 그리고 단단해 보이던 수룡맹의 팔변만화진이 서서히 흔들리기 시작했다. 진의 상태가 예사롭지 않다는 것을 깨달은 연옥검 사현과 수룡맹의 수뇌들 얼굴에 언뜻 그늘이 졌다.

하지만 일단 변화를 일으키기 시작한 진은 그들로서도 통제 불능이었다. 그저 진 안으로 들어간 늙고 추레한 늙은이를 자신들의 수하가 끌고 나오기를 기다릴 뿐. 그런데 그런 그들의 기대를 비웃기라도 하듯 갑자기 진의 중앙, 그러니까 월하장 고수들과 면한 진의 한 부분이 심하게 요동치기 시작하더니 한순간 파도가 갈려 바닷길이 열리듯 진을 형성하고 있던 수룡맹의 고수들이 좌우로 갈라지면서 진 안쪽으로부터 길게 길이 만들어졌다. 그리고 그 길을 따라 한 명의 신형이 무서운 기세로 날아 나오고 있었다.

"저, 저건?"

연옥검 사현을 비롯한 수룡맹 수뇌들의 입에서 당혹스런 음성이 흘러나왔다. 놀란 것은 비단 수룡맹 고수들만이 아니었다. 무불장과 월하장의 고수들 역시 팔변만화진에 길게 길을 만들며 진의 중심으로 나는 듯 달려나오고 있는 한 명의 신위에 벌어진 입을 다물지 못했다.

콰콰쾅!

굉음을 일으키며 진에 만들어진 길을 따라 달려오는 인물은 당연히 능운백이었다. 그가 들고 있는 검은 일 장 이상의 길이로 검기를 뻗어내고 있었는데 그 검기가 한 번 번뜩일 때마다 천둥치는 소리가 일어나며 그의 앞을 막아서려는 수룡맹 고수들을 낙엽처럼 날려 버렸다. 그런 능운백의 신위에 질린 수룡맹 무사들은 감히 그의 앞을 막지 못하고 스스로 몸을 비켜 능운백에게 길을 열어주는 것이었다.

바람처럼 움직이던 능운백의 신형이 훌쩍 진 중앙의 모래사장에 내려섰다. 하지만 능운백의 움직임은 거기서 멈추지 않았다. 모래사장에 내려섰다 싶은 순간 이내 몸을 날려 다시금 팔변만화진의 다른 쪽에 부딪쳐 가는 것이었다.

"와아아아!"

능운백으로부터 새롭게 공격을 받은 곳의 수룡맹 무사들이 호기롭게 고함을 지르며 능운백을 막으려 했으나 다음 순간 능운백의 검기가 번뜩이자 순식간에 진세가 허물어지며 다시금 그에게 진 안쪽으로 길을 내줬다. 그러자 능운백이 망설이지 않고 그 진 안쪽으로 재차 뛰어들었다.

장내에 모습을 드러냈던 능운백이 순식간에 다시 진 안쪽으로 사라지는 동안 연옥검 사현을 비롯한 수룡맹의 수뇌들은 미처 능운백의 앞을 막을 생각조차 하지 못하고 멍하니 능운백의 전율적인 신위를 지켜보고 있었다.

그렇게 다시 능운백이 진 안쪽으로 사라지자 이번에는 좀 더 눈에 띄는 변화들이 생겨나기 시작했다. 모래사장에 내리쪼이던 눈부신 태양빛을 가리고 대신 강으로부터 음습한 안개를 만들어내 사람을 뒤덮었던 팔변만화진의 묘용이 능운백의 공세에 흐트러지면서 서서히 안개가 걷히기 시작했던 것이다.

사람을 가득 메운 안개가 걷힐수록 진 안쪽에서 들려오는 수룡맹 고수들의 비명과 고함 소리는 점점 더 크게 들려왔다. 그리고 어느새 눈에 띄게 진세가 허물어지기 시작했다. 그렇게 진세가 흐트러지기 시작하자 능운백의 움직임은 더욱 빠르고 강해졌다.

그가 진 중앙의 모래사장에 모습을 드러내는 횟수가 부쩍 많아지고 진 안에 들어가 있는 시간이 급격하게 줄어들었다. 그렇게 한 번씩 그의 신형이 진 안을 휘젓고 나올 때마다 수룡맹이 자랑하는 팔변만화진은 급격하게 흔들려 드디어 능운백이 여덟 번의 공격을 마치고 걸음을 멈췄을 때는 더 이상 진이라고 말할 수 없을 정도로 팔변만화진은 허물어져 있었다.

그렇게 단신으로 수룡맹의 팔변만화진을 깨뜨린 능운백이

드디어 움직임을 멈췄다. 여전히 푸르스름한 검기가 흘러나오는 검을 들고 선 능운백은 더 이상 늙고 추레한 늙은이가 아니었다. 그는 온전히 좌중을 지배하는 절대자의 풍모를 흘려내며 모래사장 위에 우뚝 서 있었다.

"끝났군요. 진은 완전히 허물어졌어요."

능운백이 움직임을 멈추자 추산이 대웅산의 어깨 위에서 내려오며 중얼거렸다. 그의 목소리는 자못 상기되어 있었는데 대웅산의 어깨 위에서 직접 목격한 사부 천검 능운백의 신위에 그조차도 큰 충격을 받은 듯했다.

"정말… 정말 대단해. 설마 이 정도일 줄이야."

만불통이 마치 헛소리를 흘려내는 것처럼 중얼거렸다.

"역시 천하팔대고수의 신위는 우리가 상상할 수 없는 경지군요."

좀처럼 침착함을 잃지 않는 왕민조차 떨리는 목소리로 말했다.

"흐흐, 저 양반이 바로 이 추산의 사부지요. 하하하."

어느새 평정심을 찾은 추산이 자랑스럽다는 듯 호탕한 웃음을 흘려냈다.

하지만 웃고 있는 추산과 달리 절대 얼굴에 미소를 떠올릴 수 없는 사람들도 존재했다. 연옥검 사현을 비롯한 수룡맹의 수뇌들이 바로 그들이었다.

"그대는 누구요?"

이 질문을 연옥검 사현은 세 번째로 입에 올렸다. 천하제일

살수라는 그의 눈에 은은한 두려움이 깃들어 있다. 그의 시선이 닿아 있는 곳, 본래 볼품없는 모습을 가진 사람이라고는 믿을 수 없을 만큼 거인(巨人)의 풍모를 풍기는 능운백이 서 있었다.

연옥검 사현의 입이 열리자 푸르스름한 검기가 흘러나오던 능운백의 검이 서서히 그 기운을 거둬들이고 본래의 허름한 한 자루 검으로 돌아갔다. 동시에 능운백을 휘감고 있던 절대 고수의 기운 또한 씻은 듯이 사라졌다. 남은 것은 비루하게 늙은 한 명의 늙은이뿐. 하지만 장내의 그 누구도 이 비루한 늙은이를 똑바로 바라보지 못했다.

"아직도 짐작하지 못하겠나?"

한바탕 신위를 보여준 능운백의 말투가 변해 있었다. 연옥검 사현을 마치 아랫사람 대하듯 말하는 능운백, 하지만 사현은 그런 능운백에 감히 반발하지 못했다. 대신 그의 얼굴에 무거운 그늘이 드리워졌다. 그리곤 천천히 그의 입이 열렸다.

"오늘 월하장을 대신해 비무에 나선 곳은 무불장이지요. 무불장의 청부사들이 강호제일의 청부사라 불리기는 하지만 노사와 같은 신위를 보일 수 있는 사람은 단 한 명뿐이라고 생각됩니다만."

그러자 능운백이 씨익 미소를 지었다.

"꼭 그렇지는 않아. 내 큰 제자 놈도 이 정도는 할 수 있었을 거야."

순간 사현의 눈에 기광이 번쩍였다. 그의 시선이 언뜻 멀리 능운백의 뒤쪽에 서 있는 고검을 스치고 지나갔다.

　이미 그는 이 절대적인 신위를 선보인 노인이 천검 능운백임을 짐작하고 있었다. 그렇다면 그의 큰 제자란 바로 무불장주 고검을 가리키는 말, 천하의 천검이 자신의 제자를 헛되이 포장할 위인은 아니었다.

　그렇다면 무불장주 고검의 무공은 그가 풍운각 황영과의 비무에서 보인 것 이상의 경지에 올라 있다는 의미가 된다. 순간 그의 눈이 무겁게 가라앉았다. 무불장주 고검의 무공이 그의 사부 천검 능운백이 인정할 정도라면 이 싸움은 승산이 없다. 아니, 애초에 천검 능운백이 등장한 순간부터 싸움의 승패는 정해져 있었는지도 몰랐다.

　"오늘 제가 안복이 있어 천하팔대고수의 신위를 두 눈으로 목도하게 되었습니다."

　연옥검 사현이 지금까지의 오만함과는 달리 공손하게 능운백을 향해 허리를 숙여 보였다. 그러자 능운백이 흐릿한 미소를 지으며 고개를 끄덕이고는 차분한 목소리로 대답했다.

　"내가 월하장주와 조금 인연이 있어. 그래서 이번 청부를 받고 직접 강호에 나온 것이야. 어떠신가? 이쯤하면 그대도 이번 일에 최선을 다한 것 같은데… 이 늙은이의 체면을 보아 그만 물러나 주는 것이. 이 나이에 청부를 수행치 못했다는 강호의 비웃음을 받고 싶지는 않구먼. 그렇다고 손에 피를 묻히기도 싫고……."

　은근한 협박이 포함된 능운백의 제안에 연옥검 사현이 잠시 말을 않고 있다가 가볍게 한숨을 내쉬며 고개를 끄덕였다.

"천검께서 직접 출도를 하셨는데 어찌 일개 살수 나부랭이가 맞설 수 있겠습니까? 본 맹이 물러나지요. 아마 맹주께서도 천검께서 나오셨다는 것을 아시면 이 늙은이를 탓하지는 않겠지요."

그러자 천검이 정색을 하며 입을 열었다.

"흠, 사정을 봐주니 고맙군. 내 한마디만 더 하겠네. 작금 강호가 수룡맹의 부상으로 무척 혼란스럽네. 나 또한 수룡맹의 저력이 천하사패에 도전할 정도라는 사실을 알고 있네. 하지만 이런 때일수록 수룡맹은 그 행보를 조심할 필요가 있네. 강호란 곳이 힘이 가장 중요하긴 하지만 세인의 평판 또한 그 못지않게 중요한 곳이니 말일세. 이번 월하장에서와 같은 일이 계속된다면 강호의 동도들로부터 어찌 수룡맹이 강호의 정의를 세우기 위해 탄생한 세력이라는 평가를 받을 수 있겠는가? 눈앞의 이익보다는 수룡맹의 먼 앞날을 살피길 바라네."

능운백의 입에서 준엄한 추궁이 흘러나오자 연옥검 사현이 여러 번 안색을 바꾸더니 이내 냉랭한 목소리로 답을 했다.

"맹의 행보는 언제나 맹주께서 결정하시지요. 돌아가면 천검께서 하신 충고 맹주께 전하도록 하겠습니다. 그럼!"

연옥검 사현이 가볍게 고개를 까딱이고는 차가운 음성으로 명을 내렸다.

"맹으로 회군한다. 승선하라."

"존명!"

사현의 명에 그의 주위에 있던 수룡맹 고수들이 일제히 허리를 숙여 답을 하고는 이내 능운백에 의해 처참하게 파괴된 진을 걷고 강 위에 떠 있는 소선을 향해 움직였다.

"회군한다! 퇴각하라!"

진이 펼쳐졌던 사림 이곳저곳에서 퇴각을 알리는 수룡맹 무사들의 목소리가 들려왔다. 믿었던 팔변만화진의 파진으로 충격을 받았지만 수룡맹 고수들은 퇴각 명령이 내려지자 금세 평정을 되찾고 신속하게 움직이기 시작했다. 그리하여 사현으로부터 퇴각 명령이 내려진 지 채 이각이 지나지 않아 수룡맹의 고수들은 썰물처럼 사림에서 물러나 두 척의 흑선에 몸을 실었다. 그리고는 천천히 황하의 중심으로 나가기 시작했다.

천검 능운백과 그의 두 제자 고검과 추산, 그리고 무불장의 고수들이 붉게 물든 노을 속에서 사라지는 수룡맹 고수들을 배웅하고 있었다.

孤劍秋山

일곱 번째 이야기…

孤劍秋山

    딱딱한 책상에 손바닥만 한 양피지가 놓여 있다. 그 양피지를 살피고 있는 초로의 문사가 살짝 아미를 모았다.

    "다시 이 물건을 보게 될 줄은 몰랐군."

    문사가 책상에 놓인 양피지를 들어 눈앞 가까이에 가져갔다. 적지 않은 고난을 겪은 듯 양피지의 이곳저곳은 흐릿하게 바래져 있었다. 그런 양피지의 오른쪽 상단에 희미하게 두 개의 글자가 쓰여져 있었다. 문사는 그 두 개의 글씨에 시선을 고정시켰다.

마총(魔塚).

마의 무덤이란 뜻이다. 초로의 문사는 한동안 그 두 개의 글씨를 응시하고 있었다.

그러다 천천히 문갑을 열어 또 다른 한 가지 물건을 꺼내 들었다. 이번에는 손바닥 크기의 구리거울, 문사의 얼굴이 언뜻 구리거울에 비쳤다. 마른 듯한 얼굴에 가지런한 수염, 두 눈에서는 현기가 묻어난다.

그런데 구리거울을 꺼내 든 문사가 자신의 얼굴이 비추는 거울을 뒤집어 그 뒷면을 유심히 살폈다. 그러자 드러나는 희미한 음각 글씨.

마총(魔塚).

또 다시 마총이다. 초로의 문사가 구리거울 뒷면에 새겨진 글씨와 양피지에 새겨진 글씨를 가지런히 들어보았다. 그러자 두 물건에 새겨진 글씨가 거짓말처럼 같은 모양을 하고 있었다.

"과연 마총의 전설이 사실일까? 그들은 정말 마총을 향해 움직이고 있는 것일까?"

문사가 나직하게 중얼거렸다. 그의 목소리에서 알 수 없는 고뇌가 묻어났다.

"어려운 일이다. 수룡맹의 등장으로 천하가 요동치는데 다시 마총이라니. 그들이 진정 마총을 향하고 있다면 사패가 움직여야 하는데… 사패라고 마총에 욕심을 내지 않을까? 맹주 또한 이 물건을 건네며 그들보다 마총의 실존에 더 관심을 가지지 않았던가. 아, 자칫하면 천하가 피의 아수라장으로 변할 것이다. 믿고 일을 맡아줄 사람이 필요해⋯⋯."

문사가 손에 들고 있던 두 개의 물건, 낡은 양피지와 구리거울을 소중하게 감싸 품속에 넣었다. 그리곤 천천히 자리에서 일어났다.

"역시 풍도 가한 노사를 먼저 찾아야겠군."

'마총(魔塚)上' 편이 9권에서 이어집니다.

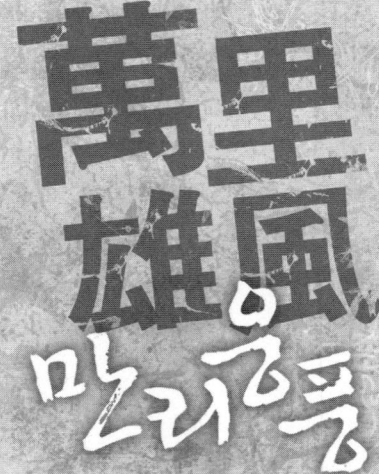

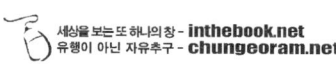

새델
크로이츠
─화사무쌍 편

새델 크로이츠 전 2권
이경영 판타지 장편 소설

『가즈나이트』의 명성과 신화를 넘어설
이경영의 판타지의 새로운 상상력!

자신만의 독특한 세계관을 창조한 작가
이경영의 새로운 도전과 신선한 충격.

바란투로스의 특수부대 새델 크로이츠의 리더 파렌 콘스탄.
야만족을 돕는 안개술사를 물리치기 위해 아시엔 대륙에서 온
불을 뿜는 요괴 소녀 카샤.
너무나 다른 두사람이 운명의 길에서 만나다.
친구란 이름으로 시작된 모험, 그 앞에 놓인 난관과 운명의 끈은
어떻게 될 것인지…….

"질투가 날 만도 하지. 요괴가 산신령을 엄마로 두는 건 흔한 일이 아니거든.
괜찮다, 파렌. 본좌가 아는 요괴들 전부 본좌를 질투하고 부러워하니까."
소녀는 손에 잔뜩 받은 빗물을 홀짝 마셨다.
파렌은 그 순수함에 웃음을 흘렸다.
그는 지금까지 자신이 봤던 그녀의 기이한 행동들을 어렴풋이나마 이해할 수 있을 것 같았다.
그렇게 친구가 된 둘은 그 길로 긴 여행을 떠나게 된다.

─본문 중에─

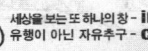
세상을 보는 또 하나의 창 - inthebook.net
유행이 아닌 자유추구 - chungeoram.net

Book Publishing CHUNGEORAM

입소문을 통해 아는 분은 다 알고 계십니다!
올 한해 공인중개사 최고의 화제작!

1~2권 합본 | 이용훈 지음
3~4권 합본 | 이용훈 지음
5~6권 합본 | 이용훈 지음
용어 해설 | 이용훈 지음

수험생 기본 필독서
만화 공인중개사

제목 : 만화공인중개사 쓰신 분에게 감사드립니다.

학원을 두 달 다녔어요. 근데 과연 그 숫자 외우기 그런 게 몇 문제나 나올까 생각을 했어요.
아니라는 생각이 드네요. 학원강의를 뒤로하고 서점을 갔어요. 내 머리에 가장 이해될 수 있는
책이 없나 하구요. 거기서 만화를 발견했어요. 무조건 세 번 봤어요. 3개월 걸렸어요. 문제집을 보라고
했는데 그건 시행을 못했어요. 근데 합격을 했네요.
어떻게 감사의 말을 해야 될지…….
도서관에서 만화책 들고 다니니까 사람들이 비웃더라구요. 만화책으로 공인중개사를 공부한다고
미친 사람처럼 보더라구요. 근데 그거 다 감수하고 했던 내가 자랑스럽습니다.
어떻게 감사의 말을 해야 할지… 정말 감사합니다.
부디 행복하세요. 제 나이 41살에 좋은 스승을 만난 것 같습니다.
엎드려 감사드립니다.

－본사 홈페이지에 독자분이 올린 메일 中 에서 발췌－

2008년 봄 그들이 온다!!

권왕무적의 초우, 궁귀검신의 조돈형, 삼류무사의 김석진, 태극검해의
한성수, 프라우슈 폰 진의 김광수, 흑사자의 김운영, 송백의 백준 등

총 20여 명에 이르는 호화군단의 인더북 이북 연재 확정!!
그 외에도 많은 정상급 작가들의 이북 연재 런칭 예정!!

포도밭 그 사나이, 새빨간 여우 등의 로맨스 정상급 작가
김랑의 작품을 이북 연재로 만나다!!

오직 인더북에서만 독점 연재!!

아쉬움을 남기고 1부에서 막을 내린 **권왕무적 시리즈의 2부** 등 인기 작가들의 수준 높은
미공개 작품들이 시중에 책으로 출간되지 않고, 오직 인더북에서만 연재됩니다.

COMING SOON! INTHEBOOK.NET

1. 인더북의 이북 유료연재는 2008년 1월 말 ~ 2월 중순경 오픈
2. 인더북에 연재되는 작품들은 시중에 출판되지 않은 작품들로 엄선

이북 유료연재의 새로운 도전! 그리고 새로운 시작! 인더북!!
곧 새로운 모습의 이북 연재 사이트로 여러분께 다가가겠습니다.